文庫 38

小林秀雄

新学社

装幀　友成　修

カバー画
パウル・クレー『この星はお辞儀をさせる』一九四〇年
個人蔵（スイス）

協力　日本パウル・クレー協会

河井寛次郎　作画

目次

様々なる意匠

懐疑は、恐らくは叡智の始めかも知れない、然し、叡智の始る処に芸術は終るのだ。
アンドレ・ジイド

1

吾々にとつて幸福な事か不幸な事か知らないが、世に一つとして簡単に片付く問題はない。遠い昔、人間が意識と共に与へられた言葉といふ吾々の思索の唯一の武器は、依然として昔乍らの魔術を止めない。劣悪を指嗾《しそう》しない如何なる崇高な言葉もなく、崇高を指嗾しない如何なる劣悪な言葉もない。而も、若し言葉がその人心眩惑の魔術を捨てたら恐らく影に過ぎまい。

私は、こゝで問題を提出したり解決したり仕様とは思はぬ。私はたゞ世の騒然たる文芸批評家等が、騒然と行動する必要の為に見ぬ振りをした種々な事実を拾ひ上げ度いと思ふ。私はたゞ、彼等が何故にあらゆる意匠を凝らして登場しなければならぬかを、少々不審に思ふ許りである。私には常に舞台より楽屋の方が面白い。この様な私にも、やつぱり軍略は必要だとするなら、「搦手《からめて》から」、これが私には最も人性論的法則に適つた軍略に見えるのだ。

2

文学の世界に詩人が棲み、小説家が棲んでゐる様に、文芸批評家といふものが棲んでゐる。詩人にとつては詩を創る事が希ひであり、小説家にとつては小説を創る事が希ひである。では、文芸批評家にとつては文芸批評を書く事が希ひであるか？　恐らくこの事実は多くの逆説を孕《はら》んでゐる。

「自分の嗜好に従つて人を評するのは容易な事だ」と、人は言ふ。然し、尺度に従つて人を評する事も等しく苦もない業である。常に生き生きとした嗜好を有し、常に潑剌たる尺度を持つといふ事だけが容易ではないのである。人々は人の嗜好といふものと尺度といふものとを別々に考へてみる、が、別々に考へてみるだけだ、精神と肉体とを別々に考へてみる様に。例へば月の世界に住むことは人間の空想となる事は出来るが、人間の欲望となる事は出来ない。守銭奴は金を蓄《た》める、だから彼は金を欲しがるのである。人は可能なものしか真に望まぬものである。これが恰《あたか》も嗜好と尺度との論理関係である。生き生きとした嗜好なくして、如何にして潑剌たる尺度を持ち得よう。だが、論理家等の忘れがちな事実はその先きにある。つまり、批評といふ純一な精神活動を嗜好と尺度とに区別して考へてみても何等不都合はない以上、吾々は批評の方法を如何に精密に論理附けても差支へない。だが、批評の方法が如何に精密に点検されようが、その批評が人を動かすか動かさないかといふ問題とは何んの関係もないといふ事である。例へば、人は恋文の修辞学を検討する事によつて己れの恋愛の実現を期するかも知れない、然し斯《か》くして実現した恋愛を恋文研究の成果と信ずるなら彼は馬鹿である。或は、彼は何か別の事を実現してしまつたに相違ない。

嘗て主観批評或は印象批評の弊害といふ事が色々と論じられた事があつた。然し結局「好き嫌ひで人をとやかく言ふな」といふ常識道徳の或は礼儀作法の一法則の周りをうろついたに過ぎなかつた。或は攻撃されたものは主観批評でも印象批評でもなかつたかも知れない。「批評になつてゐない批評」といふものだつたかも知れない。「批評になつてゐない批評の弊害」では話が解りすぎて議論にならないから、といふ筋合ひのものだつたかも知れない。兎も角私には印象批評といふ文学史家の一術語が何を語るか全く明瞭でないが、次の事実は大変明瞭だ。所謂《いはゆる》印象批評の御手本、例へばボオドレエルの文芸批評を前にして、舟が波に掬《すく》はれる様に、繊鋭な解析と潑剌たる感受性の運動に、私が浚《さら》はれて了ふといふ事である。この時、彼の魔術に憑かれつゝも、私が正しく眺めるものは、嗜好の形式でもなく尺度の形式でもなく無双の情熱の形式をとつた彼の夢だ。それは正しく批評ではあるが又彼の独白でもある。人は如何にして批評といふものと自意識といふものとを区別し得よう。彼の批評の魔力は、彼が批評するとは自覚する事である事を明瞭に悟つた点に存する。批評の対象が己れであると他人であるとは一つの事であつて二つの事でない。批評とは竟《つひ》に己れの夢を懐疑的に語る事ではないのか！

こゝで私はだらしの無い言葉が乙に構へてゐるのに突き当る、批評の普遍性、と。だが、古来如何なる芸術家が普遍性などといふ怪物を狙つたか？　彼等は例外なく個体を狙つたのである。あらゆる世にあらゆる場所に通ずる真実を語らうと希つたのではない、たゞ個々の真実を出来るだけ誠実に出来るだけ完全に語らうと希つただけである。ゲエテが普遍的な所以《ゆゑん》は彼がすぐれて国民的であつたが為だ、彼が国民的であつた所以は彼がすぐれて個性的であつたが為だ。範疇的先験的真実ではない限り、あらゆる人間的真実の保証を、それが人間的であるといふ事実以外に、諸君は何処に求めようとするのか？　文芸批評とても同じ事だ、批評はそれとは別だといふ根拠は何処にもないのである。最上の批評は常に最も個性的である。そして独断的といふ概念と個性的といふ概念とは異るのである。

方向を転換させよう。人は様々な可能性を抱いてこの世に生れて来る。彼は科学者にもなれたらう、軍人にもなれたらう、小説家にもなれたらう、然し彼は彼以外のものにはなれなかつた。これは驚く可き事実である。この事実を換言すれば、人は種々な真実を発見する事は出来るが、発見した真実をすべて所有する事は出来ない、或る人の大脳皮質には種々の真実が観念として棲息するであらうが、彼の全身を血球と共に循《めぐ》る真実は唯一つあるのみだといふ事である。雲が雨を作り雨が雲を作る様に、環境は人を作り人は環境を作る、斯く言はば弁証法的に統一された事実に、世の所謂宿命の真の意味があるとすれば、血球と共に循る一真実とはその人の宿命の異名である。或る人の真の性格といひ、芸術家の独創性といひ又異つたものを指すのではないのである。この人間存在の厳然たる真実は、あらゆる最上芸術家は身を以つて制作するといふ単純な強力な一理由によつて、彼の作品に移入され、彼の作品の性格を搆へてゐる。

芸術家達のどんなに純粋な仕事でも、科学者が純粋な水と呼ぶ意味で純粋なものはない。彼等の仕事は常に、種々の色彩、種々の陰翳を擁して豊富である。この豊富性の為に、私は、彼等の作品から思ふ処を抽象する事が出来る、と言ふ事は又何物を抽象しても何物かが残るといふ事だ。この豊富性の裡《うち》を彷徨して、私は、その作家の思想を完全に了解したと信ずる、その途端、不思議な角度から、新しい思想の断片が私を見る。見られたが最後、断片はもはや断片ではない、忽ち拡大して、今了解した私の思想を呑んで了ふといふ事が起る。この彷徨は恰も解析によつて己れの姿を捕へようとする彷徨に等しい。かうして私は、私の解析の眩暈《げんうん》の末、傑作の豊富性の底を流れる、作者の宿命の主調低音をきくのである。この時私の騒然たる夢はやみ、私の心が私の言葉を語り始める、この時私は私の批評の可能を悟るのである。

私には文芸批評家達が様々な思想の制度をもつて武装してゐることを兎や角いふ権利はない。たゞ鎧《よろひ》といふものは安全ではあらうが、随分重たいものだらうと思ふ許りだ。然し、彼等がどんな性格を持つてゐようとも、批評の対象がその宿命を明かす時まで待つてゐられないといふ短気は、私には常に不審な事である。

扨《さ》て今は最後の逆説を語る時だ。若し私が所謂文学界の独身者文芸批評家たる事を希ひ、而も最も素晴しい独身者となる事を生涯の希ひとするならば、今私が長々と語つた処の結論として、次の様な英雄的であると同程度に馬鹿々々しい格言を信じなければなるまい。

「私は、バルザックが『人間喜劇』を書いた様に、あらゆる天才等の喜劇を書かねばならない」と。

3

マルクス主義文学、――恐らく今日の批評壇に最も活躍するこの意匠の構造は、それが政策論的意匠であるが為に、他の様々な芸術論的意匠に較べて、一番単純明瞭なものに見えるのであるが、あらゆる人間精神の意匠は、人間たる刻印を捺《お》されてゐるが為に、様々な論議を巻き起し得るのである。

ギリシアの昔、詩人はプラトンの「共和国」から追放された。今日、マルクスは詩人を、その「資本論」から追放した。これは決して今日マルクスの弟子達の文芸批評中で、政治といふ偶像と芸術といふ偶像とが、価値の対立に就いて鼬鼠《いたち》ごつこをする態の問題ではない。一つの情熱が一つの情熱を追放した問題なのだ。或る情熱は或る情熱を追放する、然し如何なる形態の情熱もこの地球の外に追はれる事はない。そして地球の外には追はれないといふ事を保証してくれるものは、又この無力にして全能なる地球以外にはないのである。

私は「プロレタリヤの為に芸術せよ」といふ言葉を好かないし、「芸術の為に芸術せよ」といふ言葉も好かない。かういふ言葉は修辞として様々な陰翳を含むであらうが、竟に何物も語らないからである。国家の為に戦ふのと己れの為に戦ふのとどちらが苦しい事であるか？　同じ事だ。人に「プロレタリヤの為に芸術せよ」と教へるのは「芸術の為に芸術せよ」と教へるのと等しく容易な事であるが、教へられた芸術家にとつては、どちらにしても同じ様に困難な事である。

凡そあらゆる観念学は人間の意識に決してその基礎を置くものではない。マルクスが言つた様に、「意識とは意識された存在以外の何物でもあり得ない」のである。或る人の観念学は常にその人の全存在にかゝつてゐる。その人の宿命にかゝつてゐる。

怠惰も人間のある種の権利であるから、或る小説家が観念学に無関心でゐる事は何等差支へない。然し、観念学を支持するものは、常に理論ではなく人間の生活の意力である限り、それは一つの現実である。或る現実に無関心でゐる事は許されるが、現実を嘲笑する事は誰にも許されてはゐない。

若し、卓《すぐ》れたプロレタリヤ作者の作品にあるプロレタリヤの観念学が、人を動かすとすれば、それはあらゆる卓れた作品が有する観念学と同様に、作品と絶対関係に於いてあるからだ、作者の血液をもつて染色されてゐるからだ。若しもこの血液を洗ひ去つたものに動かされるものがあるとすれば、それは「粉飾した心のみが粉飾に動かされる」といふ自然の狡猾なる理法に依るのである。

卓れた芸術は、常に或る人の眸《まなざし》が心を貫くが如き現実性を持つてゐるものだ。人間を現実への情熱に導かないあらゆる表象の建築は便覧《マニユエル》に過ぎない。人は便覧《マニユエル》をもつて右に曲れば街へ出ると教へる事は出来る。然し、坐つた人間を立たせる事は出来ない。人は便覧《マニユエル》によつて動きはしない、事件によつて動かされるのだ。強力な観念学は事件である、強力な芸術も亦事件である。か丶る時、「プロレタリヤ運動の為に芸術を利用せよ」と、社会運動家達が、その運動の為に芸術といふ事件を利用せんとするのは悧巧である。彼等は芸術家に「プロレタリヤ社会実現の目的意識を持て」と命令する。何等かの意味で宗教を持たぬ人間がない様に、芸術家で目的意識を持たぬものはないのである。目的がなければ生活の展開を規定するものがない。然し、目的を目指して進んでも目的は生活の把握であるから、目的は生活に帰つて来る。芸術家にとつて目的意識とは、彼の創造の理論に外ならない。創造の理論とは彼の宿命の理論以外の何物でもない。そして、芸術家等が各自各様の宿命の理論に忠実である事を如何ともし難いのである。この外に若し目的意識なるものがあるとすれば、毒にも薬にもならぬものである。毒にも薬にもならぬものを、吾々は亡霊とさへ呼ぶ労はいらない。

「時代意識を持て」といふことも、マルクス主義文学の論議と共に屡々《しばしば》言はれる言葉である。如何なる時代もその時代特有の色彩をもち音調をもつものだ。しかしそれは飽く迄も色彩であり音調であつて、吾々が明瞭に眺め得る風景ではない。吾々の眼前に明瞭なものは、その時代の色彩、その時代の音調の産んだ様々な表象の建築のみである。世紀がその最も生ま生ましい神話を語るのは、吾々がその世紀の渦中にあつて最も無意識に最も潑剌と行動してゐる時に限る。私はアルマン・リボオの言葉を想ひ出す。「人体の内部感覚といふものは、明瞭には、局部麻酔によつて逆説的に知り得るのみだ」と。恐らく十九世紀文学の最大の情熱の一つである自意識といふものをもつて実現し、又これによつて斃死《へいし》したボオドレエルは、正にリボオの言を敢行した天才であつた。私は所謂時代意識なるものが二十世紀文学の一情熱となるのかどうか知らない。まして二十世紀が二十世紀のボオドレエルを生むかどうかを知らないが、時代意識といふものが自意識といふものとその構造を同じくするといふ事は明瞭な事である。時代意識は自意識より大き過ぎもしなければ小さすぎもしないとは明瞭な事である。

扨《さ》て次は「芸術の為の芸術」といふ古風な意匠である。古風といつても矢鱈《やたら》に古風なものではない、ギリシアの芸術家等が、或はルネサンスの芸術家等が、こんな言葉を理解した筈はないからである。

「自然は芸術を模倣する」といふ信心《キユルト》は、例へば恐らくスタンダアルが、その「赤と黒」によつて多くのソレリアンの出現を予期したが如く、芸術家の正しい信心《キユルト》ではあらうが、芸術が自然を模倣しない限り自然は芸術を模倣しない。スタンダアルはこの世から借用したものを、この世に返却したに過ぎない。彼は已れの仕事が世を動かすと信ずる前に、已れが世に烈しく動かされる事を希つたのだ。故に、「芸術の為の芸術」とは、自然は芸術を模倣するといふが如き積極的陶酔の形式を示すものではなく、寧ろ、自然が、或は社会が、芸術を捨てたといふ衰弱の形式を示す。人はこの世に動かされつゝこの世を捨てる事は出来ない、この世を捨てようと希ふ事は出来ない。世捨て人とは世を捨てた人ではない、世が捨てた人である。ある世紀が有機体として潑剌たる神話を有する時、その世紀の芸術家達に、「芸術の為の芸術」とは了解し難い愚劣であらう。ある世紀が極度に解体し衰弱して何等の要望も持つ事がないとしたら又芸術も存在しない。

現代は建設の神話を持つてゐるのか、それとも頽廃の神話を持つてゐるのか知らないが、私は日本の若いプロレタリヤ文学者達が、彼等が宿命の人間学をもつて其の作品を血塗らんとしてゐるといふ事をあんまり信用してゐない。又、若い知的エピキュリアン達が自ら眩惑する程の神速な懐疑の夢を抱いてゐるといふ事もあんまり信用してはゐない。

諸君の精神が、どんなに焦躁な夢を持たうと、どんなに緩慢に夢みようとしても、諸君の心臓は早くも遅くも鼓動しまい。否、諸君の脳髄の最重要部は、自然と同じ速度で夢みてゐるであらう。この人間性格の本質を、諸君が軽蔑する限り、例へば井原西鶴の如きアントロポロジイの達人が、諸君を描いて「当世何々気質」と呼ばうとも諸君に文句はないのである。

4

芸術の性格は、この世を離れた美の国を、この世を離れた真の世界を、吾々に見せて呉れる事にはなく、そこには常に人間情熱が、最も明瞭な記号として存するといふ点にある。芸術の有する永遠の観念といふが如きは美学者等の発明にかゝる妖怪に過ぎず、作品が神来を現さうと、非情を現さうと、気魄を現さうと、人間臭を離るべくもない。芸術は常に最も人間的な遊戯であり、人間臭の最も逆説的な表現である。例へば天平の彫刻は、人の言ふが如く非個性的だが、非個性的といふ事は非人間的といふ事にはならない。天平人等は、己れの作品をこの世から決定的に独立したものとしようと企図したのではない、唯、個性といふが如き観念的な近代人の有する怪物を、彼等は知らなかつたに過ぎない。吾々が彼等の造型に動かされる所以は、彼等の造型を彼等の心として感ずるからである。

人は芸術といふものを対象化して眺める時、或る表象の喚起するある感動として考へるか、或る感動を喚起する或る表象として考へるか二途しかない。こゝに恐らくあらゆる学術中の月たらず美学といふものが、少くとも芸術家にとつては無用の長物である所以がある。観念的美学者は、芸術の構造を如何様にも精密に説明する事が出来る、なぜなら彼等にとつて結局芸術とは様々な芸術的感動の総和以外の何物も意味してはゐないからだ。実証的美学者等は、芸術がこの世に出現する法則に就いて如何様にも正確な図式を作る事が出来る、何故なら、彼等にとつて芸術とは人間歴史が生む様々な表現技術の一種に他ならない為である。然し芸術家にとつて芸術とは感動の対象でもなければ思索の対象でもない、実践である。作品とは、彼にとつて、己れのたてた里程標に過ぎない、彼に重要なのは歩く事である。この里程標を見る人々が、その効果によつて何を感じ何処へ行くかは、作者の与《あづか》り知らぬ処である。詩人が詩の最後の行を書き了つた時、戦の記念碑が一つ出来るのみである。記念碑は竟に記念碑に過ぎない、かゝる死物が永遠に生きるとするなら、それは生きた人が世々を通じてそれに交渉するからに過ぎない。

人の世に水が存在した瞬間に、人は恐らく水といふものを了解したであらう。然し水をH_2Oをもつて表現した事は新しい事である。芸術家は常に新しい形を創造しなければならない。だが、彼に重要なのは新しい形ではなく、新しい形を創る過程であるが、この過程は各人の秘密の闇黒である。然し、私は少くとも、この闇黒を命とする者にとつて、世を貨幣の如く、商品の如く横行する、例へば、「写実主義」とか「象徴主義」とかいふ言葉が凡そ一般と逕庭《けいてい》ある意味を持つといふ事は示し得るだらう。

神が人間に自然を与へるに際し、これを命名しつゝ人間に明かしたといふ事は、恐らく神の叡智であつたらう。又、人間が火を発明した様に人類といふ言葉を発明した事も尊敬すべき事であらう。然し人々は、その各自の内面論理を捨てて、言葉本来のすばらしい社会的実践性の海に投身して了つた。人々はこの報酬として生き生きした社会関係を獲得したが、又、罰として、言葉は様々なる意匠として、彼等の法則をもつて、彼等の魔術をもつて人々を支配するに至つたのである。そこで言葉の魔術を行はんとする詩人は、先づ言葉の魔術の構造を自覚する事から始めるのである。

子供は母親から海は青いものだと教へられる。この子供が品川の海を写生しようとして、眼前の海の色を見た時、それが青くもない赤くもない事を感じて、愕然として、色鉛筆を投げだしたとしたら彼は天才だ、然し嘗て世間にそんな怪物は生れなかつただけだ。それなら子供は「海は青い」といふ概念を持つてゐるのであるか？ だが、品川湾の傍に住む子供は、品川湾なくして海を考へ得まい。子供にとつて言葉は概念を指すのでもなく対象を指すのでもない。言葉がこの中間を彷徨する事は、子供がこの世に成長する為の必須な条件である。そして人間は生涯を通じて半分は子供である。では子供を大人とするあとの半分は何か？ 人はこれを論理と称するのである。つまり言葉の実践的公共性に、論理の公共性を附加する事によつて子供は大人となる。この言葉の二重の公共性を拒絶する事が詩人の実践の前提となるのである。中天にかゝつた満月は五寸に見える、理論はこの外観の虚偽を明かすが、五寸に見えるといふ現象自身は何等の錯誤も含んではゐない。人は目覚めて夢の愚を笑ふ、だが、夢は夢独特の影像をもつて真実だ。フロオベルはモオパッサンに「世に一つとして同じ樹はない石はない」と教へた。これは、自然の無限に豊富な外貌を尊敬せよといふ事である。然しこの言葉はもう一つの真実を語つてゐる。それは、世の中に、一つとして同じ「世に一つとして同じ樹はない石はない」といふ言葉もないといふ事実である。言葉も亦各自の陰翳を有する各自の外貌をもつて無限である。虚言も虚言たる現象に於いて何等の錯誤も含んではゐないのだ。「人間喜劇」を書かうとしたバルザックの眼に、恐らく最も驚くべきものと見えた事は、人の世が各々異つた無限なる外貌をもつて、あるが儘であるといふ事であつたのだ。彼には、あらゆるものが神秘であるといふ事と、あらゆるものが明瞭であるといふ事とは二つの事ではないのである。如何なる理論も自然の皮膚に最も瑣細《ささい》な傷すらつける事は不可能であるし、又、彼の眼にとつて、自然の皮膚の下に何物かを探らんとする事は愚劣な事であつたのだ。さういふ人には、「写実主義」なる朦朧たる意匠の裸形は明瞭に狂詩人ジェラル・ド・ネルヴァルの言葉の裡に存するではないか、「この世のものであらうがなからうが、私が斯くも明瞭に見た処を、私は疑ふ事は出来ぬ」と。かゝる時、「写実主義」とは、芸術家にとつては、彼の存在の根本的規定を指すではないか、彼等が各自の資質に従つて、各自の夢を築かんとする地盤を指すではないか。

扨て、私はもう少し解析を進めよう。吾々の心の裡のものであらうが、心の外のものであらうが、あらゆる現象を、現実として具体として受け入れる謙譲は、最上芸術家の実践の前提ではあらうが、実践ではない。彼の困難は、この上に如何なる夢を築かんとするかに存するのであつて、恐らく或る芸術的稟質《ひんしつ》には自明とも見えるさういふ実践の前提といふ様な安易なる境域には存しない。

「写実主義《レアリスム》」といふ言葉に凡そ対蹠的に使はれてゐる「象徴主義《サンボリスム》」といふ言葉がある。一体美学者等の使用する象徴《サンボル》といふ言葉ほど曖昧朦朧とした言葉も少い。例へば比喩と象徴と、或は記号と象徴との相違を明らかにする如何なる理論があるか？　美学者等の能弁は、比喩は影像による概念の表現で、象徴は影像による概念の印象の表現である等々を語る。では、例へばポオの有名な「鐘楼の悪魔」は比喩でもなければ象徴でもないだらう。又、象徴は存在と意味とが合致した内的必然性をもつた記号である、等々を語る。だが結局象徴とは上等な記号である、といふ以上を語り得ない。而もある記号を上等にするか下等にするかはこれを見る人々の勝手に属する。

一八四九年、エドガア・ポオの死と共に、その無類の冒険、詩歌からあらゆる夾雑《けふざつ》物を取り去り、その本質を決定的に孤立させようとした意図は、ボオドレエルによつて継承され、マラルメの秘教に至つてその頂点に達した。人はこの文学運動を「象徴《サンボ》主義《リスム》」と呼んだのである。然し、この運動は、絶望的に精密な理智達によつて戦はれた最も知的な、言はば言語上の唯物主義の運動であつて、恐らく彼等にとつては「象徴主義」などといふ名称は凡そ安価な気のないものに見える態のものだつたのである。浪漫派音楽家ワグネル、ベルリオズ等が音によつて文学的効果を狙つた事を彼等は逆用し、文字を音の如き実質あるものとなし、これを蒐集して音楽の効果を出さうとした。もう少し精密に言へば、彼等が捉へた、或は捉へ得たと信じた心の一状態は、音楽の如く律動して、確定した言葉をもつては表現出来ないものであつた。各自独立した言葉の諸影像が、互に錯交して初めて喚起され得るが如き態のものであつた。然し音楽は、最も厳正に規定された楽器を通じて現れる。而も吾々の耳は楽音と雑音とを截然《せつぜん》と区別する構造を持つてゐる。音の純粋は、言葉の猥雑朦朧たる無限の変貌に較ぶべくもない。而もなほ、彼等が言葉の形像のみによつて表現さるべき音楽的心境があると信じた処に、彼等の不幸があり、或は彼等の栄光があつた。

そこで、彼等の心情に冷淡な人々には、作品の効果が朦朧としてゐるといふ理由で、芸もなく「象徴主義」と呼ばれたのである。然し、彼等は、唯、己れの心境を出来るだけ直接に、忠実に、写し出さうと努めたに過ぎぬのだ。マラルメの十四行詩《ソンネ》は最も鮮明な彼の心の形態そのものである。それが朦朧たる姿をとるのは、吾々がそれから何物かを抽象しようと努めるが為である。マラルメは、決して象徴的存在を求めて新しい国を駆けたのではない、マラルメ自身が新しい国であつたのだ、新しい肉体であつたのだ。かゝる時、彼等の問題は正しく最も精妙なる「写実主義《レアリスム》」の問題ではないか。

故に、象徴とは芸術作品の効果に関して起る問題であつて作者の実践に関して起る問題ではないのである。そこで、私は、作品の効果の生む作品の象徴的価値なるものの役割も、結局大したものではない所以を点検しよう。だがこの事実の発見には何等の洞見も必要としない。人々はたゞ生意気な顔をして作品を読まなければいゝのである。

小説は問題の証明ではない。証明の可能性である。大小説は常に、先づその潑剌たる思想感情の波をもつて吾々を捕へるであらう。然し若し吾々が欲するならば、この感動が冷却し晶化した処に様々な問題或は様々な問題の解決の可能性を発見し得るのである。そして或る作品がその裡に如何なる問題を蔵するか判別出来ぬほど生動してゐればゐる程、この可能性は豊富なのである。作品の有する象徴的価値なるものは、この可能性の一形式に過ぎない。「ドン・キホオテ」は人間性といふ象徴的真理の豪奢な衣を纏《まと》つて、星の世界までも飛んで行くだらう。然し私には、檻《をり》に入れられたドン・キホオテと、悲しげに従つて行くサンチョとの会話が、どんなにすばらしい生まし生ましさで描かれてゐるかを見るだけで充分だ。「神曲」が、どんなに生身のダンテの優しい、或は兇暴な現実の夢に貫かれてゐるかを見るだけで充分である。

霊感といふ様なものは、誠実な芸術家の拒絶する処であらう。彼等の仕事は飽く迄も意識的な活動であらう。詩人は已れの詩作を観察しつゝ、詩作しなければなるまい。だが弱小な人間にとつて悲しい事には、彼の詩作過程といふ現実と、その成果である作品の効果といふ現実とは、截然と区別された二つの世界だ。詩人は如何にして、已れの表現せんと意識した効果を完全に表現し得ようか。已れの作品の思ひも掛けぬ効果の出現を、如何にして已れの詩作過程の裡に辿り得ようか。では、芸術の制作とは意図と効果とをへだてた深淵上の最も無意識な縄戯であるか？　天才と狂気が親しい仲である様に、芸術と愚劣とは切つても切れぬ縁者であるか？　恐らくこゝに最も本質的な意味で技巧の問題が現れる。だが、誰がこの世界の秘密を窺ひ得よう。たとへ私が詩人であつたとしても、私は私の技巧の秘密を誰に明かし得よう。

5

私はマルキシズムの認識論を読んだ時、グウルモンの言葉を思ひ出した。「ニイチエといふ男は奇態な男だ。気違ひの様になつて常識を説いただけだ」と。私はこの単純ないや味を好かないが、私はたゞ次の平凡な事が言ひたい。脳細胞から意識を引き出す唯物論も、精神から存在を引き出す観念論も等しく否定したマルクスの唯物史観に於ける「物」とは、飄々《へうへう》たる精神ではない事は勿論だが、又固定した物質でもない。認識論中への、素朴な実在論の果敢な、精密な導入による彼の唯物史観は、現代に於ける見事な人間存在の根本的理解の形式ではあらうが、彼の如き理解をもつ事は人々の常識生活を少しも便利にはしない。換言すれば常識は、マルクス的理解を自明であるといふ口実で巧みに回避する。或は常識にとつてマルクスの理解の根本規定は、美しすぎる真理である。或は飛躍して高所より見れば、大衆にとつてかゝる根本規定を理解するといふ事は、ブルジョアの生活とプロレタリヤの生活とを問はず、精神の生活であると肉体の生活であるとを問はず、彼等が日々生活する事に他ならないのである。現代人の意識とマルクス唯物論との不離を説くが如きは形而上学的酔狂に過ぎない。現代を支配するものはマルクス唯物史観に於ける「物」ではない、彼が明瞭に指定した商品といふ物である。バルザックが、この世があるが儘だと観ずる時、あるが儘とは彼にとつて人間存在の根本的理解の形式である。だが彼の理解を獲得する事は、人々の生活にとつては最も不便な事に相違ないのである。更に一歩を進めれば、バルザックが「人間喜劇」を書く時、これを己れの認識論から眺めたら、己れが「人間喜劇」を書く事も亦あるが儘なる人の世のあるが儘なる一形態に過ぎまい。而も亦、己れが「人間喜劇」を書く事から眺めたら、己れの人間理解の根本規定は蒼然として光を失ふ概念に過ぎまい。このバルザック個人に於ける理論と実践との論理関係はまたマルクス個人にとつても同様でなければならない。更に一歩を進めて、この二人は各自が生きた時代の根本性格を写さんとして、己れの仕事の前提として、眼前に生き生きとした現実以外には何物も欲しなかつたといふ点で、何等異る処はない。二人はたゞ異つた各自の宿命を持つてゐただけである。

世のマルクス主義文芸批評家等は、こんな事実、こんな論理を、最も単純なものとして笑ふかも知れない。然し、諸君の脳中に於いてマルクス観念学なるものは、理論に貫かれた実践でもなく、実践に貫かれた理論でもなくなつてゐるではないか。正に商品の一形態となつて商品の魔術をふるつてゐるではないか。商品は世を支配するとマルクス主義は語る、だが、このマルクス主義が一意匠として人間の脳中を横行する時、それは立派な商品である。そして、この変貌は、人に商品は世を支配するといふ平凡な事実を忘れさせる力をもつものである。

私は、最後に、私の触れなかつた、二つの意匠に就いて、看過された二つの事実を拾ひ上げよう。「新感覚派文学」と「大衆文芸」といふものである。

私は、ブルジョア文学理論の如何なるものかも、又プロレタリヤ文学理論の如何なるものかも知らない。かやうな怪物の面貌を明らかにする様な能力は人間に欠けてゐても一向差支へないものと信じてゐる。現代に於ける観念論の崩壊は、マルクスのもつ明瞭な観念によつて捕へられた。所謂「新感覚派文学運動」なるものは、観念の崩壊によつて現れたのであつて、崩壊を捕へた事によつて現れたのではない。それは何等積極的な文学運動ではない。文学の衰弱として世に現れたに過ぎぬ。これは一種の文学に於ける形式主義の運動とも言へるが、又、一種の形式主義の運動、十九世紀の所謂象徴派の運動とは全くその本質を異にするものである。彼等象徴派詩人等を動かした浪漫派音楽は、彼等に最も精妙な文学的観念を与へた。そこで彼等は已れの文学的観念の弱少を嘆き、その精錬を断行した時、已れの観念に比して文字の如何にも貧弱なる事を見たのである。今日「新感覚派文学者等」を動かすアメリカ派音楽は、彼等に何等文学的観念を与へない、否、凡そ観念と名づくべきものは何物も与へない。映画が人間に視覚的存在となる事を強要する様に、音楽は人に全身耳となれと命ずる。そこで彼等は凡そ観念なるものの弱小を嘆いて、これを捨てようとした。この時、己れの観念の弱小に比べて、文字は如何に強力なものと見えたか。

これと凡そ反対な方向をもつと少くとも私に思はれるものは「大衆文芸」といふものである。「大衆文芸」とは人間の娯楽を取扱ふ文学ではない、人間の娯楽として取扱はれる文学である。文学を娯楽の一形式としようと企図するなら、今日の如く直接な生理的娯楽の充満する世に、人間感情を一つたん文字に変へて後、文字によつて人間感情の錯覚を起させんとするが如き方法は、最も拙劣だ。而も今日「大衆文芸」が繁栄する所以は、人々は如何にしても文学的錯覚から離れ得ぬ事を語るものである。私は遠い昔から、人々が継承した、「千一夜物語」の如く夜々了る事を知らない物語といふ最も素朴な文学的観念の現代に於ける最大の支持者たる「大衆文芸」に敬礼しよう。

***

私は、今日日本文壇の様々な意匠の、少くとも重要とみえるものの間は、散歩したと信ずる。私は、何物かを求めようとしてこれらの意匠を軽蔑しようとしたのでは決してない。たゞ一つの意匠をあまり信用し過ぎない為に、寧ろあらゆる意匠を信用しようと努めたに過ぎない。

私小説論

1

「私は、嘗て例もなかつたし、将来真似手もあるまいと思はれることを企図するのである。一人の人間を、全く本然の真理に於いて、人々に示したい。その人間とは、私である。

たゞ私だけだ。私は自分の心を感じ、人々を知つて来た。私の人となりは私の会つた人々の誰とも似てゐない、いや世のあらゆる人々と異つてゐると敢へて信じようと思ふ。偉くないとしても、少くとも違つてゐる。自然の手で私が叩き込まれた型を、自然は毀《こは》す方が善かつたか悪かつたか、それは私の本を読んでから判定すべき事だ。

（中略）数限りない人々の群れを私の周囲に集めてくれ給へ、人々が私の告白をきゝ、私の下劣さに悲鳴をあげ、私のみじめさに赤面せん事を。彼等が各自、同じ誠意をもつて、貴方（自然）の帝座の下に、その心をむき出しにして欲しい。若し勇気があるなら、たつた一人でも、貴方に言ふ人があつて欲しいものだ、私はあの男よりはましだつた、と」

これは、人も知る通り、ルッソオの「レ・コンフェッシオン」の書き出しである。これらの言葉の仰々しさはしばらく問ふまい。又、彼がこの前代未聞の仕事で、果して自分の姿を正確に語り得たか、語り得なかつたか、それも大して問題ではない。彼が晩年に至つて、「孤独な散歩者の夢想」のなかで、嘗て自然の帝座に供へた自分をどのやうな場所まで追ひ詰めたかを僕等はよく知つてゐる。僕がこゝで言ひたいのは、このルッソオの気違ひ染みた言葉にこそ、近代小説に於いて、はじめて私小説なるものの生れた所以《ゆゑん》のものがあるといふ事であつて、第一流の私小説「ウェルテル」も「オオベルマン」も「アドルフ」も「懺悔録《ざんげ》」冒頭の叫喚無くしては生れなかつたのである。

自分の正直な告白を小説体につゞつたのが私小説だと言へば、いかにも苦もない事で、小説の幼年時代には、作者はみなこの方法をとつたと一見考へられるが、歴史といふものは不思議なもので、私小説といふものは、人間にとつて個人といふものが重大な意味を持つに至るまで、文学史上に現れなかつた。ルッソオは十八世紀の人である。では、わが国では私小説はいついかなる叫びによつて生れたか。西洋の浪漫主義文学運動の先端を切るものとして生れた私小説といふものは、わが国の文学には見られなかつたので、自然主義小説の運動が成熟した時、私小説について人々は語りはじめたのであつた。

「芸術が真の意味で、別な人生の『創造』だとは、どうしても信じられない。そんな一時代前の、文学青年の誇張的至上感は、どうしても持てない。そして只私に取つては、芸術はたかが其人々の踏んで来た、一人生の『再現』としか考へられない」

「例へばバルザックのやうな男が居て、どんなに浩瀚《かうかん》な『人間喜劇』を書き、高利貸や貴婦人や其他の人物を、生けるが如く創造しようと、私には何だか、結局、作り物としか思はれない。そして彼が自分の製作生活の苦しさを洩らした、片言隻語ほどにも信用が置けない。『他』を描いて、飽く迄『自』を其中に行き亘らせる。――さう云ふ偉い作家も、或ひは古今東西の一二の天才には、在るであらう。(中略)が、それとて他人に仮託した其瞬間に、私は何だか芸術として、一種の間接感が伴ひ、技巧と云ふか凝り方と云ふか一種の都合のいゝ虚構感が伴つて、読み物としては優つても、結局信用が置けない。さう云ふ意味から、私は此頃或る講演会で、かう云ふ暴言をすら吐いた。トルストイの『戦争と平和』も、ドストイエフスキイの『罪と罰』も、フローベルの『ボヴリイ夫人』も、高級は高級だが、結局偉大なる通俗小説に過ぎないと。結局、作り物であり、読み物であると」

これは久米正雄氏が、大正十四年に書いた時評からの引用である。僕はこの久米氏の意見が卓見だと思つたから引用したのではない。併しこの一文は見様によつてはまことに興味あるものである。といふのは、これは久米氏一個の意見ではなく、恐らく当時多数の文人達が、抱いてゐたといふよりは寧ろ胸中奥深くかくしてゐた半ば無意識な確信を端的に語つてゐるものと見られるからだ。私小説論とは当時の言はば純粋小説論だつたのである。

久米氏の意見の当否は別としても、率直な氏の言葉は一つの抜き差しならぬ事実を語つてゐる。それは、西洋一流小説が通俗読み物に見えて来たといふまさしくさういふ点まで、わが国の自然主義小説は爛熟したといふ事で、このわが国の私小説が遭遇した特殊な運命を、この私小説論議者が思ひめぐらさなかつた事は仕方がなかつたとしても、今日広い視野を開拓したと自信する批評家達が、何故かういふ大切な点を見逃してゐるのであらうか。見逃してゐるから、今時私小説論でもあるまいといふ無意味な表情をしてゐるのである。わが国の近代文学史には、かういふ特殊な穴が方々にあいてゐる。僕等は批評方法について、西洋から既にいやといふほど学んだのだ。方法的論議から離れて、さういふ穴に狙ひをつけて引金を引くべき時がもうそろそろ来てゐる様に思はれる。

フランスでも自然主義小説が爛熟期に達した時に、私小説の運動があらはれた。バレスがさうであり、つゞくジイドもプルウストもさうである。彼等が各自遂にいかなる頂に達したとしても、その創作の動因には、同じ憧憬、つまり十九世紀自然主義思想の重圧の為に形式化した人間性を再建しようとする焦燥があつた。彼等がこの仕事の為に、「私」を研究して誤らなかつたのは、彼等の「私」がその時既に充分に社会化した「私」であつたからである。

ルッソオは「懺悔録」でたゞ己れの実生活を描かうと思つたのでもなければ、ましてこれを巧みに表現しようと苦しんだのでもないのであつて、彼を駆り立てたものは、社会に於ける個人といふものの持つ意味であり、引いては自然に於ける人間の位置に関する熱烈な思想である。大事なのは「懺悔録」が私小説と言へるかどうか（この事は久米氏も既に論じてゐる）といふ事ではなく、彼の思想はたとへ彼の口から語られなくても、彼の口真似はしなかつたにせよ、ゲエテにも、セナンクウルにも、コンスタンにも滲み込んでゐたといふ事だ。彼等の私小説の主人公等がどの様に己れの実生活的意義を疑つてゐるにせよ、作者等の頭には個人と自然や社会との確然たる対決が存したのである。つゞいて現れた自然主義小説家達はみな、かういふ対決に関して思想上の訓練を経た人達だ。だから彼等にとつて、実証主義思想に殉じ「他」を描いて「自」に徹するといふ仕事は、久米氏の考へる様に、決して古今東西の一二の天才の、といふ様な異常な稀有な仕事ではなかつたのである。

わが国の自然主義文学の運動が、遂に独特な私小説を育て上げるに至つたのは、無論日本人の気質といふ様な主観的原因のみにあるのではない。何を置いても先づ西欧に私小説が生れた外的事情がわが国になかつた事による。自然主義文学は輸入されたが、この文学の背景たる実証主義思想を育てるためには、わが国の近代市民社会は狭《けふ》隘《あい》であつたのみならず、要らない古い肥料が多すぎたのである。新しい思想を育てる地盤がなくても、人々は新しい思想に酔ふ事は出来る。ロシヤの十九世紀半ばに於ける若い作家達は、みな殆ど気狂ひ染みた身振りでこれを行つたのである。併しわが国の作家達はこれを行はなかつた。行へなかつたのではない、行ふ必要を認めなかつたのだ。彼等は西欧の思想を育てる充分な社会条件を持つてゐなかつたが、その代りロシヤなどとは比較にならない長く強い文学の伝統は持つてゐた。作家達が見事な文学の伝統的技法のうちに、意識してゐるにせよしないにせよ、生きてゐた時、育つ地盤のない外来思想に作家等を動かす力はなかつたのである。完成された審美感に生きてゐる作家等にとつて、新しい思想を技法のうちに解消する事より楽しい事はない、又自然な事はない。わが国の自然主義作家達は、この楽しい自然な仕事を最も安全に遂行出来る立場に置かれてゐた。誤解してはならない、安全にとは無論文学の理論乃至《ないし》実践上安全にといふ意味であつて、彼等の実生活が安全であつたといふのではない。

「今までは私は天ばかり見てあこがれてゐた。地のことを知らなかつた。全く知らなかつた。浅薄なるアイデアリストよ。今よりは已れ、地上の子たらん、獣のごとく地を這ふことを屑《いさぎよ》しとせん、徒らに天上の星を望むものたらんよりは――」と田山花袋は、モオパッサンの短篇集に目覚めた時に書いた。モオパッサンの何が花袋を目覚ましたのか。モオパッサンの悲惨な生涯でもなかつたし、作者の絶望でも孤独でもなかつた。彼の天上を眺めず地上を監視する斬新な技法が花袋を酔はしたのである。

フランスのブルジョアジイが夢みた、あらゆるものを科学によつて計量し利用しようとする貪婪《どんらん》な夢は、既にフロオベルに人生への絶望を教へ、実生活に訣別する決心をさせてゐた。モオパッサンの作品も、背後にあるこの非情な思想に殺された人間の手に成つたものだ。彼等の「私」は作品になるまへに一つぺん死んだ事のある「私」である。彼等は斬新な技法を発明したが、これは社会生活も私生活も信じられなかつた末、発明せざるを得なかつたもので、フロオベルの「マダム・ボヴァリイは私だ」、といふ有名な言葉も、彼の「私」は作品の上で生きてゐるが現実では死んでゐる事を厭でも知つた人の言葉だ。

ゾラは彼等とは全く別の道を進んだ様に見える。彼は時代思想を憎悪する代りに、進んでこれに愛著したが、これが為にその私生活上の「私」を見失つた点は、彼等と同様である。当時、時代思想を生活の為に巧みに利用した人は無数にゐたであらうが、時代思想の記念碑を建てる為には、ゾラの様に、思想に憑かれて、身を亡ぼす人を要したのである。この点フロオベルと「ボヴァリイ」との関係は、ゾラと「クロオド」との関係と異るところはない。

　かういふ作家等の思想上の悪闘こそ、自然主義文学を輸入したわが国の作家等に最も理解し難いものであつた。「徳川文学の感化も受けず、紅露二氏の影響も受けず、従来の我文壇とは殆ど全く没関係の著想、取扱、作風を以て余が製作を初めた事に就ては必ず其本源がなくてはならぬ。其本源は何であるかと自問して、余はワーヅワースに想到したのである」と独歩は書いた。少くとも明治後半以来のわが作家等はみな自分のワーズワースによつて仕事をしたのである。めいめいが自分の好きなワーズワースを持つてゐた。ゾラをモオパッサンをフロオベルを。これはくどい様だが、次の様な事を意味する。わが国の作家達は、西洋作家等の技法に現れてゐる限りの、個別化された思想を、成る程悉《ことごと》く受入れたには違ひなかつたが、これらの思想は、作家めいめいの夢を育てたに過ぎなかつた。外来思想は作家達に技法的にのみ受入れられ、技法的にのみ生きざるを得なかつた。受取つたものは、思想といふより寧ろ感想であつた。そして、それは大変好都合な事であつた。

　実生活に訣別したモオパッサンの作品が、花袋に実生活の指針を与へ、喜びを与へた。この事情、わが国の近代私小説のはじまりである「蒲団」の成立に関する奇怪な事情に、後世私小説論の起つた秘密があるのだが、この秘密の構造は少くとも原理的には甚だ簡明なのである。どんな天才作家も、自分一人の手で時代精神とか社会思想とかいふものを創り出す事は出来ない。どんなつまらぬ思想でも、作家はこれを全く新しく発明したり発見したりするものではない。彼は既に人々のうちに生きてゐる思想を、作品に実現し明瞭化するだけである。思想が或る時は物質の様に硬く、或る時は人間の様に柔らかく、時代の現実のうちに生きてゐる時、作家にとつて思想とは正当な敵でもあり友でもあるのだ。花袋がモオパッサンを発見した時、彼は全く文学の外から、自分の文学活動を否定する様に或は激励する様に強く働きかけて来る時代の思想の力を眺める事が出来なかつた。文学自体に外から生き物の様に働きかける社会化され組織化された思想の力といふ様なものは当時の作家等が夢にも考へなかつたものである。かういふ時に「天上の星」を眺める事を禁止された彼が、自分の仕事に不断の糧を供給してくれるものとして、己れの実生活を選び、これに新しい人生観を託して満足した事は当然なのである。以来小説は、作者の実生活に膠着《かうちやく》し、人物の配置に、性格のニュアンスに、驚くべき技法の発達をみせた。社会との烈しい対決なしで事をすませた文学者の、自足した藤村の「破戒」に於ける革命も、秋声の「あらくれ」に於ける爛熟も、主観的にはどの様なものだつたにせよ、技法上の革命であり爛熟であつたと形容するのが正しいのだ。

私小説が所謂《いはゆる》心境小説に通ずる所以も其処にある。実生活に関する告白や経験談は、次第に精錬され「私」の純化に向ふ。私小説論とは当時の文人の純粋小説論だと言つた意味もそこに由来する。

鷗外と漱石とは、私小説運動と運命をともにしなかつた。彼等の抜群の教養は、恐らくわが国の自然主義小説の不具を洞察してゐたのである。彼等の洞察は最も正しく芥川龍之介によつて継承されたが、彼の肉体がこの洞察に堪へなかつた事は悲しむべき事である。芥川氏の悲劇は氏の死とともに終つたか。僕等の眼前には今私小説はどんな姿で現れてゐるか。

2

「夢殿の救世観音を見てゐると、その作者といふやうな事は全く浮んで来ない。それは作者といふものからそれが完全に遊離した存在となつてゐるからで、これは又格別な事である。文芸の上で若し私にそんな仕事でも出来ることがあつたら、私は勿論それに自分の名などを冠せようとは思はないだらう」

これは志賀直哉氏が昭和三年の創作集の為に書いた序言であるが、私小説理論の究極が、これ程美しい言葉で要約された事は嘗て無かつたのである。氏が今後「自分の名などを冠せようとは思は」ぬ作品を書くかどうかはこゝで重要な事ではない、それよりもこの様な感慨に到達した後の氏の久しい沈黙は何を意味するのか。
花袋が、モオパッサンに、日常実生活の尊厳を学んで以来、志賀直哉氏ほど、強烈に且つ堂々と己れの日常生活の芸術化を実行した人はない。氏ほど日常生活の理論がそのまゝ創作上の理論である私小説の道を潔癖に一途に辿つた作家はゐなかつた。氏が夢殿観音を前にして感慨に耽《ふけ》る時、氏の仕事は行く処まで行きついたのである。純化された日常生活は、嘗て孕《はら》んでゐたその危機や問題を解消してしまつた。氏は自分の実生活を相手には、はや為す事はない、為す必要がない。この作家の沈黙の底には、作者が自分の沈黙をどの様に解釈してゐるにせよ、実生活をしやぶり尽した人間の静謐と手近かに表現の材料を失つた小説家の苦痛が横はつてゐる筈である。

己れの作品に作者の名を冠せまいとは、又フロオベルの覚悟であつた。「芸術家たるものは、彼はこの世に生存しなかつた人だと後世に思はせる様に身を処さねばならぬ」と。併し彼が「不幸を逃れる唯一つの道は、芸術に立籠り、他は一切無と観ずるにある。僕は富貴にも恋にも慾にも未練がない。僕は実際生活と決定的に離別した」と書いたのは廿四歳の時である。実生活上の危機を救はうとする希ひが、そのまゝ創作のモチフとなり得、而もこれが為に作品の完璧性が聊《いさゝ》か損はれた事がなかつたといふ志賀氏の場合との奇妙な対比に注意してみるといゝ。

無論志賀氏の場合は極端な例で、氏の潔癖が作家道に於ける危機を露骨にしてゐるのだが、前に述べたわが国の私小説の誕生に際して播《ま》かれた種は、成熟するにつれてこの様な危機に近づかねばならなかつた。志賀氏の場合に顕著なのは、氏が播かれた種を一途に成熟させた作家だからに過ぎぬので、自然主義の洗礼によつて仕事を始めた作家達はみなこの危機に出会ひ、それぞれその始末を強ひられてゐる。島崎氏の様に歴史物に心魂を打ちこむ事によつて危機を征服してゐる人もあり、正宗氏の様に感想的批評文の制作により危機を横目に睨んでゐる人もあり、又徳田氏の様に異常な生活力に物を言はせて、実生活の赴くがまゝにまかせる事により、却つて自在な制作態度を得んとしてゐる人もある。

大正時代、多くの作家達が、さまざまな角度から、明治以来の私小説に対してあげた反抗は、人のよく知る処である。白樺派、新思潮派、早稲田派、三田派、と反抗の声は種々雑多であつたが、従来の私小説の決定的な否定の声は何処にも聞かれなかつた。廿四歳で実生活に別れを告げたと宣言しなければならなかつたフロオベルの小説理論に戦慄《せんりつ》を感じた人は恐らく無かつたのである。これらの人々の反抗に共通した性格は、依然として創作行為の根柢に日常経験に対する信頼があつた事だ、日常生活が創作に夢を供給する最大なものであつた事だ。反抗は消極的なものであつた、即ち、日常生活を、各自が、新しく心理的に或は感覚的に或は知的に解釈し操作する事が反抗として現れたのである。無論かういふ見方で、異つた多くの個性的な仕事を割り切る事は困難だが、これらの不徹底な反抗が、従来の私小説の辿つた同じ運命を様々なかたちで辿らざるを得なかつた事に間違ひはない。みな日常生活上の理論と創作上の理論とが相剋する危機に出会つたのである。

例へば菊池寛氏や久米正雄氏が、従来の客観小説に抗する最も聡明な才能ある作家として登場しながら、後年通俗小説に仕事の場所を見出すに至つたのも、作家的良心の弛緩《しくわん》とか衰弱とかいふ妙なものでは恐らくない。少くともさういふ解釈は感傷的な解釈である。両氏が純文学を捨てるに至つた根柢には、日常生活こそ純文学の糧であると信じざるを得なかつた一方、日常生活の芸術化そのものに疑念があつたといふ極めて正当な矛盾があつたのである。日常生活の知的な解釈によつて仕事をはじめた両者の新しい自覚は、成熟するにつれて、客観的と言はれて来た従来の私小説が隠してゐた一種のロマンティスム、久米氏の言葉によれば、「生活の救抜」の為に創作しようとする願望と食ひ違つて来た。己れの日常生活の芸術化に文学の道を求めるについて、菊池氏にあつては、氏の健康な常識がさういふ仕事の世界の狭隘を感じ、久米氏では特に氏の明るい豊かな感性が、さういふ仕事の生む悲劇や苦痛を厭《いと》つた。両氏が文学の純粋性を犠牲にして、通俗文学によつて文学の社会化を試みるに至つたのは、作家意識の上からといふより寧ろまことに自然な事の成行きであつた。久米氏に最近「純文学余技説」(「文芸春秋」四月号)といふものがある。「近頃流行の、逆説的効果を狙つた意味ばかりでなく、鳥渡《ちよつと》した正論だと思ふから」と氏は断つて、純文学が生活者の余技なる所以を説いてゐる。純文学を職業化しなければならぬといふ考へが先づ間違つてゐると氏は言ふ。職業化した文学に立派な文学があるかないかといふ事実問題は別として、純文学には外部から強制されない自律性が存するといふのなら正論である。次に、生活者の余技としてその心境を語るのが純文学なら、生活を犠牲にしても純文学を志すとは愚かであると氏は説いてゐるが、これもかういふ愚かな覚悟で文学をやつた人の文学が立派であつたかなかつたかといふ事実問題を別にして、衣食足りて栄辱を知るぐらゐの意味なら正論だ。併し興味あるのは、今日の新しい作家達が、かういふ正論を素直には受取れない事情の下に、文学活動を強ひられてゐるといふ点だ。時の流れは奇怪である。久米氏の生活といふ概念と現代の新しい作家達の生活といふ概念とはずゐ分大きなひらきがある。そこのところが注意を要する。「純文学余技説」の説く理窟の如きは何物でもない、といふより寧ろ、あの短文には理窟は語られてはゐない。生活の芸術化乃至は私小説の純粋化を果さなかつた久米氏の往時の夢のつゞきがある。生活者としての自覚が純文学者としての自覚を遥かに乗越えた時、「夜半夢醒めて、心身寒き時」夢のつゞきを「余技」なる言葉で捕へた人の述懐があるのだ。

谷崎氏、佐藤氏も自然主義的私小説に反抗した最も聡明な作家であつた。両者の文学上の動きに浪漫派といふ名札が普通貼られてゐるが、無論これは、生活を感覚的に叙事的に解釈した文学と、心理的に抒情的に解釈した文学との形容詞に過ぎない。谷崎氏が最近「盲目物語」以来創作の態度なり技法なりに大改革を断行したのは周知の事だが、「中央公論」五月号で生田長江氏が、谷崎氏が新しく提唱した古典主義の技法論が、近代小説の技法論として不完全であり薄弱である事を真正面から論じてゐる文章を読み、一向面白くもなかつたが妙な気がした。あゝいふ論文は一見真正面から論じてゐる様に見えて、実は相手を無理に引き寄せての口説の様なもので、谷崎氏が自分で坐つてゐる場所や姿は、これは又別なのは無論、応用しようとする新しい技法が近代小説の技法論としていかゞなものくらゐの事を心得てゐなくては、あゝいふ大改革の断行は覚束ない。問題は氏の技法の完全不完全にあるのではなく、凡そ近代小説といふものに対する興味を谷崎氏が失つた或は失つてみせたといふ処が肝腎だ。一体谷崎氏が生田氏の忠言を納れて、技法の修繕になぞ取りかゝられたら、読者は迷惑するのだが、幸ひさういふ事は起り得ない。谷崎氏の最近の革命は、評家の忠言なぞ納れる納れないといふ筋合ひのものではなく、実生活を味ひ尽した人の自らなる危機の征服であり、退引《のっぴ》きならない爛熟である。又、言つてみればこの作者も遂にそこまで社会に追ひつめられたのだ。「蓼《たで》喰ふ虫」に見られる様に、日常生活をあれ以上純化する事が氏に可能であつたかどうか考へて見るがいゝ。近代小説の手法がどうのかうのといふ様な問題ではないのである。

佐藤氏の創作理論は既に抒情され尽した己れの生活に向つて為すところを知らない。氏はこの危機を脱しようと幾つかの長編を書いたが成功しなかつた。今や混乱した周囲の人間世界に対して城府を設け、夢を歴史に仰ぐべきか否かといふ問題が氏を襲つてゐる様に見える。この推察は当らないとしても、少くとも氏の内的理論には、昔日の感傷性が失はれた代り昔日のすこやかさも亦ないとは言へよう。

マルクシズム文学が輸入されるに至つて、作家等の日常生活に対する反抗ははじめて決定的なものとなつた。輸入されたものは文学的技法ではなく、社会的思想であつたといふ事は、言つて見れば当り前の事の様だが、作家の個人的技法のうちに解消し難い絶対的な普遍的な姿で、思想といふものが文壇に輸入されたといふ事は、わが国近代小説が遭遇した新事件だつたのであつて、この事件の新しさといふことを置いて、つゞいて起つた文学界の混乱を説明し難いのである。

思想が各作家の独特な解釈を許さぬ絶対的な相を帯びてゐた時、そして実はこれこそ社会化した思想の本来の姿なのだが、新興文学者等はその斬新な姿に酔はざるを得なかつた。当然批評の活動は作品を凌《しの》いで、創作指導の座に坐つた。この時ほど作家達が思想に頼り、理論を信じて制作しようと努めた事は無かつたが、亦この時ほど作家達が己れの肉体を無視した事もなかつた。彼等は、思想の内面化や肉体化を忘れたのではない。内面化したり肉体化したりするのにはあんまり非情に過ぎる思想の姿に酔つたのであつて、この陶酔のなかつたところにこの文学運動の意義があつた筈はない。

彼等は単に既成作家等や既成文壇を無視したばかりではない、自分等のなかにあるあらゆる既成的要素を無視した。これは結局、同じ行為であるが、かういふ行為に際して、人は自分の表情を読み取り難い。併し彼等は読み取り難いのを気に掛けなかつた、掛けたら彼等に行為は不可能であつた。彼等は誤つてゐたか、ゐなかつたか。彼等は為さざるを得なかつた事を為したまでだ。

自然主義作家等がその反抗者等とともに、全力をあげて観察し解釈し表現した日常生活が、新しく現れた作家等によつて否定されたのは、彼等が従来の日常生活を失つたからではなく、彼等の思想が、生活の概念を、日常性といふものから歴史性といふものに改変する事を教へたからである。彼等は改変された概念を通じてすべてのものを眺めた。眺める事は取捨する事であり、観察とは即ち清算を意味した。彼等は自己省察を忘れたのではない。省察に際して事毎に小市民性を暴露するが如き自己は、省察するに足りなかつたのである。感情も感覚も教養もこれを新しく発明しようとする冒険乃至は欺瞞を、清算といふ合言葉が隠した。

マルクシズム作家達が、己れの観念的焦燥に気が附かなかつた、或は気が附きたがらなかつたのは、この主義が精妙な実証主義的思想に立つてゐる事を信じたが為であり、その文学理論の政治政策化を疑はなかつたのは、この主義が又一方実践上の規範として文学の政治的指導権を主張してゐたが為だ。こゝにプロレタリヤ文学とマルクシズム文学とは違ふといふ名論さへ起つた所以のものがあつたのは周知の事である。

彼等の信じた小説手法はリアリズムであつた。評家等は、彼等のリアリズムが所謂ブルジョア・リアリズムと異る、いや異らなくてはならぬ所以を力説したが、作家等には当然な事だが、人間学的人間と社会学的人間と区別して描く事はおろか、そんなものが見えた筈もなかつた。在来のリアリズムに反抗した大正期の作家達が、苦心経営した小説手法は悉く無視され、近代リアリズム誕生以来の手法であつた心理的手法すら、殆ど利用されない作品が氾濫した。農村を工場をと題材が豊富になるにつれて、手法は貧弱になつた。こゝに作家実践上の公式主義を排すといふ名説が現れたのも周知の事だ。

併しこゝにどうしても忘れてはならない事がある。逆説的に聞えようと、これは本当の事だと僕は思つてゐるが、それは彼等は自ら非難するに至つた、その公式主義によつてこそ生きたのだといふ事だ。理論は本来公式的なものである、思想は絶対的普遍的な性格を持つてゐない時、社会に勢力をかち得る事は出来ないのである。この性格を信じたからこそ彼等は生きたのだ。この本来の性格を持つた思想といふわが文壇空前の輸入品を一手に引受けて、彼等の得たところはまことに貴重であつて、これも公式主義がどうのかうのといふ様な詰らぬ問題ではないのである。

成る程彼等の作品には、後世に残る様な傑作は一つもなかつたかも知れない、又彼等の小説に多く登場したものは架空的人間の群れだつたかも知れない。併しこれは思想によつて歪曲され、理論によつて誇張された結果であつて、決して個人的趣味による失敗乃至は成功の結果ではないのであつた。

わが国の自然主義小説はブルジョア文学といふより封建主義的文学であり、西洋の自然主義文学の一流品が、その限界に時代性を持つてゐたに反して、わが国の私小説の傑作は個人の明瞭な顔立ちを示してゐる。彼等が抹殺したものはこの顔立ちであつた。思想の力による純化がマルクシズム文学全般の仕事の上に現れてゐる事を誰が否定し得ようか。彼等が思想の力によつて文士気質なるものを征服した事に比べれば、作中人物の趣味や癖が生き生きと描けなかつた無力なぞは大した事ではないのである。

3

最近横光利一氏の「純粋小説論」が文壇の人々を騒がせた。文章が心理的に書かれてゐた為に、色々面倒な議論をまき起した様子であるが、あゝいふ問題を抜け目なくはつきり論ずる事は先づ不可能と見た方がいゝ様だ。併し、「純粋小説論」に現れた一種の思想或は憧憬は、余程以前からこの作者の胸に往来してゐたもので、決して思ひ附きから書かれたものではない。たゞ氏は自分の思想を開陳する為にいろいろ勝手な新語を思ひ附いたまでで、この辺のもつれを弁別する事は誰の手にもあまるのである。

純粋小説の思想は言ふ迄もなくアンドレ・ジイドに発した。一体ジイドが現代のフランス文学界で、極めて重要な位置を占めるに至つた所以は、その強烈な自己探求の精神にあつた。「地の糧」の序文に彼は書いた。「私が、これを書いたのは文学に恐ろしく風通しの悪さを感じてゐる時であつた。文学を新しく大地に触れさせ、文学にたゞ素足のまゝで土を踏ませる事が焦眉《せうび》の急だと私には思はれたのだ」と。「地の糧」の発表されたのは一八九七年だ。わが国の文壇がモオパッサンに驚嘆する数年以前の事である。花袋はモオパッサンによつて文学に素足のまゝで土を踏ませる急務を覚つたのであるが、彼の素足とジイドの素足とのへだたりを云々する必要があるだらうか、といふより、自然主義小説が広大な社会小説として充分に客観化し成熟した時、文学の風通しの悪さを慨嘆せざるを得なかつた当時のジイドの心が僕等にほんたうに納得が行くだらうか。

十九世紀の実証主義思想は、この思想の犠牲者として「私」を殺して、芸術の上に「私」の影を発見した少数の作家達を除いては、一般小説家を甚だ風通しの悪いものにした。個人の内面の豊富は閑却され、生活の意慾は衰弱した時にあたつて、ジイドはすべてを忘れてたゞ「私」を信じようとした。自意識といふものがどれほどの懐疑に、複雑に、混乱に、豊富に堪へられるものかを試みる実験室を、自分の資質のうちに設けようと決心した。客観的態度だとか科学的観察だとかいふ言葉が作家達の合言葉となつて、無私を軽信する事が文学を軽信する所以であつた様な無気力な文壇の惰性のなかで、彼は一人で逆に歩き出した。彼の鮮やかな身振りは、眼を文学以前の自己省察に向ける事を人々に教へたのである。

花袋が文学を素足のまゝで土の上に立たせるについて決心した事は、人生観上の理想主義と離別する事であり、この離別は彼には文学の技法上に新しい道を発見させ、この発見が又私生活を正当化する理論ともなつたのだが、ジイドにあつては事情が悉く違ふのである。彼が文学の素足を云々する時、彼は在来の文学方法に反抗したのでもなければ、新しい文学的態度を発見したのでもない。凡そ文学といふものが無条件には信じられぬといふ自覚、自意識が文学に屈従する理由はないといふ自覚を語つたのだ。花袋が「私」を信ずるとは、私生活と私小説とを信ずる事であつた。ジイドにとつて「私」を信ずるとは、私のうちの実験室だけを信じて他は一切信じないと云ふ事であつた。これらは大変異つた覚悟であつて、こゝに、わが国の私小説家等が憑かれた「私」の像と、ジイド等が憑かれた「私」の像とのへだたりを見る事が出来ると思ふ。

わが国の私小説家達が、私を信じ私生活を信じて何んの不安も感じなかつたのは、私の世界がそのまゝ社会の姿だつたのであつて、私の封建的残滓と社会の封建的残滓《ざんし》との微妙な一致の上に私小説は爛熟して行つたのである。ジイドが「私」の像に憑かれた時に置かれた立場は全く異つてゐる。過去にルッソオを持ち、ゾラを持つた彼には、誇張された告白によつて社会と対決する仕事にも、「私」を度外視して社会を描く仕事にも不満だつたからである。彼の自意識の実験室はさういふ処に設けられたのであつて、彼は「私」の姿に憑かれたといふより「私」の問題に憑かれたのだ。個人の位置、個性の問題が彼の仕事の土台であつた。言はば個人性と社会性との各々に相対的な量を規定する変換式の如きものの新しい発見が、彼の実験室内の仕事となつたのである。

彼の仕事は大戦前後の社会不安のうちに、芸術の造型性に就いて絶望した多くの若い詩人作家達の間に、着実に成熟して行つた。彼ほど不安といふものを信じて、不安のうちに疲れを知らず文学の実現をはかつた作家はない。彼は実験室をあらゆるものに対して開放した。様々の思想や情熱が氾濫して収拾出来ない様な状態に常に生きながら、又さういふ場所が彼には心地よい戦慄を常に与へてくれる創造の場所である事を疑はなかつた。僕がジイドを読んでいつも驚くのはかういふ不安定な状態に対するいかにも執拗な愛著であつて、この愛著があつてこそ彼の不安は観念上の喜劇にも遊戯にも堕さなかつたのだし、彼の不安の文学に一種精力的な楽天主義が感じられるのもその為だ。

彼はディレッタントでも懐疑派でもない、言はば極度の相対主義の上に生きた人だ。或る確定した思想に従つても、或る明瞭な事物に即しても彼には仕事は出来なかつた。「自然派の小説家達は人生の断片といふ事を言つたが、彼等の大きな欠点は、その断片をいつも同じ方向、つまり時間の方向に、ある長さに切つて了ふ事だ。何故縦にも横にも上にも下にも切つてはいけないのだ。私としてはまあ全然切りたくない、と言ふ処だ」と「贋金造り」のエドゥアルは言ふ。「一人の小説家を拉《らっ》し来《きた》つてそれを作の中心人物に置く。本の主題は、現実がこの主人公に提供するところのもの、それと彼自らその現実から創り出さうとするところのものとの争闘といふあたりにあるのだ」

ジイドの純粋小説の思想を実現した「贋金造り」を読むと明瞭だが、この作品は全く新しい計画の下になつてゐる。その手法は当時彼の周囲で流行してゐた心理的手法或は感覚的手法から何んの影響も蒙つてゐないと思はれるほど素直な手固いリアリズムであるが、「人生の断片」の切り方、鋏の入れ方についてエドゥアルの言ふ処は見事に実行されてゐる。「私としては全然切りたくない」とエドゥアルは言ふが、これは無論実行不可能な事で、当然絵は縦横十文字に切られてゐる。読者は読みながら無数の切口に出会ふ。丁度僕等が、実際の世間にあつて、世間の無数の切口に出会つてゐる様に。

例へば現実のある事件は決して小説のなかに起る様に起らない、どんなに忠実に作者が事件を語つてゐようとも。事件が起つたとは、事件を直接に見た人、間接に聞いた人、これに動かされた人、これを笑つた人等々無数の人々が周囲に同時に在るといふ事だ。事件は独りで決して起らない。人々のうちに膨れ上り鳴りひゞくところに、事件は無数の切口をみせる。エドゥアルに言はせれば、在来のリアリズム小説は、この無数の切口に鈍感だつたのである。ある普遍的な思想は一つの切口しか持つてゐない様に見える。だが、実際はこの思想を無数の色合ひで受けとる無数の人間がゐればこそ、思想は社会に棲息する事が出来るのである。例へば、公式的な思想を楽しむ人間は、さういふ色合ひで思想を受けとるにふさはしい癖なり趣味なり馬鹿さ加減なりを捨てては生きる術がないからだ。小説の登場人物等は、作者によつて好都合な性格を持たされ、ある型の情熱を、心理の動きを持たされるが、すべて拵へ事に過ぎない。人間は実際にはさういふ風に生きてゐない、といふより寧ろさういふ風には生きられない。他人が僕について作る像が無数であるに準じて、僕が他人について、或は自分自身について作る切口は無数である。結果は、僕等は自分をはつきり知らない様に他人をはつきり知らない。又知らない結果、社会の機構のなかで互に固く手を握り合つてゐて孤立する事が出来ない。

この様な現実を、作者は鋏を全く入れないでそのまゝ表現したい、少くとも実際の現実の呈してゐる無数の切口を暗示する様に鋏を入れたい。その為には、作中の様々な事件も思想も人物も確定した形に按排し配置されてゐてはならない。めいめいが異つた色合ひの鏡を持つて、相手を映してゐる様に描かれねばならぬ。ジイドは「贋金造り」の日記のなかで面白い事を言つてゐる。「去り行く人物は背後から観察し得るのみだといふ事実を呑込む事が肝要である」と。では作者自身の鏡はどうなのか。作中の諸人物がめいめいの鏡をもつて相手を映してゐる様に描くとは、諸人物を作者一人の鏡に映る様には描くまいといふ事だ。では全小説機構を統制する作者の思想の鏡はどうなのか、その鏡は確定した単一な切口を見せざるを得ないではないか。

こゝでジイドは或る装置を発明した。先づ「贋金造り」といふ全く同じ小説を書いてゐる小説家エドゥアルを小説のなかに中心人物として登場させ、これに本人の鏡を持たせる。彼にはジイドといふ作者を彼の鏡に映す権利がある。そこでジイドは手ぶらで立つてゐては自分の姿がはつきり映されて了ふから「贋金造りの日記」といふものを書き、この小説制作についての作者の日々の感懐を述べてそこに自分の鏡を置いて、エドゥアルの鏡に対する。作者の姿は消え小説自体がのこるといふ仕掛けである。こゝにジイかういふ装置によつて、読者は、創造的な現実の最も純粋な姿に接する。

ドの純粋小説の思想がある。彼の、「メリメの『ドウブル・メプリイズ』よりも純粋な小説といふものを想像する事が出来ない」と言ふや、反語的な言葉の意味するところも亦そこにある。このメリメの傑作では、一切の細工が読者の眼には見えない様に行はれてゐる。読者がけつまづく様な機智や皮肉や感覚的な魅力の誇示がない。作者の顔もない。読者を強制する様な強い思想も烈しい熱情も語られてはゐない。読者はたゞいかにも奇怪な人間関係の純粋な表現に接して驚く。純粋性といふものはあらゆる芸術創造の究極の規準である。すべての小説は純粋小説に憧れる。たゞ純粋などといふ元来が朦朧とした言葉にこだはるのがよくないだけだ。ジイドが純粋小説といふ言葉を発明したのも、極度の相対主義の上に生きた彼には、小説表現の規準として、例へば真理性とか現実性とかいふ概念より純粋性といふ概念の方が、恐らく適切だと考へたに過ぎないのである。大切なのは純粋小説といふ概念ではない、現代の社会不安のなかでジイドがかういふ概念に達せざるを得なかつた彼の創造の過程或は精神の型である。

横光氏はその「純粋小説論」のなかで、偶然性或は感傷性といふものが通俗小説の二大要素である事を述べ、併し、先入主を交へず現実を眺めたら、人々は偶然性とか感傷性とかによつてこそ生きてゐるといふ瞠目《だうもく》すべき光景が映る筈だが、わが国の純文学作家達は、真理性とか必然性とかいふ概念にしばられ、客観的世界と思ひこみながら実は不具な抽象的世界に這入りこんでゐると言つてゐる。

通俗小説家が多数の読者を狙つて書くとは、読者が常日頃抱いてゐる現実の小説的要約を狙ふといふ事だ。だから成功した通俗小説に於いてはそこに描かれた偶然性とか感傷性とかいふものには、必ず読者の常識に対して無礼をはたらかない程度の手加減が加へられてゐる。読者は自分に納得のいかない偶然や感傷に決して我慢してはゐない。処が現実世界は誰にも納得のいかない偶然や感傷に充ち充ちてゐる。さういふ世界に眼を向けては通俗作家は為すところを知らない筈である。だからさういふ世界が常にリアリズムの土台であつたドストエフスキイの様な作家の作品に現れた偶然や感傷は、通俗小説中の偶然や感傷とは縁もゆかりもないのである。「罪と罰」が通俗小説にして又純文学だといふ様な横光氏の言葉は、無論比喩であらうが、比喩にしても危険な比喩であつて、「罪と罰」は単なる立派な小説なので、この小説から或る人々が通俗的要素しか読みとれないといふ事は、これは又別様な問題である。又、氏がかういふ比喩が使ひたくなるほど今日の純文学が面白くないといふ事も別の問題だ。

ドストエフスキイの作品には、この様な熱情や心理の偶然的な、奇怪と思はれる様な動きはいくらでも出てくる。現実の世界でさういふ事は方々に起つてゐるからであるが、さういふ事は通俗小説では決して起らない。真の偶然の姿は決して現れてはならない。その代り見掛けの偶然、つまり筋の構成上の偶然に充ちてゐる。そしてドストエフスキイが、その思想を語る為にこの見掛けの偶然を利用していけないわけがない。つまり利用された偶然は制作理論上の必然だからである。

ドストエフスキイはこの偶然と感傷に充ちた世界であらゆるものが相対的であると感じつゝ仕事をした人で、さういふ惑乱した現実に常に忠実だつたところに彼の新しいリアリズムの根柢がある。ジイドもドストエフスキイより遥かに貧弱にだが、遥かに意識的に同じ世界に対して、これに鋏を入れずあくまでその最も純粋な姿を実現しようと努めた。

「エドゥアルを作の中心人物として、現実が彼に呈するあらゆるもの、それと彼が現実に対して創り出すあらゆるものとの争闘、そこに小説の主題がある」。この実現が、彼の純粋小説の目指したところであつた。言はば個人性と社会性との各々に相対的な量を規定する変換式の如きものの発見が彼の実験室の仕事であつたことは前に述べた。ジイドはこの変換式に第二の「私」の姿を見つけた。併しそれには三十年を要したのである。彼の仕事は現代個人主義小説なるものの最も美しい最も鮮明な構造を僕等に明かしてゐる。

4

「作家の秘密といふものは、作家が語るべきものではない。けれども、この秘密を語らねばをれぬところに、近代作家の土俵が新しく出来たのである」。これは、横光利一氏の最近の感想集「覚書」のなかの言葉で、この感想集のプロロオグとも見られるものである。こゝに提出されてゐる問題は、多かれ少かれ今日の新しい作家達を苦しめてゐるものだが、僕の興味、少くともこゝにこの言葉を引用する興味は、寧ろこれにまつはる横光氏の心理的陰翳だ、簡単に言つて了へば、この言葉の曖昧さである。作家の秘密とは何か、作家は何故自分の秘密を語るべきではないのか、けれども何故語らずにをられないのか、この辺りの曖昧さ、この言葉が「覚書」のプロロオグたる観がある以上、引いては氏の悉くの感想文の難解が由来するとも言へるこの曖昧さの拠つて来るところは何処にあるか。これは難かしい問題である。

作家の秘密とは何か。言ふまでもなく、作家が読者に発表する必要のないもの、つまり作家の楽屋話を指す。芸術は自然を模倣するといふことを信条とした自然主義作家達は、表現技法についてどの様な苦心をしたにしろ、何はともあれ、自然といふ明瞭な題材は信じられたのだから、その苦心そのものは、公表するに足りないものであつた。わが国の私小説家達が、所謂心境小説といふもので、その私生活の細かい陰翳を明るみに出さう、読者の前で私生活の秘密を上演しようと辛労するに際しても、自分の生活と社会生活との矛盾を感ぜず、感受性と表現との間に本質的な軋轢《あつれき》を感じてゐない以上、取り扱ふ題材そのものに関しては疑念の起り様がない。舞台は確定してゐる。楽屋話は要するに楽屋話だ。そして楽屋話は作家の腕力のなかに肉体のなかに溶け込む。一体かういふ事情が健康な作品を生む地盤なのだが、この幸福は長つゞきしなかつた。作家の秘密のあり場所が変つて来たのである。

作家の秘密といふものを、作家は語るべきか、語るべきではないかは、それが作家の表現の正当な対象となるかならないかにかゝつてゐる。作家達は、何を描かうと選り好みはしなかつたにせよ、描き方といふものを表現の対象とする事は想像してもみなかつたのだが、さういふ想像してもみなかつた事が実際に起つて来た。描き方といふものを材料として、作品を創らねばならない様な妙な作業を作家達は事実強ひられる様になつたのである。現実よりも現実の見方、考へ方のはうが大切な題材を供給する。かういふ事態に立到つた時、作家の秘密といふものは作家が語るべきであるかないかは自ら問題にならぬ。横光氏の所謂「新しい土俵」なるものを、勇敢に築き上げ、その上で制作した人が、例へばジイドだつたのである。この様な一見世紀病的冒険家の登場も、フランスの長いリアリズムの伝統を考へる時にはじめて納得のいく事件なのだが、難問はこのジイドの教訓が、わが国の作家達に何を齎《もたら》したかにある。

社会的伝統といふものは奇怪なものだ、これがないところに文学的リアリティといふものも亦考へられないとは一層奇怪なことである。伝統主義がいゝか悪いか問題ではない、伝統といふものが、実際に僕等に働いてゐる力の分析が、僕等の能力を超えてゐる事が、言ひたいのだ。作家が扱ふ題材が、社会的伝統のうちに生きてゐるものなら、作家がこれに手を加へなくても、読者の心にある共感を齎す。さういふ題材そのものの持つてゐる魅力の上に、作者は一体どれだけの魅力を、新しい見方により考へ方によつて附加し得るか。これは僕は以前から疑はしく思つてゐた事である。題材でなくてもよい、たゞ一つの単語でもよい。言葉にも物質の様に様々な比重があるので、言葉は社会化し歴史化するに準じて、言はばその比重を増すのである。どの様に巧みに発明された新語も、長い間人間の脂や汗や血や肉が染みこんで生きつゞけてゐる言葉の魅力には及ばない。どんな大詩人でも比重の少い言葉をあつめて、人を魅惑する事は出来ない。小は単語から大は一般言語に至るまで、その伝統が急速に破れて行く今日、新しい作家達は何によつて新しい文学的リアリティを獲得しようとしてゐるのか。

横光氏の「花花」の主題を評して河上徹太郎が次の様に書いてゐた。明快な分析であると思ふから、こゝに引用する。

「此の作の主題は近代青年男女の入り組んだ恋愛葛藤の戯画である。所が古典的な恋愛小説や新らしいものでも通俗小説の恋愛なら、恋愛といふものが絶対的事実であるから話は簡単だが、近代青年の場合はさうはいかない。といつて此の人物達は、一昔前のロマンチックな青年の様に所謂恋愛を恋愛するのでもなければ、ウルトラ・モダン人種に見らるる如く恋愛を弄《もてあそ》ぶのでもない。彼等は現代文化を代表する教養ある良家の子女である。彼等は恋愛の中に肉慾的なもののあることを知り、人生に於て恋愛が如何に愚劣な消極的な行為であるかを知り、同時に情操生活の一中心として必要なものであることを許しその上実生活上の最も本能的なものから最も便宜的・虚飾的に至るものに対する恋愛の効果迄計算することを忘れないのである。しかもその揚句恋愛による対人的優越感の闘争に殆んど騎士的な情熱で以て参加してゐるのである。一口でいへば彼等は恋愛しないで、恋愛の掛け引を恋愛してゐるのである」

恐ろしく面倒な恋愛である。併し少くともかういふ恋愛の可能性は到る処に見附かるのだ。又この可能性の如きを必要としない現代の通俗小説に於いても、恋愛といふその虎の子の題材は昔の様なはつきりした姿を決してしてゐないのである。通俗小説の読者といふものは、常に自分の生活に親しいものを小説に求めるものだ。彼等が現代の「金色夜叉」を「不如帰」を求めてゐる事を、通俗作家達が知らないわけはないのである。知つてゐるが、書けないのだ。才能が不足で書けないのではない、現代ブルジョア青年男女の恋愛が余り出鱈目で、板につかぬといふが、つまり原稿用紙につかぬのだ。そこで、昔もなかつた今もない又あり得ないといふ恋愛談を発明する。よくそんな妙なものが発明出来ると思ふが、それは虚構を求めてゐる読者との馴合ひの仕事だから、真面目に考へる方が馬鹿である。そこで、教養人でなくても多少恋愛の実地経験のあるものはちつとも面白がらない。こゝに恋愛を描いて大衆の恋愛的錯覚に呼びかけねばならぬといふ理由からでさへ、通俗作家達には、髷《まげ》ものといふ表現様式が絶対に必要となつてゐるのである。題材を現代に選んでゐるといふ大きなハンディキャップを持ちながら、映画や通俗小説の時代もの髷ものが依然として大きな人気を呼んでゐる事は、現代人のなかに封建的感情の残滓がいかに多いかといふ証拠だが、又この感情の働くところには、長い文化によつて育てられた自由な精錬された審美感覚が働いてゐるのであつて、この感覚が、現代ものに現れた生活感情の無秩序と浅薄さを看破し、髷ものに現れた人々の生活様式や義理人情の形式が自分等から遥かに遠いと知りつゝ、社会的書割りのうちに確然と位置して、秩序ある感情行為のうちに生活する彼等の姿に一種の美を感ずる。西洋映画の現代ものが何故日本映画の現代ものに比べて、知識階級人等の上に、あの様に比較にならない様な人気を持つてゐるか。根本の理由はたつた一つしかない。僕等の伝統的な審美感が西洋映画の方により純粋な画を感ずるからだ。銀座通りを映しても酒場を映しても画になり難い事を知つてゐるからだ。何故ジャズのレコードに比べて比べものにならぬほど古典音楽のレコードが売れるのか。西洋音楽を真に理解してゐるゐないは問題ではない。たゞ僕等の耳が後者により多くの純粋な音を聞きわけてゐるといふ簡単な事実によるのだ。過去に成熟した文化をいくつも持ち、長い歴史を引摺つた民族の眼や耳は不思議なものだと思ふ。僕はこの眼や耳を疑ふ事が出来ない。

横光氏の「花花」を一体どれほどの人間が読んだであらう。高級だから売れないのか。だがジイドの「狭き門」も亦高級な現代恋愛小説である。山内氏の訳本が幾度か版を代へて今日まで売れた数は恐らく最もよく売れた通俗小説もこれに及ばないのである。何が人々を捕へるのか。何が、作者の企図したところを理解し得べくもない青年男女の心を捕へるのか。モオパッサンの「女の一生」を、例へば文学的教養に関しては殆どお話にならぬ僕の女房が何故夢中になつて読むのか。彼等は作品の見事さ純粋さにひかれるのだ。その通俗さにひかれるのではない。批評家等が作品の人間的真実といひリアリティと呼ぶまさに同じものに彼等はやはりひかれるのである。川端康成氏が「今日の純文学の敵は通俗文学ではない、岩波文庫だ」と或る人に言つたさうだ。洒落だとしても、先づ大概の知識階級文学論よりは穿《うが》つてゐる。

インテリゲンチャの顔は蒼白《あをじろ》いといふ。併し作家にはその蒼白い色が容易に塗れないのである。心理を失ひ性格を失つたニヒリストの群れが小説の登場人物として適するかどうか。混乱した生活様式を前にして、作家達はいよいよ題材そのもののもつ魅力に頼り難くなる。客観が描き難くなるにつれて、見方とか考へ方とかいふ主観に頼らざるを得なくなつて来る。かういふ時に、ジイドの手法の到来は、作家等に大きな誘惑と映つたのだが、この誘惑に全身を託する作家は現れなかつた。さういふ用意が全く僕等には無かつたからである。

描写文学も告白文学も信じられない、たゞ自意識といふ抽象的世界だけが仕事の中心になる様な文学、さういふ殆ど文学的手法とは言へない様な空虚な手法を信じて、文学的リアリティを得ようとするジイドの築いた「新しい土俵」が、僕等に容易に納得出来た筈はあるまい。外的な経済的な事情によつて、社会の生活様式は急速に変つて行つたが、作家等の伝統的なものの考へは容易に変る筈がなかつた。彼等は、生活の不安は感じたが、描写と告白とを信じ、思想上の戦ひには全く不馴れであつた私小説の伝統が身内に生きてゐたところから、生活の不安から自我の問題、個人と社会の問題を抽象する力を欠いてゐた。又、かういふ思想上の力によつても、文学の実現は可能だといふ事さへ明らかに覚らなかつたのである。例へば新感覚派や新興芸術派の文学運動（文学運動といふ様な大げさな名で呼ぶのは間違つてはゐるが）の源には、不安な実生活を新しい技巧によつて修正しよう、斬新な感覚によつて装飾しようといふ希ひがあつたので、この点これらの文学は、私小説の最後の変種だつたと言つてもいゝ。ジイドをはじめ、プルウスト、ジョイスの新しい文学が輸入された時、最も問題に富んでゐたが技法的には貧しかつたジイドが捨てられ、プルウストやジョイスの豊饒な心理的手法が歓迎されたのも当然だつたし、この技法の背後にあつた彼等の絶望的な自我の問題を究明しようとした冒険家も出なかつた。それほど描写告白文学に対する素朴な信仰は強かつた。文学以前に「新しい土俵」を築くことが作家には難しかつた。ジイドの「新しい土俵」を築く無飾な帰納的な手法は、装飾的な演繹的な技法をもつた横光氏にはまことに受納れ難いものであつた。氏の用語の難解或は混乱は、「新しい土俵」の設定の止むを得ない曖昧さから来る。新しい外来の意匠に対して常に貪婪であり鋭敏で悪びれる事のなかつたが為に、混乱した方法や企画や提唱のうちをさまよふこの作家の姿は、生れて日の浅いわが国の近代文学が遭遇した苦痛の象徴であり、かういふ作家が不当な冷視と不当な賞讃とをくゞつて来た事も亦止むを得ない。

周知の如く、マルクス主義文学が渡来したのは、二十世紀初頭の新しい個人主義文学の到来とほゞ同じ時であつた。マルクス主義の思想が作家各自の技法に解消し難い絶対性を帯びてゐた事は、プロレタリヤ文学に於いて無用な技巧の遊戯を不可能にしたが、この遊戯の禁止は作家の技法を貧しくした。無論遊戯を禁止する技法論はあり余るほどあつたが、それらの技法論に共通した性格は、社会的であれ個人的であれ、秩序ある人間の心理や性格といふものの仮定の上に立つてゐた事であり、この文学運動にたづさはつた多くの知識階級人達は、周囲にいよいよ心理や性格を紛失してゆく人達を眺めて制作を強ひられてゐ乍ら、これらの技法論の弱点を意識出来なかつた。又それほどこれらの技法論の目的論的魅惑も強かつた。だが、又この技法の貧しさのうちに私小説の伝統は決定的に死んだのである。彼等が実際に征服したのはわが国の所謂私小説であつて、彼等の文学とともに這入つて来た真の個人主義文学ではない。最近の転向問題によつて、作家がどういふものを齎すか、それはまだ言ふべき事ではないだらう。たゞ確実な事は、彼等が自分達の資質が、文学的実現にあたつて、嘗て信奉した非情な思想にどういふ具合に堪へるかを究明する時が来た事だ。彼等に新しい自我の問題が起つて来た事だ。さういふ時、彼等は自分のなかにまだ征服し切れない「私」がある事を疑はないであらうか。最近のジイドの転向問題を機として起つた行動主義文学の運動にしても、傍観者たる僕には未だ語るべきものもない。併し彼等のうちに果してジイドの四十年の苦痛の表現を熟読した人がゐるであらうか。

私小説は亡びたが、人々は「私」を征服したらうか。私小説は又新しい形で現れて来るだらう。フロオベルの「マダム・ボヴァリイは私だ」といふ有名な図式が亡びないかぎりは。

思想と実生活

「廿五年前、トルストイが家出して、田舎の停車場で病死した報道が日本に伝つた時、人生に対する抽象的煩悶に堪へず、救済を求めるための旅に上つたといふ表面的事実を、日本の文壇人はそのまゝに信じて、甘つたれた感動を起したりしたのだが、実際は妻君を怖がつて逃げたのであつた。人生救済の本家のやうに世界の識者に信頼されてゐたトルストイが、山の神を怖れ、世を怖れ、おどおどと家を抜け出て、孤往独邁《こわうどくまい》の旅に出て、つひに野垂れ死した径路を日記で熟読すると、悲壮でもあり滑稽でもあり、人生の真相を鏡に掛けて見る如くである。ああ、わが敬愛するトルストイ翁！」

右の正宗白鳥氏の文章（「読売」紙）を駁した拙文（「読売」紙）に、氏は答へてゐる（「中央公論」三月号）。僕には、氏の説くところが意に満たなかつたのである。尤も、これは、半ば僕の文章の不備によると思つてゐる。出来るだけ明瞭に述べようと考へる。

「あゝ、わが敬愛するトルストイ翁！　貴方は果して山の神なんかを怖れたか。僕は信じない。彼は確かに怖れた、日記を読んでみよ。そんな言葉を僕は信じないのである。彼の心が、『人生に対する抽象的煩悶』で燃えてゐなかつたならば、恐らく彼は山の神を怖れる要もなかつたであらう」、「あらゆる思想は実生活から生れる。併し生れて育つた思想が遂に実生活に訣別する時が来なかつたならば、凡そ思想といふものに何んの力があるか」。以上の文を、正宗氏は僕の文から引用し、必ずしも愚説ではないが、トルストイが細君を怖れた事には変りはない、といふのである。彼の思想を空想に終らせなかつたのも、細君のヒステリイといふ現実の力の御蔭なので、「つまり、抽象的煩悶は夫人の身を借りて凝結して、翁に迫つて来て、翁はゐても立つてもゐられなかつたのである。……それ故、この二つの日記が偽書でない限りは、トルストイが現身の妻君を憎み妻君を怖れて家出をしたことは、断じて間違ひなしである。鏡に掛けて見る如し。『無一文で流浪しろ』といふ大学生の手紙は、かねてのト翁の思想に意義を認めた上の忠告であつたが、その思想に力が加はつたのは、夫婦間の実生活が働きかけたゝめである。実生活と縁を切つた様な思想は、幽霊のやうで案外力がないのである」。

僕が、「日記なぞ信じない」と書いたのは、「一九一〇年の日記」（八住、上脇訳）を読まないで書いたのでもなし、無論あれが偽書だと疑つた為でもないのである。たゞ細君を怖れたなぞといふ事が一体何んだと思つたからだ。そんな事実を鏡になんぞ掛けて見るのが馬鹿々々しかつたからである。あの「日記」には、彼の家出といふ単なる事実を絶する力が感じられるのであつて、その力が僕の暴露的興味を圧する事を感じたが為であつた。

人類救済の本家の様に世界の識者から思はれてゐたトルストイが、細君を怖れて家出するとは滑稽である。彼自身も、この滑稽を自認してゐる。「この滑稽さ加減はどうだ。いかにも重大な立派な思想を、教へたり説いたりしながら、同時に女達のヒステリイ騒ぎに巻き込まれて、これと闘ひ、大部分の時間を潰《つぶ》してゐるのだ」(九月廿七日)。一体これが何か面白い事柄なのであらうか。ヒステリイといふ様な一種の物的現象は、ソクラテスの細君以来連綿として打続いてゐるものの様に思はれる。後世批評家に、「自分一人のための日記」を見附けられるなぞ、トルストイも迂闊な事をしたものである。

正宗氏は、「人生の真相、鏡に掛けて見るが如し」といふが、果して鏡に映つた人生の真相であるか、或は又氏に摑まれたトルストイの尻尾に過ぎないか、僕は深く疑ふ。尻尾が本物でも、尻尾では面白くもないのである。この尻尾を摑へる流儀は、例へば近頃の人物論なぞに流行してゐる。あの男、尻尾を出さぬが玉に疵《きず》、といふ川柳みたいな説もあつて、尻尾の処置に困る者は、独り天才ばかりではない。

ストラアホフが、トルストイに、自分の「ドストエフスキイ伝」を贈つた時（一八八三年）、次の様な手紙を書いてゐる。

「私は、この伝記を執筆し乍ら、胸中に湧き上る嫌悪の情と戦ひました。どうかしてこの厭な想ひに打勝ちたいと努めました。ドストエフスキイは、意地の悪い、嫉妬深い、癖の悪い男でした。苛立《いらだた》しい昂奮のうちに、一生を過して了つた男だと思へば、滑稽でもあり憐れにも思ひますが、あの意地の悪さと悧巧さとを考へると、その気にもなれません。スイスにゐた時、私は、下男を虐待する様を、眼のあたり見ましたが、下男は堪へかねて、『私だつて人間だ』と大声を出しました。これと似た様な場面は、絶えずくり返されました。それといふのも、彼には自分の意地の悪さを抑へつける力がなかつたからです。彼は、まるで女の様に、突然見当はづれの事をしまりなく喋り出す、さういふ時には、私は大抵黙つてゐましたが、ひどく面罵してやつた事も二度ほどあります。さういふ次第ですから、何んの悪意もない相手を怒らして了ふ様な事も、無論幾度もありました。一番やり切れないのは、彼がさういふ事を自ら楽しんでゐたし、人を嘲《あざけ》つても、決して了ひまで言ひ切らなかつた事です。彼は好んで下劣な行為をしては、人に自慢しました。或る日、ヴィスコヴァトフが来て話したことですが、ある女の家庭教師の手引で、ある少女に、浴室で暴行を加へた話を、彼は自慢さうに語つたさうです。動物の様な肉慾を持ち乍ら、女の美に関して、彼が何んの趣味も感情も持つてゐなかつた事に、御注意願ひたい。かういふ事を皆考へた上で、彼の作品全体を見れば、犯した罪の長々しい弁護ともとれます。誠から出た情誼のほんの動きでも、真実な悔悟の一瞬でもありさへしたら、何も彼も消えて了ふ、あの男について、そんな思ひ出でも、私にあつたなら、何も彼も許したでせう。あゝ、頭の慈悲心と文学上の慈悲心としか持つてゐなかつた人間を、傑物だと世人に信じさせる仕事とは。彼が労《いたは》り愛したものは、たゞ自分の身の上だけでした」

彼も亦人類救済の念に燃えた大芸術家であつた。幾万の人々の哀悼のうちに死にながら、臨終を看取られるまで二十年間の友の胸には、かういふ抜き難い嫌厭の情を印刻して置いた事を、僕等は一体どう解釈したらいゝのであらうか。最も穏健らしい解釈が一つある。即ち、こゝに凡庸な人間と天才との単なるへだたりを見る事だ。ストラアホフには、ドストエフスキイのさういふ半面しか摑めなかつたのである、と。例へば、彼の妻は、トルストイに、良人の性格を質問されて、何んと答へたか。「夫は人間の理想といふものの体現者でした。凡そ人間を飾る、精神上、道徳上の美質を、彼は最高度に備へてゐました。個人としても気の好い、寛大な、慈悲深い、正しい、無慾な、細かい思ひやりを持つた人でした」。妻は良人の半面しか摑めなかつた。ドストエフスキイも親友と妻とにうまく半面づつ見せたものである。丁度いゝぢやないか、両方足し算すればよい。人物の真相を知る為には、なるたけ沢山尻尾が集つた方がいゝ様である。たゞ集り過ぎて面喰はなければ幸ひである。スタヴロオギンにして同時にゾシマである様な人間の真相とは何か。八十二歳にもなつて、「道徳的には怠け者の小学生徒だ」と「自分一人のための日記」に書くトルストイの様な人物の真相とは。或は幾百とない人物を小説制作上生きねばならなかつたバルザックの様な人物の真相とは。かういふ事情は必ずしも天才等に特有なものとは限らない。

ドストエフスキイの実生活を調べてゐて、一番驚くのは、その途轍もない乱脈である。彼の金銭上の浪費なぞは、その生活そのものの浪費に比べれば言ふに足りぬ。成る程、彼があんなに沢山な実生活の苦痛に堪へられたのは、彼の所謂《いはゆる》「猫の生活力」によるのであらうが、実生活のあの無統制を支へた彼の精神とはどういふものであつたらう。単なる怠惰が、あの乱脈に堪へた筈がない。尋常な意志は何等かの統制を案出した筈である。僕は実生活の無秩序に関する、彼の不可思議な無関心を明瞭に説明する言葉を持たぬ。この生活浪費家は、賭博場から世人に警告する、「いかなる目的の為にも生活を浪費するな」と。僕はこの逆説を明らかに語る言葉を持たぬのである。

若し彼が「私小説」乃至は「心境小説」を書いたらどうなつただらう。想像するさへ馬鹿々々しいが、幸ひ彼には書けなかつた。併し、若し書いたら、この様になる筈だといふ証明はして置いてくれた。「地下室の手記」が即ちそれである。この作は、単なる生活秩序に対する反抗児の手記でも非合理主義者の手記でもない。彼は、まさしく生活の浪費者だが、いかなる目的の為にも浪費を行つてはゐないのである。彼には「私」といふものはない、「心境」といふものすらない。「私」とか「心境」とかいふものが、さまざまな社会的行為の、つまり習慣的生活の沈澱物に過ぎないならば、「地下室」の男に、凡そあらゆる行為の動機が是認出来ないのも当然である。彼はあらゆる行為が禁止されてゐる事を感じてゐるが、社会から逃げ出さうとも、観念の世界に安住しようとも希はない以上、あらゆる行為は万能だと感じてゐるに過ぎない。かういふ不安定な状態で、彼の生活の浪費は行はれる。彼は生活するといふより寧ろ生活を周囲から強ひられる。無動機な生活を強ひられるのである。彼に行為を強ひた社会から見れば彼の行為は飽くまでも現実の行為だが、彼自身にとつては、架空のものに過ぎない。少くともラスコオリニコフ自身にとつては、殺人とは社会的な現実性を持つた行為の意味も持たぬ様に。

ドストエフスキイは「地下室の男」ではない。これを書いた人である。作者である。これを書いた人の口から洩れたものでなければ「いかなる目的の為にも生活を浪費するな」といふ様な言葉は意味がない。

彼の生活の絵巻を眺めて、これを狂人か子供か馬鹿者の生活と見るのは最も穏当である。そして彼が狂人でも子供でも馬鹿者でもない事を作品で証明してみせると、世人は、だから彼は天才だと、たゞのん気に考へる。漁色家としての彼、賭博者としての彼が、芸術家としての彼とどの様な関係を持つてゐたか、無論これは分析の限りではない。併し漁色や賭博が、彼の「地下室」で行はれた事は確かだ。無動機の行為、無目的の浪費であつた事は確かである。こゝで僕等の尋常な生活では、無動機、無目的では、漁色すら、賭博すら出来難い事を考へてみればよいのである。「地下室の男」の様な絶望にも非凡な才能を要し、意志を要することを考へてみればよいのだ。

クロワッセの書斎から、フロオベルは、ジョルジュ・サンドに書いた。「現在の私は、既に消え去つた、これはさまざまな私の個性の結果です。私はナイル河の船夫だつた。カルタゴ戦役の頃のロオマでは女衒《ぜげん》、シユブュルではギリシャの遊説家でした。そこで私は南京虫に食はれました。私は十字軍の遠征でシリヤの海岸であまり葡萄を食ひすぎたために死んだのです。私は海賊であり、僧侶であり、香具師《やし》、馭者もやりました。多分東洋の皇帝にもなつたことがありませう」

クロワッセの書斎はフロオベルの「地下室」ではなかつたか。ドストエフスキイが、背負つてうろついた「地下室」を、フロオベルはクロワッセに固定したに過ぎぬ。又別の比喩を使へば、ドストエフスキイは、人々が自分の「地下室」を自由に横行するにまかせたが、フロオベルは、客をみんな断つただけなのである。

フロオベルは、文学といふ「唯一の目的」の為に、極度に生活の浪費を惜しんだ。彼の実生活は殆ど零に近附き、書簡を通じて彼の実生活を見物しようと思ふ人々を失望させる。両極端は合するといふ。ドストエフスキイが生活の驚くべき無秩序を平然と生きたのも、たゞ一つ芸術創造の秩序が信じられたが為である。創造の魔神にとり憑かれたかういふ天才等には、実生活とは恐らく架空の国であつたに相違ないのだ。架空の国にも現実の苦痛や快楽が在る事をさまたげぬ。死すら在るではないか。かういふ天才達の信念に関する事情には、実生活の芸術化に辛労する貧しい名人気質には想像出来ない様なものがある事は確かだらうが、又、かういふ事情も天才に特有なものではない。僕等は皆多少は天才等の模倣をせざるを得ない様に出来てゐる。

加能作次郎氏が書いてゐた(「東京朝日」)。

「あの日記を読んで、僕は家出前後のトルストイの苦悩に充ちた生活に、何かかう宿命的な、悲劇的な、人間生活の真の生きた姿を、トルストイが一生涯かゝつて、その解決に苦しんだ人生といふものの活画を見るやうな気がして、無量の感慨を禁じ得なかつた。非常に感傷的な言ひ方だが、彼がその偉大な芸術や、深い思想を通じて、一生涯かゝつても果し得なかつたところの、人生とは何ぞやといふ大問題の解決の懸案を、一九一〇年の彼の実生活そのものが、見事に果し得てゐるやうな気がするのだ。

更に言へば、一九一〇年の彼の悲劇的な生活が、人生そのものゝ象徴のやうな気がするのだ」

加能氏も正宗氏と同じ意見の様である。若しトルストイが、かういふ意見を聞いたら何んといふか。君等の思想は、四十八の時卒業したと言ふだらう。芸術も思想も絵空ごとだ、人は生れて苦しんで死ぬだけの事だ、といふ無気味な思想を、彼が「アンナ・カレニナ」で実現し、これを捨て去つた事は周知のことだ。他人が一つたん捨て去つた思想を拾ひ上げるのは勝手だが、ナポレオンの凡人たることを証明した天才を捕へ、その凡人性に感慨をもよほす事は気が利かないのである。正宗氏が鏡に掛けてみた人生の真相とは一体何を意味するのか。トルストイは、「戦争と平和」で英雄にまつはる伝説の衣を脱ぎ取つて、凡常なる人間といふその真相を描いた。然し彼の真相追求の熱情は、すべての人間はたゞの人間に過ぎないといふ発見に飽き足りなかつた。「アンナ・カレニナ」に至つては、たゞの人間は、殆ど非人間的な様々な元素に解体されてゐる。彼の人生暴露は、どんづまりまで行きついてゐるので、夫婦喧嘩を見て、人生の真相鏡に照らして見るが如しといふ様なところにまごまごしてゐるのではないのである。自分が眺めたぎりぎりの人生の真相に絶望し、そこから再び立ち上がらうとしたところに「わが懺悔《ざんげ》」の信念が誕生した。加能氏のいふトルストイが、芸術によつても思想を通じても果すことの出来なかつた人生とは何ぞやといふ問題の解決を、トルストイの実生活に於ける悲劇が果してゐるとは一体どういふ意味だらう。彼の痛ましい悲劇も、それ自体問題の解決だ、では彼の死も亦問題の解決ではないのか。それでは問題を解決したのは彼ではなく、彼は寧ろ問題に解決されたのではないか。彼の晩年の悲劇は人生そのものの象徴だといふ。人は欲するところに、欲する象徴を見る。彼の晩年の悲劇が人生そのものの象徴なのではない。そこに人生そのものの象徴を見ると言ふ事が、正宗氏や加能氏の様に、実生活に膠着《かうちやく》し、心境の練磨に辛労して来たわが国の近代文人気質の象徴なのである。一幅の人生の活画を提供する為に、トルストイはどれほど大きな思想に堪へねばならなかつたか。彼は細君のヒステリイに堪へたのではない、「アンナ・カレニナ」の思想の放棄さへ迫つた残酷な思想に堪へたのである。

実生活を離れて思想はない。併し、実生活に犠牲を要求しない様な思想は、動物の頭に宿つてゐるだけである。社会的秩序とは実生活が、思想に払つた犠牲に外ならぬ。その現実性の濃淡は、払つた犠牲の深浅に比例する。伝統といふ言葉が成立するのもそこである。この事情は個人の場合でも同様だ。思想は実生活の不断の犠牲によつて育つのである。たゞ全人類が協力して、長い年月をかけて行つた、社会秩序の実現といふこの着実な作業が、思想の実現といふ形で、個人の手によつて行はれる場合、それは大変困難な作業となる。真の思想家は稀れなのである。この稀れな人々に出会はない限り、思想は、実生活を分析したり規定したりする道具として、人々に勝手に使はれてゐる。つまり抽象性といふ思想本来の力による。「抽象的思想は幽霊の如し」と正宗氏は言ふ。幽霊を恐れる人も多すぎるし、幽霊と馴れ合ふ人も多過ぎるのである。

満洲の印象

1

黒河に着いたのは、素晴しい満月の夜であつた。哈爾賓《ハルピン》から十七八時間も汽車に乗つたらうか、はつきりと覚えない。唯一の備忘録、ポケットの豆手帳に附け忘れた。正直なところ、こんどの旅には確とした目的はなかつた。明け方釜山の港に這入つて行く連絡船の甲板で、同行の林房雄が、おい、卅六になつて始めて朝鮮といふものを見るとはね、と笑ひ乍ら、一種複雑な表情をしてみせた。丁度僕も恐らく彼とあまり変らない感情で釜山の山を眺めてゐた。そしてこの感情は旅行中僕につき纏《まと》つて離れなかつた。毎日々々生れて始めて見るものばかり見せられて行くうちに、もう何もしまい、子供らしい好奇心の赴くが儘に、時日と体力の許す限り遊び廻る事だけしよう、といふ考へがだんだん形を残して来た。結局その通りになつた。還つて来てぐつたりしてゐる。汽車と聞くだけで胸糞が悪い。

空には一片の雲もなく、月は冴え返つてゐた。雪の曠野を何処までも走る一条の光つた線路があり、それが、氷結したアムール河にぶつかつて、其処にちよつぴり黒い街がある、そんな考へとも風景とも附かぬものが、やつと汽車から開放されて、月を仰いだ僕の頭を掠《かす》めた。踏み固められた駅前の暗い広場には、灯をつけた馬車が群がつて、馬は鼻から濛々と白い湯気を出し、着脹《きぶく》れた屈強な馭者達が、客を争つて喚き立ててゐる。凜烈《りんれつ》な夜気のなかに、鈴が冴えた音で鳴つて、車の下で乾き切つた粉雪がいゝ音で軋《きし》る。街までは余程あるらしい。

黒河まで来ても烏賊《いか》の刺身と蛤のお汁を出されたには驚いた。着く街々で宿を取ると必ず怪しげなお刺身とお吸物で恰好をつけたお膳が現れた。内地の田舎を旅行する時に味ふのと同じ閉口を、ペエチカが燃える座敷で味ふのは妙な感じである。汽車の窓から真つ黒な豚が遊んでゐるのが見える。その艶々した黒い色は、満人の着物のしつかりした藍色もさうだが、赭《あか》い土となかなか映りがよい。遠くで遊んでゐるのは烏の群れの様に見える。あのカツレツを食はして欲しいものだと屢々《しばしば》思つたが、この新参旅行者の極めて自然な欲望を充たしてくれた宿屋はなかつた。

風呂に這入つて寝ようとしてゐると、同行の岡田君は防寒具を附けはじめた。お月見に行くと言ふ。宿の裏から河に出る。煉瓦造りの頑丈な家並みと裸の黒い並木とが、静まり返つた雪の道につゞいてゐた。防寒靴の下で雪が喧《やかま》しく鳴る。広々とした氷の河面は、月を受けて、鈍い銀色に光り、対岸は黒い夜空で、ブラゴヴェシュチェンスクの灯がキラキラ光つてゐた。筏《いかだ》に組まれた巨材や大きな舟が河岸に凍り附き、氷の上に油らしいものがど強い光をあげて盛んに燃えてゐる。大気も凍つた様に動かず、白い煙は河面に雲の塊りの様に浮いてゐた。強い印象が僕等を押へ附ける。「飛んだお月見だな」、僕は仕方なく言つた。

河に面して、薄汚いロシヤ料理屋が店を開けてゐた。あの二階に上つたら眺めがよからう、と上つて見たが、これは思ひ違ひで、氷の張つた二重硝子《ガラス》の窓は暗いランプの光を映してゐるだけであつた。歯に染みる様な胡瓜の漬物を齧《かじ》り、ウォッカを呑んでゐると、二人連の労働者らしいロシヤ人が上つて来た。一人が人の好さそうな笑顔をこちらに向けて、今晩は、と言つて楽し気な晩餐を始めた。見るとスープとパンを註文しただけで、ソーセージやら燻製の魚らしいものやらを、抱へ込んだ包から出してテーブルに並べてゐる。ウォッカも持参である。

僕の学生時代、日本の文学はロシヤ文学の非常な影響の下にあつた。僕の青春時代の文学の夢に一番強く豊富な材料を提供してくれたのは、ロシヤの十九世紀作家達の手に成つた小説の飜訳であつた。そして、ロシヤ語も解らず、ロシヤに行つた事もない僕が、満洲のロシヤ人達を眺めて不思議な経験を味つてゐる。例へば、僕は哈爾賓のキタイスカヤ街をぶらぶらして、乞食の顔にも、運転手の顔にも、キャバレの女の顔にも、ホテルのボーイの顔にも、嘗て心酔したロシヤ小説中の様々な人物の名を読み取つた。さうしようと思つてしたわけではない、さういふ子供らしい聯想を伴はずに眺める事が単に僕には不可能だつたのである。子供らしい聯想と書いたが、実は僕は少しも子供らしい聯想だなどと思はなかつた。外套を着せてくれる老人に十銭握らせ乍ら、僕は彼の肩を叩く。そして心の裡《うち》で呟く。ねえ、おい、俺は君といふ人間を実によく知つてゐるんだよ、チェホフが君そつくりの男を書いてゐるのを、俺は何遍も繰返し読んだものだ、と。或る人々は、文学者の感傷と言つて笑ふだらうが、この種の感傷を除き去つた世の真実とは一体何か。而も例へば現在のロシヤの政情に精通した外交官は、ロシヤ文学を耽読《たんどく》した僕よりもロシヤ人といふものを果して知つてゐるのかどうか、甚だ疑問である。

日本人が支那人といふものを新しく理解しなければならぬ大きな必要に迫られてゐる今日、支那の民族性を新しい表現に盛つた近代文学といふものを、支那がまるで持つてゐなかつた事がどんなに思ひ掛けない障碍《しやうがい》となつて現れてゐるかに、僕等は気附くのだ。アメリカ女の書いた「大地」とやらいふ小説に支那人が書けてゐるとでも言ふのか。アメリカで教育を受けたお蔭で、英語だけが達者になつた支那の論客の論文に、或は日本のマルクス主義文献を読み齧つた抗日作家達の作品に、支那人の正体があるとでも言ふのか。僕は信じない。僅かに、魯迅といふ人が、恐らく狭いが深く支那人の肺腑に達したものを、僕等に近しい表現にしてみせて呉れた。だが北京の街頭に阿Qの顔を見附ける事は、哈爾賓の通りでムイシュキンに出会ふより僕には難かしかつた。中支の戦の跡で、幾千幾万の難民の群れを眺め、あの人達が自分に解るだらうかと自問したが、その時、例へば学生時代に教はつた「詩経」の桑柔《さうじう》編の様な表現しか思ひ浮ばないのが訝《いぶ》かしかつたのである。

だが、これを裏返して考へると同じ様な事になる。日本人といふものを新しく理解しなければならぬ驚くべき事態となつて、外国人は何によつて現代の日本人といふものを理解してゐるのか。成る程、日本が現在国を挙げて行つてゐる政治的動きの必然性といふものなどは、別に何によらなくても理解するだらう。その代りさういふ外的な冷静な理解は、理解するのを好まぬ者にはないも同じだ。現に理解したくない国は断じて理解してゐない。どの様な政治的声明も無駄であらう。そして、恐らく其処に政治的な相互理解といふものの限界があるのかも知れぬ。

僕は今その種の理解を言ふのではない。人間はもつと内的に相手に共感させ、相手を理解する能力を備へてゐる筈なので、誰も例へば阿Qといふ人物を理解したくはないとは言はないのだ。日本が現在行つてゐる戦争のあるが儘の姿は、外国人はその好む処に従つて理解し、或は理解しない。併し事変に携はる今日の日本人の心といふものについては、凡そ外国人たる限り何等の理解もあるまいと僕は考へる。彼等に用意がなかつた、と言ふのは彼等に用意させる用意が僕等にまるでなかつたといふ事だ。鎖国は明治維新とともに終つたのではない。今日それは漸く終らうとしてゐる、といふより寧ろ終らせようと僕等は努力しなければならないのだと言つてよい。明治以来、わが国の文化は西洋文化を輸入して爛熟して来たのだが、これを日本のものとして輸出するほどの完成を見たわけではない。そのうちに事変が来た。事変の影響するところ、西洋模倣の行詰りを言ひ、日本独特の文化の建設を叫ぶ声高い説が沢山現れたが、声高さはいづれ一時のものである。

西洋模倣の行詰りと言ふが、模倣が行詰るといふのもをかしな事で、模倣の果てには真の理解が現れざるを得ない。そして相手を征服するのに相手を真に理解し尽すといふ武器より強い武器はない。これは文化の発達の定法であつて、わが国の文化は、明治以来この定法通りに進んで来た。事変がどの様な力を持たうとも、この定法を変へる力はない。この定法通りの文化の進行に、事変は恐らく僕等の嘗て知らなかつた拍車を掛けるであらう。それは信ずべきだ。やがてさうなる。

日本のインテリゲンチャよ、日本に還れ、といふ叫びにしても、僕は其処に一応尤もな声を聞くとともに、一種の恐怖を嗅《か》ぎ分ける。嘗ての僕等の西洋崇拝の裏には、どんな西洋恐怖が宿つてゐたかを語られるやうな気がする。インテリゲンチャに限らず、誰でも、何処に還れと言はれて、現在ある自分自身より他に還る場所はない。そしてその現在ある自分自身といふものを語るについて、現代の日本人達は何んといふ舌足らずであるか。

僕等は一つぺんも日本人たる事を止めた事はない。時々止めた様な気がしただけだ。成る程自由主義とかマルクス主義とかいふ思想は西欧の思想であるが、さういふ主義なり思想なりを、今日これを省みれば、僕等は何んと日本人らしい受取り方で受取つて来たか。主義を理解する事は容易だが、理解の仕方がいかにも自分らしい、日本人らしいと思ひ到るには時間が要るのだ。総じて習ひ覚えた主義とか思想とかいふものには、人間を根柢から変へる力などないものなのだが、その根柢のところにある変らぬ日本人といふものの姿を、僕等は今日捕へあぐんでゐる。

西洋の思想は決して僕等を毒したのではない。さういふ風に単純に自分の生きて来た過去といふものを扱ふのは、現在の生活を侮蔑するもので、これは個人の生活にも広く文化の歴史の上にも言へると思ふ。西洋の文化の影響するところ、日本の近代社会の形に現れた諸組織、諸形式はまことにはつきりと西洋化したが、眼に見えぬ精神生活の西洋化といふものは決してはつきりしたものではない。例へば経済組織といふ様な言はば物的なシステムは、新しい組織の影響に初めのうちにこそ強く抵抗するが結局脆《もろ》く屈従して了ふものだが、精神の組織は新しいものの影響に最初は非常に鋭敏に反応する代り、次第に強い抵抗を現して来るものなのだ。自分といふ人間が変つたと信じてゐると、案外変つてゐない自分を見附ける機会に出会ふ経験は、僕等の日常生活によくある事だが、文化の伝承も亦微妙に行はれる。

西洋の思想が、僕等の精神を塗り潰《つぶ》して了つた様に錯覚するのも、思想の形だけを見て、思想がどの様に人間のうちに生きたかその微妙さを見落すところから来る。その微妙さの裡に現代の日本人がある。言ひ代へれば、僕等は西洋の思想に揺り動かされて、伝統的な日本人の心を大変微妙なものにして了つたのだが、その点に関する適確な表現を現代の日本人は持つてゐないのである。これは現代文化の大きな欠陥だ。

例へば日本主義運動といふものがある。国体明徴運動といふものがあり、国民精神総動員運動といふものがある。その趣旨に反対するものなどありはしない。それにも拘《かか》らず、さういふ運動が思想運動として全然成功してゐないのはどういふわけか。国民が何を解り切つた事を紋切型の文句で演説するかと言つてゐるからである。解り切つたといふ言葉で、国民が表現してゐる暗黙な智慧には、世上の紋切型の表現は決して達し得てゐない。さういふ風に考へると、今度の事変の姿は、僕には非常に奇妙なものに思はれて来る。

この様な国運を賭する程の大事件にぶつかり乍ら、その思想的表現に於いて日本国民は、何んといふ貧寒な言葉しか持ち合はせてゐないか。この様な事変はそもそも思想的表現に堪へないといふ者がある。或は自分の表現は現代に入れられぬと言ふ者がある。僕はさういふ人達を信じない。僕等がこれからどうにかしてやり遂げねばならない難かしい仕事に、単に気が附き度くない怠け者に過ぎないからだ。

事変の性質の未聞の複雑さ、その進行の意外さは万人の見るところだ。そしてこれに処した政府の方針や声明の曖昧さを、知識人面した多くの人々が責めた。無論自分達に事変の見透しや実情に即した見解があつたわけではない。今から思へば、たゞ批評みたいな事を喋りたかつたに過ぎぬ。それにも拘らず、事変はいよいよ拡大し、国民の一致団結は少しも乱れない。この団結を支へてゐるのは一体どの様な智慧なのか。それは日本民族の血の無意識な団結といふ様な単純なものではない。長い而もまことに複雑な伝統を爛熟させて来て、これを明治以後の急激な西洋文化の影響の下に鍛錬したところの一種異様な聡明さなのだ、智慧なのだ。

この智慧は、今行ふばかりで語つてゐない。思想家は一人も未だこの智慧について正確には語つてゐない。僕にはさういふ気がしてならぬ。この事変に日本国民は黙つて処したのである。これが今度の事変の最大特徴だ。事変とともに輩出したデマゴオグ達は、自分達の指導原理が成功した様な錯覚を持つてゐるだらうが、それはあらゆる場合にデマゴオグには必至の錯覚に過ぎぬ。

哈爾賓街頭の、見知らぬロシヤ人の顔に、小説中の人物の名を読み取つたといふ話が、まことに乱雑な感想となつて進んだが、実は黒河の第一夜は、次々に湧いて来る様々な想ひに悩まされ、よく眠れなかつたのである。僕は水を飲んだり又しては煙草を附けたりして考へ続けた。銀座街頭の僕等の顔に、外国人はどんな小説中の人物の名も読みはしない。日本の近代文学はさういふ名を外国人に与へるほど立派な作品を一つでも創つてゐるだらうか。日本人の心といふものの近代的な見事な表現を完成してゐるだらうか。事変の影響で日本への外国人の関心は高まり、日本の政治的動きに関する精細な分析といふ様なものは沢山見られる様だが、その底にある近代日本人の心については、まるで手がつけられないと言つた様子だ。南京陥落の頃だつたか、「メルキュウル・ド・フランス」誌上で、日本精神について四十七士の例を引いて論じてゐる論文を読んだが、明治以来僕等が、一体どの程度の自己表現を完成したかを省みれば腹も立たぬわけである。

軍人も政治家も学者も、日本人の美質について、一生懸命語つてゐるわけだが、残念な事には現代日本人の美質なるものは、彼等の紋切型の表現には、到底手に負へぬ微妙なものになつてゐる。めいめいが勝手気儘な表現で、或は嘗て部下に命令したそのまゝの表現で、或は嘗て学生に講義したそのまゝの表現で、ラヂオで語り、公会堂で語る。そんな有様で、まづ大過なく過せるのも、各人の心の裡に、黙つてゐるもう一人の微妙な現代日本人なるものが棲んでゐるからだ。このもう一人の日本人の暗黙の裡の相互理解が、表に現れた言葉の混乱を僅かに支へてゐるに過ぎない。

欠陥は事変前から持ち越された、事変後にも未だそのま〻残るであらう。僕は言ひ様のない苛立《いらだた》しさを感じた。うつらうつらしてゐる内に朝が来た。頭が重かつた。だが軒の雨滴の音のする雪の朝しか知らない僕には、何か驚くべき雪の朝が来た様に思はれた。頭を重くしてゐるどころの段ではなく、僕はキラキラする街に飛び出した。もう何も考へなかつた。

家々も雪も空も、乾き切つた感じで輝やいてゐた。粉雪は、何に交り合ふ術もなく家に往来にサラサラと乗つてゐた。街は小さいが、家々は皆頑丈な煉瓦造りで、壁は白や卵色に塗られ、窓の鎧戸《よろひど》は緑や柿色に塗られて、その褪《あ》せた色合ひは、雪の中で美しく見えたが、人々の顔は陰気であつた。此処は賭博が許されてゐるといふので這入つてみた。緑色の羅紗《ラシャ》を張つた大きな机を囲んで、貧しい服装の労働者らしい人達が、犇《ひし》き合ひ、めいめい黒い竹篦《たけべら》めいたものを手にして、揉みくちやになつた紙幣やら銅貨やらを、黙々として賭けてゐた。結局チョボ一の勝負なのだが、見てゐても僕には解らなかつた。小箱に入れた賽《さい》を手にした黄色く痩せた爺さんが、顳顬《こめかみ》に青筋を浮かせ、甲高い声で、歌ふ様に何か言つてゐる。爺さんのうしろには、停車場の切符売場の様な小窓があつて、皆が張つてゐる間、爺さんは賽を入れた小箱を小窓に入れて置く。今度出る目を中で決めるらしい様子だが、無論はつきりした意味は解らぬ。

それをする爺さんの様子が、何故か僕には不快でたまらなかつた。賭博場の裏手は、東京で言へば玉の井の路地で、雪を被つた背の低い見窄《みすぼら》しい同じ様な屋並みがつゞき、窓の二重ガラスの合間に、籾殻を敷き、その上に造花の薔薇やダリヤを並べてゐる。千代紙の切れ端をばら撒いた窓もあつた。

　昨夜全部結氷してゐる様に見えた黒龍江は、昼間見たら、真ん中は未だ凍つてゐなかつた。夥《おびただ》しい氷塊を浮べた黒い水が、意外な速さで流れてゐた。対岸は思つたより近い。白堊《はくあ》の兵舎が立ち、丘の上にはトオチカらしいものが見える。兵舎からは、兵隊の合唱する歌が聞えて来る。何んとなく呑気な悠長な調子で、思はず岡田君と顔を見合せ、ともかく軍歌ではないらしいと言つて笑つた。雪の斜面でスキイをして遊んでゐる一団がある。あれも兵隊さんぢやないかと思つた。ブラゴヴェシュチェンスクの街は下流の方でよく見えぬ。こちらの岸には凍り附いた材木を剝《は》がしては、馬に曳かせて運搬するので、労働者が群がつてゐる。見たところ表面はいかにも平和な国境風景だ。だが果して表面は、だらうか。そんな事はあるまい。スキイをしてゐる者も材木を運んでゐる者も、たつた今は心の底から平和に違ひない。平和とは休戦期の異名だ、と誰かが言つた。それは本当の様だが嘘である。頭の中で平和と戦とを比較してみた人の理窟である。だが実際の平和と実際の戦とは断然とした区別があるのではあるまいか。人間は戦ふまで戦といふものがどういふものか知らぬ。どんなに戦の予想に膨らんだ人もほんたうに剣をとつて戦ふまでは平和たらざるを得ない。人間は戦ふ直前に何か知らない一線を飛び越える。

僕はたゞその時ふと頭に浮んだ考へを書いてゐるのだが、どうもうまく言ひ現せない。それは考へといふより何か強い感じであつた。僕は、その時、キラキラする河面を見詰めながら結論の様に呟いたのを覚えてゐる。未来も過去も観念の塊りに過ぎぬ。

2

黒河から孫呉まで三時間余り、汽車の窓にはシェードが下ろされる。見てはならぬとなるとどうも見たくて仕方のないものである。何も怪しい旅行者ではないではないか、とチョイと下の方を細目に開けて覗いて見る衝動を我慢するのは、かなり厄介な仕事であつた。国境地方の旅行は大変厳重である。僕も岡田君も、何日から何日まで何日間、何処其処から何処其処まで、資料蒐集の目的で旅行を許可す、といふ写真を貼つた奴を、肌身離さずと言つた感じでポケットに入れてゐる。尤もこれを書いて呉れた新京の警察のお巡りさんはあんまり厳重ではなかつた。岡田君は印を忘れ、新聞社から岡と田との活字を貰つて行つたが、これは変つた認めですな、とお巡りさんは笑つた。内地ではあゝはいかない、と岡田君はしきりに感心してゐた。

僕は薄暗い食堂車に坐つてゐた。テーブルの向う側で黙々とビールを飲んでゐる男は、モーニングを着てゐる。僕は彼のチョッキに附けた犬の頸環ほどもある馬鹿々々しく大きいクロームの鎖を呆《あき》れて眺めてゐた。どういふ量見かわからない。若しかするとあの鎖の先きには豆時計がぶら下つてゐるかも知れぬ。すると彼は時計で笑はせねばならぬ漫才と云つた芸人かも知れぬ。それにしても、ずゐ分遠くまで稼ぎに来たものだ、いや、それとも彼のモーニングも鎖も彼といふ人間には何んの必然性を持たぬものかも知れない、何しろ満蘇国境の事だ。併し何が何しろ満蘇国境の事だなのか。どうもはつきりしない感じで気持ちが悪い。「注ぎませう」とモーニングは笑顔を見せて、テーブルの土瓶を取上げてお茶を注いで呉れた。「これは、恐縮です」と頭を下げると、彼は、「煙草を一本頂戴します」と言ってテーブルの上に置いた僕の煙草を一本取つてサッサと行つて了つた。

特にモーニングだけに限らない。車内の人々は、兵隊さんを除き、皆多かれ少かれモーニング染みた印象を僕に強ひる。どういふ種類の男で、どんな仕事をしてゐるのか、どうも合点がいかない。これが、言葉のてんで通じない外国人だと一層さつぱりするのだがと思ふ。この気持ちの悪い印象は、極度に不純なエキゾティスムとでも言ふべきものかなとも思ふ。

尤も純粋なエキゾティスムといふものも格別面白くはないものだ。哈爾賓はいゝですよ、北京はいゝですよ、と言はれる。いゝですよとはどういふ意味か、行かない内からよく解る。哈爾賓のロシヤ人の墓地で、粉雪を敷いた枯木立の中で、触れば手に附きさうな鮮やかな群青で塗られた教会のドームを眺めてゐた時とか、北京の天壇の途轍もない大理石の歩道を、哈爾賓で買つた魚の靴（支那人の靴屋は、筆で大きな魚の画を描いてみせた）をキュウキュウ言はせて歩いてゐた時とか、僕は極めて純粋なエキゾティスムを味つてゐたが、僕は少しも心を動かされはしなかつた。たしかにそれは美しさといふ様なものではない。合点のいかない放心があるだけだ。例へば、大同に行つて雲崗《うんかう》の石仏を前にした時には、僕は何等この種の放心など感じなかつた。或る仏様の美しさは、恍惚となる様なものであつたが、心は生き生きと醒め切つてゐた。僕は自分に通つて来る何か大変親しい或るものを、心の裡で読んでゐた。仰々しい紫禁城《しきんじやう》の中を退屈し切つて歩いてゐると、岡田君が「まるで愚民を恫喝してゐると言つた様なものだね」と言つたが、雲崗の石仏を見てゐて、このうちの一つでも北京の清朝の遺物の中に立つてゐたらどんな事になるだらうと思つた。旅行者はみんな北京を賞めるが、僕は奈良や京都の美しさが今更の様に痛感されただけであつた。旅行者は、日本人でもなければ支那人でもない旅行者といふ妙な存在に化してゐる事に、なかなか気が附かぬものだ。放心と感傷から容易に逃れ難いものだ。

これは今書いてゐて、ふと思ひ出した事だが、哈爾賓の或るカフェに直木三十五と実にそつくりな満人のボーイがゐて、それが出て来た時には、思はず吹き出した。考へてみると、この種のナンセンスは、エキゾティスムの重要な構成要素かも知れない。エキゾティスムといふ見掛けの美しさは、旅行者を惑はすものだが、惑はされてゐるのは、果して旅行者だけだらうか。満洲には満洲の文学をといふ主張を、新京でも大連でも聞いたが、さういふ人達も亦今の処未だ惑はされた旅行者を出ないのではあるまいか。エキゾティスムは風物ばかりにあるのではない。思想にさへあるのだ。

孫呉に着く。美しい午前である。舞ひ上る粉雪が風の中でキラキラ光る。満蒙開拓青少年義勇隊孫呉訓練所といふものを、満洲拓殖公社の山口君の案内で、と書いてもどうしてかういちいち面倒臭い名前を附けるのだらう、と訝しいのだが、兎も角今日はそれを見学に行くのである。この種の仕事の名目が、不必要に厳しく難かしいのは、仕事の或る弱点を語つてゐるやうに思はれる。

内地の内原の訓練所の事は、林房雄君が、いつか「文芸春秋」誌上に書いてゐて、その希望と理想とに燃えた楽しげな訓練所の有様は、僕は読んで知つてゐた。孫呉の雪野原には、未来の夢を満載した十六から十八の少年の千四百名余りの一団が、昭和十三年五月、内原から到着して、満洲ではじめての冬の経験をしてゐる。

訓練所には山口君から手紙や電報で再三照会して、連絡を頼んで貰つてあつたが、駅を下りるとそんな様子はさつぱり見えない。後で成る程と思つたが、訓練所はそれどころの騒ぎではなかつたのである。駅前の宿屋で昼飯を食つてまごまごしてゐると、運よく訓練所に還るトラックに出会ひ、荷物の上に乗せて貰ふ。トラックは、堅い雪の道を爽快な速力で走る。荷物は魚の臭ひがした。冷い風で鼻の先きは痛いが、防寒具をつけてゐるので、寒さは少しも感じない。十数人の少年が一緒に乗つてゐたが、そのうち数人がしきりに寒がつてゐるのを変だなと思つたが、防寒外套、防寒靴は無論の事、シャツ、靴下類に至るまで、少年達への配給準備はまことに不充分なものである事を後で知つた。

トラックは無人の野を、十キロも快走したらうか、やがて訓練所の本部に着いた。夕暮は迫つてゐた。白い地平線から吹いて来る寒風に曝《さら》されて、一と塊りの見窄しい家屋が並んでゐるのを見た時、僕は、千四百人の少年が、こゝで冬を過すとはどういふ事であるかを理解した。それは本の統計にも説明にも書いてない事であつた。いや、恐らく幹部の人達も、此処へ来てはじめてそれを理解したであらう。所長は不在であつたが、僕の会つた幹部の指導者達に、満洲生活の経験者と呼んで差支へないと感じた人を見附け出す事は出来なかつた。この新しい仕事には、皆言はば素人であつた。

僕が行つたのは十一月上旬であつたが、もう零下二十二度と言はれた。準備の整はないうちに冬は来て了つたのである。棟上げだけ済ませた家が、空しく並んでゐるのが見られた。出来上つた泥壁に藁葺《わらぶき》の宿舎の形こそ大きいが、建築の粗漏な点では、一般満人の農家にも劣るであらう。はじめ少年の手で建てられた天地乾坤《てんちけんこん》造りとかいふ小屋は、夏が近づいてみると、湿地の上に建つてゐた事が判明し、移転に手間どつた上に、未曾有の長雨に遭つて、かういふ始末になつたと聞かされたが、無論この説明は、世人を納得させるに足りないのである。

本部の建物に這入ると、事務机の並んだ傍に、白いお骨の箱が、粗末な台の上に乗つてゐるのが眼に附いた。萎《しな》びた蜜柑と南京豆とひねり飴が、少しづつ西洋皿に入れて供へてあつた。僕等はお線香を上げ、合掌した。それは、ペエチカが燃えないのに苛立ち、ガソリンを掛けようとして、抱へた缶に引火し、焼死した少年の遺骨であつた。長くかうして置いては、仏に粗末になつて済まぬから、早く手続きを頼む旨、幹部の一人が山口君に話してゐるのを、傍で聞いてゐて、僕は気持ちが滅入つて来た。必ずしも感傷的になつたのではない。

事件は簡単だが、無論その原因は、少年の無智などといふ簡単なものにありはしないのだ。ペエチカの構造、薪の性質、家の建て方、生活の秩序と、果しない原因の数を、僕は追はうとしたのではない。凍つた土間に立ち、露はな藁葺の屋根裏を仰ぎ、まちまちな服装で、鈍い動作で動いてゐる、浮かぬ顔の少年達を眺めただけで、僕は、この事件が、まことに象徴的な事件である事を直覚して了つたのである。もうどの様な説明も自分の重い気持ちを動かす事は出来ないのを感じた。僕はどんな質問をしようとも思はなかつた。

　部屋の中央には、細長いペエチカが二つあつて、い、音をして燃えてゐるのだが、未だ二重窓も出来ぬ、風通しのい、部屋の氷を溶かすわけには行かない。やがて暗いランプが点り、食事になつた。少量のごまめの煮附けの様なものに、菜つ葉の漬物がついてゐた。僕は不平など書いてゐるのではない。内原の訓練所には少年の栄養研究班なるものがあつたのを知つてゐるから、参考の為に書いて置くのである。

　少年達は、確か八個中隊だつたと記憶するが、別れ別れに屯営してゐる。本部近くの中隊で話をする事を頼まれた。僕は辞退の言葉を空しく捜した。僕が何を少年達に話さうと言ふのか。少年達が、今どんな話を聞き度がつてゐるか解り過ぎる程解つてゐるのだ。それは東京から物珍らしげに出掛けて来た、自分達の生活には直接に何んの関係もない男の講話などではない。諸君の理想、諸君の任務、といふ言葉を、彼等は内原以来何度も聞かされた事だらう。だが、今はそんな事は聞き度くはない。何時、防寒靴は揃ふのか、何時、哨舎で銃を握る時の手套が渡るのか、知り度いのはその種の事柄だけだ。その点では、子供は皆鋭敏なリアリストなのである。鈍感なリアリズムとは、大人ぶつた青年の悪癖でなければ、大人ぶつた大人の特権だ。

　僕は、少年達の宿舎に案内された。暗いランプの光では、そこにギッシリ詰つた少年達の顔を、はつきり見分けることは出来なかつた。室内は、本部の部屋よりも暖い様に思はれたが、煙がひどかつた。少年達の眼が、自分に注がれてゐるのを感じ、彼等が笑ふ様な話がしたいと思つて、胸が塞つた。僕は、元気で奮闘して貰ひたいといふ意味の事を、努めて元気な声を出して喋つた。そして一つぱい汗をかいた。

部屋に還つて、幹部の人達が、訓練生の統制上の非常な困難についていろいろ評議するのを聞いた。僕は、此処にその具体的な話を書き度いとは思はぬ。何故かと言ふと、僕のペンを通すと、恐らくそれは、この訓練所の仕事に対する、世人の誤解を招く恐れがあるからだ。どうしてもやり遂げねばならぬと決心して事に当つてゐる人間が、仕事の困難を語り合ふ語調には、極めて複雑微妙なものがある。僕のペンは、恐らくそれを併せ描き得ないだらう。

幹部の人達は、皆気持ちのいゝ人達であつた。なかには、真面目さと意志とを満面に漲《みなぎ》らした、立派な体格の青年もゐた。たゞ、この人達に欠けてゐるものは、具体的な組織的な方法であつた。戸外の労働は、もう直ぐ不能になる。少年達は、冬は何をして過すか。学科をやらせる。どんな学科をやらせるか。誰も知つてゐる者はない。或る一人は言ふ、「来年は、是非西瓜をやつてみたい。この土地なら西瓜は大丈夫出来ると思ふ。満洲は水が悪いと言ふから、子供達に、西瓜を食べさせてやりたい」。

僕は朝鮮を旅行してゐた時、総督府の陸軍兵志願者訓練所を見せて貰つた。これは前例のない仕事で、朝鮮人青年、殆ど大部分は農村の青年だが、其の他、あらゆる種類の職業にある青年の兵志願者を、六ケ月間訓練する所である。設備は小規模な簡素なものであつたが、何もかも清潔に小気味よく整頓してゐた。特に僕を驚かしたのは、訓練生達の実に溌剌とした表情であつた。それは朝鮮で見た、唯一の美しい顔であつた。同行の張赫宙《ちやうかくちう》君と、帰りがけに連れ小便をしてゐると、彼は突然どうも考へが纏まらぬといふ風な顔で「あゝいふ顔は、僕等の知らなかつたものです」と言つた。

僕はいつの間にか、そんな思ひ出に耽《ふけ》つてゐた。此処にあるのは訓練ではない、単なる欠乏だ。物の欠乏が、精神の訓練を装つてゐるに過ぎない。

「寒いと言へば、北海道だつて寒いんだからな。わし等は、熊と闘ひ乍らやつたものだ」と、最近内原から来たといふ、年配の指導者は言ふ。彼は自分でどういふ意味の事を言つてゐるか知らない。この種の述懐は、満洲に於ける所謂《いはゆる》指導者といふ人達に共通な或る精神を語つてゐる様に思はれる。綏稜の移民地で、孫呉にはじめて這入つて土地の測量や建築の仕事をした人に会つて、話を聞いた。湿地の上に家を建てて了つたその当人なのであるが、そんな失敗などは、彼にして見ればものの数ではない。もつと大きな失敗、もつと大きな困難を彼は経験してゐる。そしてさういふ経験は、彼の裡に、満洲の仕事は、理窟などでは駄目だ、といふ自信を育てて行く、彼はやがて言ひ出すかも知れない、「わし等は、湿地の上に家を建ててやつて来たものだ」。

僕は、こゝの訓練所の指導者は、真面目な意志の強い人達だが、皆この種の素朴な実行者である事を感じた。無論僕には侮蔑する気持ちなど少しもない。だが、現在の満洲の広い意味での教育事業に於いて、少くとも実際上の教育原理を掴へてゐる人達は、この種の素朴な実行者達の群れではあるまいか、と考へると、問題は決して小さくない。だが、僕は見透しの難かしい問題に立ち入るまい。一旅行者の印象に戻らねばならぬ。

少年達の表情は奇妙なものであつた。元気に見えるかと思ふと、しよ気てゐる様にも見え、沈んでゐる様に見えるかと思ふと、快活な表情が見えたりして、最初その感じを捕へる事が出来なかつたが、間もなく僕は、はつきりと理解した。そして一種言ひ様のない同情の念を覚えた。少年達の顔には何等難解なものはなかつたのだ。見る僕の心の方が気難かしかつたに過ぎない。彼等の顔は明けつぱなしの子供の顔なのだ。まさしく困難な境遇に置かれた時の子供の心そのまゝの顔なのだ。

少年には、大人の様に困難に打ち勝つ意志はない。その代り困難を困難と感じない若々しいエネルギイがある。希望に生きる才能を持たぬ代り、絶望といふ様な観念的なものを作り出す才能もない。その無邪気さを少年達の顔にはつきり読んだ時、僕は胸を突かれたのである。恐らく彼等の反抗も服従も無邪気なのだ。その点、指導者達は、少年達を指導するどころか、寧ろ少年達に引き摺られてゐる。欠乏も亦一つの訓練だ、そんな大人のロマンティスムを、子供の無邪気さは、決して理解しやしない。

便所は戸外にある。柱とアンペラと竹とで出来てゐる。小便をしてゐると、中から少年達の屁の音や、糞を息む声が聞え、僕は不覚の涙を浮べた。こんなにまでしても必要な仕事かと思つたのではない。こんなにまでしてもやらねばならない仕事の必要さといふ考へが切なかつたのである。

無論、僕は、訓練所の仕事そのものに疑念を抱いたわけではなく、いや寧ろその必要は、実地に見て痛感した次第なのであるが、仕事のやり方については疑念を抱かざるを得なかつた。だが、この疑念の説明となると、僕の才能を越える。僕は、たゞ漠然と、いかにも素人らしく、欠陥は案外根本的な処に、満拓公社といふ恐らく官僚的な煩瑣《はんさ》な組織と、何を置いても先づ臨機応変の手腕を要するこの新しい仕事の実際との決定的な齟齬《そご》にあるのではあるまいか、と思つた。満洲には訓練所は五箇所ある。その一箇所を瞥見《べっけん》した者の疑念が杞憂に過ぎぬ事を念ずるが、専門家の冷静な根本的研究を煩はしたいといふ考へが捨てられぬ。

孫呉で、昨日乗り捨てた列車を摑まへねば、あとにはもう汽車はない。北安まで行つて一泊、翌日朝十時、克音河まで。馬車で農興鎮といふ小部落に着く。そこから目的地の綏稜移民地まで三十キロ余りある。こゝでも頼んで置いた連絡は、不得要領であつた。移民団の事務所で、持つて来たウォッカを飲む。お神さんが針仕事をしてゐる。傍で子供が「不要《プヨー》、不要」と支那語で泣いてゐる。やがて、乗合ひが、何処かでパンクしてゐることがわかり農興鎮の通りをぶらつく。

端から端まで、直きに歩いて了ふ様な、小さな村だが、それでも恰好ばかりの城壁城門を備へ、俺達は外の事は知らん、と言つた風に、中で賑やかにやつてゐる。何処に行つても、支那街の賑やかさといふものは、旅行者に異様な感を与へるが、こんな寒村でも、やはりさうだ。見ればどの店も貧弱な商品を抱へてゐるのだが、有るものは有るだけ並べ立て、押せば潰れさうな飲屋も、招牌《カンバン》だけは、眼も覚める様な彩色のを張込んで景気をつける、と言つたやり方らしく、それに露店といふものが協力する。こゝの立食屋は、殆ど饅頭だとか蕎麦だとか麦焦しだとかいふ貧しいものだが、それでも湯気は賑やかに立ち昇つて、陽を一杯浴びた、どんぶりを抱へた子供等が、異常な食慾で食つてゐる。要するに、物の欠乏も、彼等のいはば賑やかに生活する才能を押へられない、といふ様な印象を受ける。暇だから、田舎の駐在所の様な小屋の中で、娘を前にして算木を動かしてゐる易者をぼんやり眺めたり、授業が終つて誰もゐない小学校をぶらぶらしたりした。物置の様な部屋で、生徒が一人、童子団聯盟といふ旗を前にして花環の附いた太鼓を、真面目くさつて練習してゐた。彼は級長かも知れぬ。学校の前には、鴉片正興零売所と看板を張つた建物があり、薄縁《うすべり》を敷いた小部屋が、陽当りのいゝガラス窓をならべ、中では無論、見物人などは黙殺したのが、恐らくい丶心持ちで鴉片《あへん》を飲んでゐた。一人の人間がほんたうに持てる興味の範囲といふのは、どんなに狭いものか、窓の外でそんな事を考へる。

車が捉まつたのは、四時であつた。綏稜移民地瑞穂《みづほ》村に着いた時にはもう暗かつた。移民地の事情については、既に多くの人が書いてゐて、格別書き度い事もない。こゝでも亦僕は、僅か一移民地の瞥見からものを言つてゐる事を承知して欲しいが、格別書き度い事はない、と言ふより寧ろ格別なものが見当らなかつたのである。翌日、団長林恭平氏に昼飯の御馳走になり、匪賊《ひぞく》に襲はれて、一つの窓に二十八発も弾丸を受けた話とか、薪を採りに雪の山の中に天幕生活をした話とか、其他種々な苦難時代の話を聞いたが、人間の想像力など高の知れたもので、たゞさういふ話として僕に伝はるに過ぎなかつたが、そんな格別な時期も過ぎ去り、落伍するものは落伍して、現に今眼に見える極く当り前な平和の方が、僕には感銘が深かつたのである。苗代も肥料も要らず、年三回の除草だけでよろしいといふ村の米も甘かつたし、造つた敷島といふ酒も甘かつた。この寡黙な指導者には、所謂指導者の臭気は少しも感じられなかつた。感化力の強い徹底したリアリストといふ風に受取れた。内地人の満洲に関する常識は、日露戦争以来「赤い夕陽の満洲」を出た事はない、来て住んでみて、百花繚乱の肥土である事を知るがい丶、大事なのはそれだけだ、と彼は主張した気に見えた。

学校もある、病院もある、寺もある、神社もある。はじめて子供が到着した時には、皆泣いたさうだが、来てからもう子供は五十人も生れた。殆ど妻帯者で、爺さんも婆さんもゐる。一戸当り十町歩づつ土地を持つた小地主が、集つて組織的に生活してゐるだけだ。生活的にも思想的にも何も格別新しいものはない。僕は満洲に来て、はじめて極く当り前に、だが根強く生活してゐる日本人を見た様な気がした。

事変の新しさ

わが国は、只今、歴史始つて以来の大戦争をやつてをります。大戦争たる事に間違ひはないが、御承知の様に宣戦を布告してをりませんから、戦争と呼んではいけない、事変と言ひます。事変と呼び乍ら正銘の大戦争をやつてゐる一方、同じ国民を相手に、非常な大規模な新しい政治の建設をやつてをります。舞台は支那だ、支那と言へば、言葉の上では、僕等にまことに親しい国の様な気持ちがしてゐるわけだが、実際には謎の国だ。国民の大部分が行つた事も見た事もない国だ。これから共に歴史的な大芝居を打たうといふ相手について、僕等は一体どれだけの事を実際に知つてゐるか、さういふ事もよく考へてみると洵《まこと》に疑はしい処であります。そして国内でも亦経済の統制をやる、思想の統制をやる、兵隊さんの動員では間に合はず、精神の総動員をやらねばならぬといふ全く新しい事態に面接してをります。而も、さういふ仕事はすべて殆ど予測のつかぬ欧洲大戦の影響といふものの裡《うち》に行はれてゐる。

こんな経験は、日本の国民は勿論の事、古今東西、何処の国民も嘗てした事はない。今度、新しく起つた事変が新しいのは解り切つた事の様でありますが、その新しさの程度なり性質なりを考へると、其処に容易ならぬ問題が出て来る様に思はれます。

人間の精神は、常に新しいものを求めてゐる。日に新たな事件は、言はば、精神の健康の為に必須な糧とも言へませう。退屈は精神の一種の病気とも言へる、退屈といふ病気に罹らぬ様に、僕等の精神は、常に新しい事件の刺戟を求めてゐる。成る程それは、まさしくその通りでありませう。併し、新しさにも程度といふものがあります。新しい顔が見たいからと言つても、目鼻の位置が常とは違つた顔といふ様なものでは困る。そんな顔では精神の衛生上まことに不都合である。僕は冗談をお話ししてゐるのではないので、今度の事変には、言はば目鼻の位置の常とは変つてゐる顔の様な新しさがあるのであつて、此の新しさは僕等の精神にとつて恰好な刺戟といふ様なものではない。刺戟となる処ではない、新しさの程度がまるで飛び離れてゐる。

さういふ新しさを理解するのは、仲々困難な事である。考へ様次第によつては、僕等の精神の健康の為には、非常に危険な、又非常に有害な、さういふ新しさがあると思ひます。僕等は、さういふ事件の新しさに対してどうしても平静な心でゐられない。めいめいが不安を感じてゐる次第だが、それもたゞ不安を感じてゐるだけではない、不安でゐるのは堪《たま》らぬから、どうかして早く不安から逃れようとする。新しい事件を古く解釈して安心しようとする。これは僕等がみんな知らず知らずのうちにやつてゐる処であります。事件の驚くべき新しさといふものの正体に眼を据ゑるのが恐いのである。それを見詰めるのが不安で堪らぬのであります。それであるから、出来る事なら、古い知識なり経験なりで、新しい事件を解釈して安心して対したい。言ひ代へれば、恰《あたか》も古い事件に対する様に、この新しい事件に安心したい。僕等は、知らず知らずの間に、さういふ事をやる。かういふ心理傾向からは、なかなか逃れ難い、余程、厳しく自分の心を見張つてゐないと、逃れる事が難かしいと思はれます。僕等の嘗ての経験なり知識なり方法なりが、却つて新しい事件に関する僕等の判断を誤らせるといふ事になるのであります。

　歴史を省みても、さういふ例は沢山あるのでありまして、例へば豊太閤の朝鮮征伐なぞは、大変い丶例だらうと思ふ。朝鮮征伐と言つても、御承知の様に太閤は朝鮮を征伐しようと思つてゐたのではない、明を征服しようとした。文禄慶長と出征は二回あつたが、少くとも最初の文禄の役はさうであつた。慶長の役は、ほんの附けたりです。足掛け七年に亘る大戦争で、朝鮮は勿論、明もわが国も殆ど国力を傾け尽して戦つた、明の大国家もこれが為に、遂に崩壊するに到つた。わが国は、資源開発で、物資が非常な勢ひで増える時代に当つてをつたので、戦争の大きな痛手から、間もなく恢復する事が出来た、これはまあ運が強かつたのであります。

この戦争に関する太閤の確信といふものは驚くべきものであつて、北京占領の如きも殆ど既定の事実の様に彼は言つてをります。戦は、天正二十年即ち文禄元年に始つたが、年内には自ら北京に乗り込む予定であつた。関白秀次を大唐の関白にする、大唐関白進発渡海は翌年正月二日と日付まで決めてをります。明後年、即ち文禄三年には、至尊北京に御遷幸の事と言ふのである、その時の天皇は後陽成天皇であります。天皇の御宸筆は、今度の上野の文化史展覧会にあつて拝見出来た。まことに豪壮な姿で、龍虎梅竹とあつた、あゝいふ字を書かれる御方が、太閤と意気御投合なすつたと言ふ事はいかにもありさうな事で、芸術品としても、展覧会で、一番の傑作です。僕はさう思つた。あれから見ると大雅堂の書なぞ評判ほどのものではない。

扨《さ》て、後陽成天皇は、すつかり太閤を御信用になつて、北京行幸の儀式に就いて、いろいろ御調査を命じられた。連れて行かれる坊さんまで御指名になつた。関白が北京に落ち着いたら、太閤は寧波に在住する積りであつた。大名は、進んで天竺《てんぢく》を切取りするも勝手たるべき事、と言ふ事になつてゐました。

太閤は、気宇壮大な英雄であつたが、決して空想家ではなかつた。草履とりから身を起して、天下を取つた人物が空想家だつた筈はありませぬ。当時の動員令や現地の軍隊に下した命令なども遺つてをりますが、実に綿密周到なものであります。朝鮮之役に関する、かういふ一見空想的な計画も、決してとらぬ狸の皮算用ではなかつた。

彼の豊富な経験からの確信であつた。太閤は若い時から、信長といふ天才的な戦術家の下にあり、千軍万馬の間に鍛へた実戦に関する彼の知識は、朝鮮の役当時は恐らく間然する処のないものになつてゐたに相違ありませぬ。それに外交家としても彼は一流であつた。本能寺の変以後、天下統一には、実戦と巧みな外交とを併せ用ひて成功したのである。家康の様な大将は、実戦では一つぺんも太閤に勝つてはをりませぬ。北京占領は、彼の正確な実際知識から割り出した結論だつたのであります。

処が大失敗をやつた。計算は悉《ことごと》く食ひ違つた。太閤は北京に入城するどころか、釜山にさへ上陸しなかつた。大唐関白秀次は大唐関白どころか、殺生関白といふ事で、戦争中高野山で太閤に殺されてゐます。人生はまことに解らない。陸軍は勝つたが、海軍はさんざんにやられた。九鬼嘉隆だとか来島兄弟だとかといふ当時第一流の海軍大将も、朝鮮には李舜臣といふ名将がをりまして、この人は戦に勝つたが慶長の役で戦死したのですが、この人の新戦術には手も足も出なかつた。釜山の港に追ひ込まれて出る事が出来ない始末であつた。陸軍は、疾風迅雷、京城を取り、平壌を抜いた。太閤もこれには大変気をよくしたが、この疾風迅雷は、九州征伐の疾風迅雷とはまるで趣の違つたものであつた。いろいろ思はぬ不都合が生じたのであります。

第一、日本の軍隊は、朝鮮に渡つて、朝鮮の広い事に胆《きも》を潰《つぶ》した。毛利輝元が星州の陣営から国の者に書いた手紙がありますが、その中で「さてさて此の国の手広き事、日本より広く候ずると申す事に候」と書いてゐる。少し呑気過ぎる様ですが、今日の兵隊さんだつて、上陸してみて、支那の広いのに呆《あき》れてゐるわけで、あんまり違ひはありませぬ、「今度の御人数にては、此の国御治めは、少分の事に候。其の上口通ぜず候」、よく似てゐます。それに、日本の遠征軍には、大明征服の大志があるなぞといふ事を、朝鮮の軍隊は知りはしない。だから当方を「ばはん」と心得てゐる。「ばはん」といふのは倭寇《わこう》の事です。又、日本の海賊がやつて来たと思つてゐる。「此の国の者は、ばはんと許り心得、山へ退き候て居り候」とある。「左候て、少人数にて通り候へば、半弓にて人をいため候」、現代のゲリラ戦です。これは太閤の戦術には全くなかつた。

其の上、海軍が負けたから、兵站《へいたん》線に不都合を生じた。小田原征伐の兵站線とは訳が違つた。兵糧が足りなくなつた日本の軍隊は、兵糧の徴発に寧日のない有様だつたのであります。碧蹄館の戦の如きは、人口に膾炙《くわいしや》した壮快な戦勝ですが、実際は仲々の苦戦であつた。先陣を承つた立花宗茂の軍隊は、寒天、粥を啜《すゝ》り、酒を食らつて突撃した。蔚山《うるさん》の籠城は有名で勿論非常な苦戦であつたが、これなども随分馬鹿々々しい戦争で、城普請の最中、せつせとやつてゐると、知らないうちに大軍に囲まれてゐた。加藤清正は、あわてて海から馳せ付けて、城を守つたわけですが、攻囲軍のなかに岡本越後守といふ清正の旧臣が、一方の大将として参加してゐた。朝鮮の役も終りに近付くと、いろいろをかしな事になつて来たのです。漢江を渡る時、これこそ三途《さんづ》の川たるべきかと存候、と碧蹄館の戦の勇士高橋主膳正も言つてゐる、が、将士はみんなホームシックにかゝつた。清正の様な勇士は、なかなかへこたれなかつたが、それでもあの有名な虎退治などは、一種のホームシックの現れです。

朝鮮の役は、実戦ばかりやつてゐた戦争ではない、非常に複雑な支那との外交戦でもあつた。ところが、この外交戦でも大失敗をやつた。慶長の役といふものは、外交戦に失敗し、明王からあの御承知の「特封爾為日本国王」といふ反故《ほご》同然の冊封を受け、癇癪《かんしやく》まぎれに太閤の起した軍であります。

太閤は外交の達人であつたと申しましたが、太閤の外交術といふのは、あらゆる外交術を否定し去る処に、外交の極意を握るといふ類のものであつて、所謂《いはゆる》赤心を推して人の腹中に置くといふのが、彼の極意であります。みんなその手でやつた。彼の直感と胆力と人柄の魅力とが、物を言つたのである。家康の様なした、か者も、太閤の真率闊達な外交術には策の施し様がなかつた。太閤は、非常に親孝行な人だつたが、家康上洛の為には、母親さへ人質にした。さうまでされて、家康もやうやく納得して上洛したが、晴れの会見の前の晩、太閤は酒肴を携へて自ら家康の館を訪れて言ふには、今度の御上洛、千万忝《かたじけ》ない、ついては秀吉腹蔵の無い処を申し上げる、今日こそ天下兵馬の権を主宰してゐるが、御存知の通り其の昔は奴僕より身を起し、織田殿に取立てられ、此の身に至つた、これは被官どもも皆承知してゐる、知つてゐる段ではない、皆昔の同僚傍輩だ、実は、主君を敬ふ心なぞないのである、まことに申し兼ねるが、明日の会見、諸大名集会の場所では、どうか存分に威張らせて欲しい、お頼み申す、とやつた。これには家康も首を振るわけにもいかず、翌日は大名列座のなかで、家康神妙なり、と威張られて了つた。これが太閤の外交術です。巧みなものですが、明との外交にはこんなのは通用しない。明の外交家は、沈惟敬といふ男でありましたが、この男は、元はごろつきだつた。唯のごろつきから政治ごろに出世した男であるが、外交の策士としては、秀吉などより役者が一枚上であつた。彼は赤心なぞ欲しくはない、金が欲しい。こちらの現地外交官は小西行長、これはひどいホームシックで、沈惟敬は、行長のホームシックに乗じて、彼を手玉に取つた。明の中央政府にもいろいろ巧い事を言つてゐて、間で随分儲けました。

かういふ朝鮮の役のさんざんな失敗を考へますと、いろいろな原因が数へられるわけですが、何を措《お》いても、この戦争の計画者太閤のひどい誤算といふものは動かし難い、そしてこの太閤の誤算は、彼が齢をとつて耄碌《まうろく》して来たといふ様な消極的な誤算ではないのである。太閤は耄碌はしなかつた。戦争の計画そのものが彼のあり余る精力を語つてゐるわけです。彼が計算を誤つたのは、彼が取組んだ事態が、全く新しい事態だつたからであります。この新しい事態に接しては、彼の豊富な知識は、何んの役にも立たなかつた。役に立たなかつた許りではない、事態を判断するのに大きな障《しやう》碍《がい》となつた。つまり判断を誤らしたのは、彼の豊富な経験から割り出した正確な知識そのものであつたと言へるのであります。これは一つのパラドックスであります。このパラドックスといふ意味を、どうかよく御諒解願ひたい。僕が、単にひねくれた物の言ひ方をしてゐると誤解なさらぬ様に願ひたい。太閤の知識はまだ足らなかつた。若し太閤がもつと豊富な知識を持つてゐたなら、彼は恐らく成功したであらう、といふ風に呑気な考へ方をなさらぬ様に願ひたい。さうではない。知識が深く広かつたならば、それだけいよいよ深く広く誤つたでありませう。それがパラドックスです。僕の見方如何によつてさういふパラドックスが歴史の上に生じたり生じなかつたりするのではありませぬ。さういふパラドックスを孕《はら》んでゐるものこそ、まさに人間の歴史なのであります。これは悲劇です。太閤の様な天才は自ら恃《たの》むところも大きかつた。従つて醸された悲劇も大きかつた。これが悲劇といふものの定法です。悲劇は足らない人、貧しい人には決して起りませぬ。

それは兎も角、現代に、太閤の様な天才がゐるかどうか、疑問だとしても、朝鮮の役が当時の日本国民にとつて、全く新しい事態であつた様に、今日の僕等にとつて支那事変が、全く新しい性質の事件である事は疑ひのないところです。太閤のパラドックスのかけらは、又僕等めいめいの裡にばら撒かれてゐる筈だ。事変の新しさは解り切つてゐる様で、実は決して解り切つてはゐない所以《ゆゑん》も其処にあるのです。事変の新しさといふものの正体を、先入主なく眺めるといふ事、そこに僕等の眼の焦点を合はせるといふ事は非常に難かしい仕事なのである。手近かな例を取つて見てもさうです。例へば東亜共同体論といふものが、事変とともに幾つも現れました。皆新しい理想を説いたものである。新しい理想を説くのは結構な事であるが、あゝいふ風などれも理路整然たる解り易い東亜共同体論が幾つも幾つも現れるといふ事は、どうも何かをかしい。論者は余程気楽な気持ちで書いてゐるに違ひない、といふ風に、僕には思はれるのであります。気楽な気持ちと申すのは、既知の理論やら方法やらを新しい事変の解釈に巧みに応用して安心してゐる、事変といふ新しい魚を古い庖丁で料理して疑はぬ、さういふ心構へなり態度なりを言ふのです。言ひ代へれば、古い庖丁を安心して使ふ人達には、魚の新しさは恐らく本当には見えてゐない、古い庖丁で結構間に合ふ程度の魚の新しさしか見えてゐない、さういふ危惧の念を起させざるを得ないのであります。

現代に生きて現代を知るといふ事は難かしい。平穏な時代にあつても難かしい。まして歴史の流れが、急湍《きふたん》にさしかゝり、非常な速力で方向を変へようとしてゐる時、流れる者流れを知らぬ。政治の制度や経済の組織、又あらゆる思想の価値の急変、それは却つて将来平和時の歴史家が、省みて始めて驚嘆する体《てい》のものかも知れませぬ。

さういふ時に、机上忽ち事変の尤もらしい解釈とか理論付けとかが出来上るから安心だといふ様な事で一体どうなるか。自然現象でも、ある新しい現象の観察には、従来の観察の装置では何んの役にも立たぬ、全く新しく工夫した装置を使はなければ観察が出来ない、さういふ場合が出て来るのであります。だが歴史現象に関しては、困難はそれに止まりませぬ。新しい自然現象の観察に新しい観察装置の工夫は必要だが、大体、自然科学に於いては、従来の知識といふものを土台として、これを頼りにして新しい知識を、その上に積み上げて行くといふ建前で間違ひはないのだが、歴史ではさうは参らぬ。従来の知識の上に新しい知識を築かうにも、築けぬ場合が来る。土台が崩れて了つて役に立たぬ。立てようとすれば必ず判断を誤る。さういふ場合が屢々《しばしば》起るのであります。つまり危機といふ人間臭い表現で呼ぶに相応《ふさは》しい時期が来るのである。僕等は今これを非常時と呼んでをります。政治家も軍人も漫才も非常時といふ同じ言葉を使つてゐるわけですが、僕は文学者として文学者らしく非常時といふ言葉を解したい。

僕は懐疑的な言を弄してゐるのでもなければ、理論といふものを侮蔑してゐるのでもありませぬ。たゞ僕はかういふ事が言ひたい。今日、指導理論がない、といふ不平とも非難とも付かぬ声を屢々聞きますが、一体、指導理論とはどういふ意味なのか。予《あらかじ》めある理論があり、その通り間違ひなく事を運べば、決して失敗する気遣ひはない、さういふ理論を言ふのでありませう。それならば、そんな理論が、今日ない事は解り切つた事ではないか。あれば何も非常時ではないではないか。尋常時ではないか。

成る程、さう言はれゝばその通りである。併し、指導理論が全然ないより、たとへ不完全なものでもあつた方が増しではないか、枯木も山の賑ひといふ事がある、さういふ説がある。僕はさういふ説を信じませぬ。山の賑ひなぞを信じませぬ、溺れる者は藁も摑む、と言ふが、それは、何にも摑まぬより、藁一本でも摑んだ方がましだといふ意味ですか。山の賑ひ主義者は、さういふ風に解釈するでせう。これはどうもをかしい。藁だと知つたら摑まぬ方が賢明でせう。藁に摑まれば、これは必ず死ぬ。何にも摑まらなければ、助からないとは限りませぬ。

指導理論といふ言葉は極く新しい言葉でありまして、御承知の様に、最近の社会運動が生んだ新語の一つであります。今日は、社会運動も社会主義思想も、いろいろな形に解体して了つたが、この新しい言葉を流行させた或る心理傾向は、かなり完全な形で依然としてインテリゲンチャの裡に残つてゐると思ひます。それは、何を置いても先づ理論を、といふ心理傾向である。極言すると、指導理論がなければ、鼻もかめぬ、嚔《くしやみ》も出来ぬと思ひ込む、指導理論がなければ、後には出鱈目があるだけだと思ひ込む、さういふ心理傾向である。まことに浅薄な考へ方であり、或る意味では、人生を実にお粗末に見立てた考へ方だ、だから僕はかういふのを考へ方とは言はぬ、心理傾向だと言ふのです。

併し、ロヂックといふものは、ヘエゲルが考へた様に、決してそんな浅薄なものではない。又あつてはならぬ。ロヂックといふものは抽象的なものであり、メカニックなものであり、それが具体的な生きた現実に、どの程度まで当て嵌《は》まるか、それが、現実をどの程度まで覆ふに足りるか、そんな事が問題ではない。そんな風に問題をいつも出してゐるから、いつ迄たつてもロヂックの極意に達しないのであります。話が逆様なのである。生きた人生の正体が即ちロヂックといふものの正体なのだ、この正体を合理的に解釈する為の武器として或は装置としてロヂックがあるのではない。さういふロヂックは見掛けのロヂックに過ぎないのである。ヘエゲルが、或る日山を眺めてゐて「まさにその通りだ」と感嘆したさうです、さういふ話が伝はつてゐます。この逸話は「凡そ合理的なものは現実的であり、凡そ現実的なものは合理的だ」といふあの有名な誤解され易い言葉より、ヘエゲルの思想を直截《ちよくせつ》に伝へてゐる様に思はれます。富士山を眺めて山部赤人も「まさにその通り」と言つたに相違ありませぬ。

話を前に戻しませう。又、こゝで歴史から一例をとつてお話ししたい。例へば、桶狭間の戦の当時、これは信長にとつてまさに非常時だつた。信長には、指導理論なぞといふものは一つもなかつたのである。それなら信長は出鱈目だつたか、出鱈目をやつて、運よく成功したのか。今川義元の大軍が、連戦連勝の勢ひで攻め寄せた。その時信長は未だ廿七歳の若大将で、さゝやかな清洲の城の主であつた。軍評定の結果、野戦では、とても望みがない、清洲籠城といふ事に衆議一決しました。つまり指導理論といふものが、こゝに一つ出来たわけであります。処が、信長独り断乎として肯《がへん》じない。籠城なぞ思ひもよらぬ、と言ふ。何故思ひもよらぬか、それならどういふ策があるか。信長はさういふ事は一言も言はぬ。詰らぬ雑談なぞを致しまして、夜が更けた。拙者は睡いから寝る事にする、皆んなも退つて休め、といふ事で、家老達は苦り切つて「人間運の末には、智慧の鏡も曇るとは此節也」と憎まれ口を叩いて落胆したと申します。

この時、信長の智慧の鏡は、果して曇つてゐたのでありませうか。さうではあるまい。恐らく、その時彼等が直面してゐる難局の難局たる所以を洞察してゐたのは信長一人だつたのだ。籠城といふ様な解り易い理論に頼つて抜けられる様な事態ではない、彼はさう考へてゐたに相違ありませぬ。信長は未明に起き、具足を付け、立ち乍ら朝食を喫し、法螺《ほら》を吹かせて、主従六騎、清洲の城を飛び出した。熱田を過ぎる頃、三百余人の士卒が、彼に追随した。彼は、馬の鞍の前輪と後輪《しづわ》とへ、両手を掛け、横様に乗つて、鼻謡を歌つてゐたと言ふ。彼には確信があつたのです。連戦連敗の第一線に達した時には、三千の部下が従つてゐた。義元は夜を徹して戦ひ、而も勝ち戦さに、ほッと一と息ついてゐた処。桶狭間の合戦は、闇打ちではない、真ッ昼間、正々堂々たる突撃です。午後の二時頃、夕立の晴れ間を狙つて突撃したのです。義元は、後の方が騒がしいので、走つて来る家来に、馬を引けと命じた。その家来が信長の部下服部小平太であつた、と言ふ。

信長出陣に際し「人間五十年、下天の内をくらぶれば、夢幻《ゆめまぼろし》の如く也、一度生を得て、滅せぬ者の有るべきか」といふ「敦盛」を舞つたといふ逸話は有名なもので、諸君も御承知の事と思ひますが、あんまり感心した逸話ではありません。こんな所に、英雄の風格と言つた様なものを見て喜んでゐるから、歴史といふものが解らないのだ。信長といふ人はそんな通俗な人物ではなかつた。舞は舞つたかも知れません、踊りは好きだつたから。併し、後世これが人口に膾炙した逸話にならうとは夢にも思つてゐなかつたらう。この逸話の持つてゐる抹香臭い通俗な思想は、信長には全く縁がなかつたのであります。

信長は、長篠の戦なぞでよく解る様に、実に用意周到な戦略家であつた。キリシタンや一向宗徒の扱ひで明らかな様に、残酷な頑丈な懐疑家であつた。桶狭間の非常時に於ける信長の覚悟に、宿命論者や賭博者の心理を見る事は無用の業である。一体、現代人は、人間の覚悟といふものを、人間の心理といふものと取り違へる、実に詰らぬ癖があります。覚悟といふのは、理論と信念とが一つになつた時の、言はば僕等の精神の勇躍であります。心理といふのは、これはまあ心理学者か小説家にお聞き下さい。

扨《さ》て、信長に理論があつたかなかつたか。僕は、もうくどく申し上げる必要を認めませぬ。彼は、乗るか反るかやつつけてみたのではない、確乎たる理論があつたのであります。たゞ、この理論は、例へば首尾一貫した解り易い形では現れぬもの、現されぬものであつた。それを彼はよく承知してゐただけの事なのである。籠城説の如きは、見掛けの理論に過ぎぬ事を、看破してゐたのである。さう解釈すべきものだと思ひます。彼の智慧の鏡は、家老どもの言つた様に決して曇つてゐなかつた。曇りのない彼の鏡に、難局の正体がまざまざと映つてゐたのであります。彼は難局を直かに眺めた、難局と鏡との間に、難局を解釈する尤もらしい理論の如きものを一切介在させなかつた、さういふものを悉く疑つて活眼を開く勇気を、彼は持つてゐた、さう解釈出来ると僕は思ふ。この場合疑ふとは、一つの力であります。又この場合、信長の理論とは、軽薄な不完全な理論を悉く疑つて、難局の構造とその骨組を一つにした体のものとなつてゐたでありませう。彼も亦ヘエゲルの如く、難局を眺めて「まさにその通り」と言へたかも知れませぬ。

前に、事変の本当の新しさを知るのは難かしいと申しました。何か在り合はせ、持ち合はせの理論なり方法なりで、易しく事変はかういふものと解釈して安心したい、さういふ心理傾向から逃れる事は容易ではないと申しました。つまり疑ふといふ事は、本当に考へてみますと、非常に難かしい仕事なのであります。だが、これは、何も非常時には限りませぬ。達人は疑ふ事の難かしさを尋常時でもよく知つてゐたのです。「葉隠」のなかに、この思想の力強い表現があります。「修行に於ては、これまで成就といふ事なし。成就と思ふ所、その儘道に背くなり。一生の間、不足々々と思ひて、思ひ死するところ、後より見て、成就の人なり」。註釈の必要はありますまい。この事は、常に真理であります。今日の非常時が、僕等凡庸の人間にも、この真理に近付く機会を提供してくれてゐる事は、僕は有難いと思つてをります、さうでなければこの事変も何が僕等の試煉でありませうか。

歴史と文学

1

いつの時代にも、その時代の思想界を宰領し、思想界から多かれ少かれ偶像視されてゐる言葉がある様です。仏といふ言葉だつた事もあるし、神といふ言葉だつた事もある。徳川時代では天といふ言葉がさうだつたし、フランスの十八世紀では理性といふ言葉がさうだつた、といふ風なものでありますが、現代にさういふ言葉を求めると、それは歴史といふ言葉だらうと思はれます。歴史とはそもそも何物だらう、といふ様な質問は、一つぺんもした事のない人々も、歴史的現実だとか歴史の必然だとかいふ言葉を、何かしら厳《いか》めしい感じを持つた言葉として受取つてゐる次第で、これはどうやら、現代に於ける鰯の頭と言つた様な気味合ひのものではないかと思はれます。

歴史とは何か、といふ事に就いて、いろいろ思案を廻らす仕事は、通常、歴史哲学と言はれてゐるが、これは僕には一向不案内な職業で、歴史とは何か、といふ一見さゝやかな質問に対し、現代がどんなに多種多様な史観を以つて武装してゐるかを見て、感服の他はないのでありますが、併し、それはそれとしてさういふ事であつて、史観に精しい人が必ずしも歴史に精しいとは限らない、と言ふよりそんなうまい話は世間にはない、と言つた方がいゝかも知れない。「平家」の作者は立派な歴史家であるが、彼の史観は、「おごれる人も久しからず、唯春の夜の夢の如し」の一と言で尽せた、と言つた様なものだらうと思ひます。

僕は歴史哲学者でも歴史家でもないのですが、偶然な機会から、学校で初歩の歴史を教へてゐるので、まことに貧しい経験でありますが、自分の経験で、痛感してゐるところをお話ししようと思ひます。何を痛感してゐるかと言ふと、それは学生諸君が、歴史といふものに対して、まことに冷い心を持つてゐるといふ事なのであります。僕の教へてゐる学生諸君は、皆、小学校中学校で、歴史は学んで来た筈なのだが、すつかり忘れてゐる。出来るだけ正確に諳記せよと言はれて来た事は、要するに間もなく忘れて了へと命令されて来た様なものだから、まことに無理もない話だとは思ふのですが、扨《さ》て、歴史の授業の詰らなさをもうさんざん教へ込まれて、教室に這入つて来る学生諸君の顔を見ては、彼等の歴史に関する興味をどうしたら喚起出来るか、非常に難儀に思ひます。

いつか菊池寛さんと旅行してゐた折、菊池さんが、慶応の大学生に福沢先生は何処の生れかと訊ねたらその学生は知らなかつた、帝大の学生に、水戸学とは何んだと聞いたら答へられなかつたと、いかにも残念さうに話された。僕も嘗ては、まさしくさういふ大学生であつた。自分の不明は勿論恥ぢてゐるが、一方自分の学校で受けて来た歴史教育を省み、自分は一つぺんでも歴史は面白いものだと教へられた事はない、僕等は歴史といふ言葉の代りに諳記物といふ言葉を使つてゐたではないか、今日の自分の貧弱な歴史の知識は、すべてあわたゞしい不完全な独学によるのだ、学校の歴史教育には恨みこそあれ、感謝の念など毛頭ない。さういふ事を考へざるを得ないのであります。

最近は、所謂《いはゆる》新体制といふことで、国民学校などの歴史教育に関しても、いづれいろいろな革新が行はれる事を、僕等は期待してゐるわけでありますが、たゞ国体観念の明徴を期するといふ様な事を方針の上でいかに力んでみたところで、諳記してやがて忘れよ、といふ実際の教へ方が根本から改まらなければ、何にもなるまい。それより実際の教へ方の工夫によつて確実な効果を期する方が遥かに賢明だらうと思ひます。面倒な工夫は要らぬ、もつと歴史を面白く教へようと工夫すればそれでよいのだ。今迄面白く教へてゐたところを一段と面白く教へようと工夫するといふのなら難かしい事かも知れないが、わざわざ詰らなく教へる工夫をしてゐた様なものだから、たゞそ

日本の伝統の機微、日本人の生活の機微に渉《わた》つて教へる、思ひ切つてさういふ事をや
明治維新といふ様な歴史の急所に、はつきり重点を定めて、其処を出来るだけ精しく、
残された道は、一つだと思ひます。それは、建武中興なら建武中興、明治維新なら
る獣と化してゐるのであります。
な事だ。この通史のイミテーションが、現代の学生を、事、歴史に関して、諳記力あ
に行はれてゐるすべての歴史教科書が、通史の粗悪なイミテーションになるのも当然
を教へるには勿論、これを学ぶにも生半可な努力や才では足りますまい。従つて世間
派で而も簡略な通史といふものを書くのには、大歴史家の手腕が要るでせうし、これ
教へねばならぬといふ陳腐な偏見が根本にあるからであらうと思はれます。本当に立
中心に歴史を教へてゐるか。それは、ともかくも歴史は通史の体裁をきちんと整へて
ものを歴史教育から締出して了つて、何故、相も変らず、年代とか事件の因果とかを
歴史は人間の興味ある性格や尊敬すべき生活の事実談に満ち満ちてゐる。さういふ
ど余計な工夫が凝らされて来たと見る可きではないか。
出来ないていのものだ、これを無味乾燥なものと教へて来たからには、そこによつぽ
い丶わけです。例へば明治維新の歴史は、普通の人間なら涙なくして読む事は決して
して来た工夫に較べれば物の数でもないのだから、巨人の工夫に素直に従へばそれで
れを止めればよいわけだ。それに、歴史の先生の工夫と言つても、歴史といふ巨人が

るがよい。学生の心といふものは、人生の機微に対しては、先生方の考へてゐるより、遥かに鋭敏なものである。人生の機微に触れて感動しようと待ち構へてゐる学生の若々しい心を出来るだけ尊重しようと努める事だ。さうすれば、学生の方でも、諳記しようにも諳記が不可能になります。限られた授業時間には、自ら限られた教材しか這入らないといふ迂闊千万な考へを捨てるがよい。考へが全く逆であります。限られた学生の諳記力を目当てにしてゐるから、時間が限られ従つて教材が限られるといふ事になるのだ。学生の諳記力には限りがあるだらうが、学生の心は限りがあるといふ様なものではない筈で、そちらを目当てにしたならば、材料にも時間にも不足はあるまい。

歴史に対する健全な興味が喚起出来なければ、歴史に関する情操の陶冶といふ事も空言でせう。歴史に関する情操が陶冶されぬところに、国体観念などといふものを吹き込み様がありますまい。国体観念といふものは、かくかくのものと聞いて、成る程さういふものと合点する様な観念ではない。僕等の自国の歴史への愛情の裡《うち》にだけ生きてゐる観念です。他では死ぬばかりです。

嘗て唯物史観といふものが、思想界を非常な勢ひで動かした事があつた。歴史といふ言葉が、世間で急に有難がられ出したのはその時以来の事です。物を歴史的に見ない者は馬鹿だといふ事になつたわけで、世人の歴史的関心が高まつたなどとしきりに言はれたものですが、歴史に対する健全な興味が、決して人々の間に喚起されたわけではなかつた。いや、却つて、歴史歴史といふ呼び声の陰に、本当の歴史は紛失して了つた、と言つた方がよいかも知れぬ。人々の歴史的関心が高まつたといふ妙な言葉の実際の意味は、人々はもう歴史といふ色眼鏡を通さなくては、何一つ見る事が出来なくなつて了つたといふ事であつた、さう言つた方がいゝかも知れませぬ。

かういふ逆説めいた光景は、いつの時代にもあつた様で、気が付く者には気が付いてゐた。「其の物につきて、其の物を費し損ふもの、数を知らずあり、身に虱《しらみ》あり、家に鼠あり、国に賊あり、小人に財あり、君子に仁義あり、僧に法あり」、さういふ言葉が「徒然草」にもある。兼好が、今日生きてゐたなら、「歴史家に史観あり」と書いたかも知れぬ。兼好は、利いた風な皮肉を言つてゐるわけではない。あゝいふ隠者の人生を眺める眼は、よほど確かで冴えてゐたのであつて、彼は、見た儘を率直に語つたに過ぎないのであります。一体、思想とか、主義とかを説く人間の顔付きや身振りがはつきりと見えてゐる人にとつては、主義や思想のからくりそのものは、一向面白くもないものだが、さういふからくりを面白がる人、つまり主義や思想の理論上の構造を盲信する人は、主義や思想が、どういふ風に説かれ、どういふ風に受取られるか、その場合々々の人々の表情なり姿態なりには一向気の付かぬものです。無論、当人も自分の顔付きなどには気が付かぬ。従つて自分が十五銭とふんだ思想は、他人にもまさしく十五銭で通用するといふ妄想から逃れにくい。又従つて、さういふ人には、様々なイデオロギイといふものが鯛や比目魚《ひらめ》の様にそれぞれ、はつきりした恰好で、歴史の大海を泳ぎまはつてゐる様に見える。歴史の実景に接してゐる積りであらうが、実は、歴史の地図を読んでゐるに過ぎないのであります。

唯物史観といふ魚は、近頃とんと釣れなくなつた様ですが、本当を言へば、そんな魚は、はじめからゐやしなかつたのだ。魚をいろいろ料理して、いろいろに味つた人間が、実際にはゐただけである。そんな事はあるまい、少くとも書物のなかには、魚はゐたらう、と言ふかも知れないが、書物を通して人間の顔が読める人にとつては、書物のなかにも魚はゐないわけでせう。さういふ風に考へれば、魚が釣れなくなつたといふ様な事は、何事でもない。唯物史観といふ魚が釣れなくなれば、釣り好きは、他の魚で間に合はすだらう。さういふ釣り好きは、世間に跡を絶たぬといふ事の方が大事だ。ゐた魚が近頃急にゐなくなつたなどと言ふのは、意味のない事だが、魚を食つた人はゐたし、食つた魚の味が忘れられない人はゐる、といふ事は大事だ。何故かといふと、そちらの方に歴史の実景があるからです。

人間がゐなければ歴史はない。まことに疑ふ余地のない真理であります。ところが、不思議なことには、僕等は、この疑ふ余地のない真理を、はつきり眼を覚まして、日に新たに救ひ出さなければならないのである。唯物史観に限らず、近代の合理主義史観は、期せずしてこの簡明な真理を忘れて了ふ傾きを持つてゐる。迂闊で忘れるのではない、言つてみれば実に巧みに忘れる術策を持つてゐると評したい。これは注意すべき事であります。史観は、いよいよ精緻なものになる、どんなに驚くべき歴史事件も隈なく手入れの行きとゞいた史観の網の目に捕へられて逃げる事は出来ない、逃げる心配はない。さういふ事になると、史観さへあれば、本物の歴史は要らないと言つた様な事になるのである。どの様な史観であれ、本来史観といふものは、実物の歴史に推参する為の手段であり、道具である筈のものだが、この手段や道具が精緻になり万能になると、手段や道具が、当の歴史の様な顔をし出す。又、言ひ代へれば、史観の真の内容といふものは、史観を信じ込んだり疑つたりする様々な人間達に他ならないのですが、史観が次第に見事な構造を持つて来ると、その見事な理論の構造こそ史観の内容であるといふ風に思はれて来るのである。さういふ勢ひは制し難い。それは強い惰性の様なものだ。人間のゐない処に歴史はない、といふ解り易い真理も、常に努力して、救ひ出す必要のある所以《ゆゑん》であります。

その事を考へれば、今日、歴史といふ言葉が、あんなに有難がられ、勿体《もつたい》ぶつて語られてゐながら、一方、例へば菊池寛氏の様に、現代の若い人達は、実に歴史に関して無智だ、と腹を立てる人もある、さういふをかしな事になつてゐるわけも解らぬ事はない。現代人は、何は兎もあれ、歴史の客観性だとか必然性だとかいふ言葉を、実によく覚え込んで了つたのであります。そして歴史を冷い眼で、ジロジロ眺めてゐる。暖い眼でも向けたら、歴史の客観性が台無しになつて了ふとでも思つてゐるらしい。そして無論心楽しんでゐるわけではない、従つて皮肉屋になる。而も、単なる皮肉屋に堕してゐる事には、なかなか気が付かない、自分は歴史を正しく見てゐると思ひ込んでをりますから。果して正しく見てゐるのだらうか、それとも、たゞ冷淡に構へてゐるのだらうか。

歴史は繰返すといふ事を、歴史家は好んで口にするが、一つたん出来て了つた事は、もう取返しがつかぬといふ事は、僕等は肝に銘じて知つてゐるわけであります。文字通り肝に銘じて知つてゐるので、頭で知つてゐるわけではない、歴史は繰返さぬといふ証拠が、何処かにあるといふわけではないのですから。一と口に知ると言ふが、僕等は、何を知るか知る相手に応じて、いろいろ性質の違つた知り方を、実際にはしてゐるものだ。己れを知つたり友人を知つたりする同じ知り方で、物質を知つたり天文学を知つたりしてゐるわけではない。肝に銘じて知るのが一番確実な相手なら、肝に銘じて知るわけであります。

歴史は決して二度と繰返しはしない。だからこそ僕等は過去を惜しむのである。歴史とは、人類の巨大な恨みに似てゐる。歴史を貫く筋金は、僕等の愛惜の念といふものであつて、決して因果の鎖といふ様なものではないと思ひます。それは、例へば、子供に死なれた母親は、子供の死といふ歴史事実に対し、どういふ風な態度をとるか、を考へてみれば、明らかな事でせう。母親にとつて、歴史事実とは、子供の死といふ出来事が、幾時《いつ》、何処で、どういふ原因で、どんな条件の下に起つたかといふ、単にそれだけのものではあるまい。かけ代へのない命が、取返しがつかず失はれて了つたといふ感情がこれに伴はなければ、歴史事実としての意味を生じますまい。若しこの感情がなければ、子供の死といふ出来事の成り立ちが、どんなに精しく説明出来たところで、子供の面影が、今もなほ眼の前にチラつくといふわけには参るまい。歴史事実とは、嘗て或る出来事が在つたといふだけでは足りぬ、今もなほその出来事が在る事が感じられなければ仕方がない。母親は、それをよく知つてゐる筈です。母親にとつて、歴史事実とは、子供の死ではなく、寧ろ死んだ子供を意味すると言へませう。死んだ子供については、母親は肝に銘じて知るところがある筈ですが、子供の死といふ実証的な事実を、肝に銘じて知るわけにはいかないからです。さういふ考へを更に一歩進めて言ふなら、母親の愛情が、何も彼もの元なのだ、死んだ子供を、今もなほ愛してゐるからこそ、子供が死んだといふ事実が在るのだ、と言へませう。愛してゐるからこそ、死んだといふ事実が、退引《のつぴ》きならぬ確実なものとなるのであつて、死んだ原因を、精しく数へ上げたところで、動かし難い子供の面影が、心中に蘇るわけではない。
つまり、実証的な事実の群れは、母親にとつては一向不確かなものだと言へる。歴史の現実性だとか具体性だとか客観性だとかいふ事を申します、実に曖昧な言葉であるが、もしさういふ言葉が使ひたければ、母親の愛情が、歴史事実を現実化し具体化し客観化すると言はねばならぬ筈であります。詭弁《きべん》でも逆説でもない。僕等が日常経験してゐるところを、ありの儘に語る事が、何んで詭弁や逆説でありませうか。先きに、歴史は二度と繰返さぬ、と僕等は肝に銘じて知つてゐると言ひました。僕はこの言はば原理を少しばかり演繹したに過ぎませぬ。

僕等は、みなさうしてゐるのです。僕は、歴史哲学といふ様なものには、一向不案内であるが、僕等が日常生活のうちで、直覚し体験して保つてゐる僕等の歴史に関する智慧が、不具であるといふ様な事を信ずる事は出来ませぬ。勿論、母親は歴史家ではないでせう。併し、健全な歴史家の腕といふものは持つてゐると考へられるのであつて、母親は、自分に身近かな歴史に関して、それを少しも過つことなく使つてゐるのであります、言ひ代へれば、凡庸な母親であれ、立派な歴史家の健全な才能の最小限度を持つてゐるのであり、凡庸な歴史家の不具な才能を持つてゐるわけではない。

先きに歴史家は、歴史は繰返すと言ひ度がると言つたが、これも無理もない話で、歴史からどうあつても歴史科学といふものを編み出さうとしてゐるのに、当の歴史の方が、どうあつても二度と繰返してくれぬ、といふことは、まことに厄介なことで、歴史が繰返してくれたらといふ果敢無《はかな》い望みを抱くのも、同情すべき点がある。そして、この果敢無い望みが遂に近代の史学の虎の子にしてゐる考へ、歴史の発展といふ考へを生んだのである。歴史は繰返さぬ、併し発展はする、といふ思ひ付きであります。歴史は物の発展が土台だとする説もあるし、心の発展が本質だとする説もあり、現代は様々の史観を競つてゐるが、それぞれの歴史現象は、どういふ作用を受けて起り、どういふ作用を及ぼすかといふ、因果的発展にせよ、弁証法的発展にせよ、要するに合理的な発展の過程だ、とする考へがなくては、凡そ現代の史学はないといふほどの事になつた。従つて、現代人の常識も合理的発展といふ事を考へずには、凡そ歴史といふものを知る事が出来ないといふ始末になつた。人間の果敢無い思ひ付きが、だんだん繁昌いたしまして、一世を覆ふ妄想となつた、これも筋の通つた歴史の発展の然らしむる処であつて、誰が責任を負ふといふ筋のものではないとならば、まことに目出度い限りであります。

歴史の合理的な発展といふ考へは、将来の予想の為になくてかなはぬ考へである、と言ふ。そして、将来の予想といふものほど明らかな文明の旗印しはないと言ふ。尤もらしい言ひ分であります。併し、僕が歴史から学んだ処によれば、どんな立派な人間の運命も、どんなに美しい生活も、将来の予想といふプログラムを実行しようとしたものでもなければ、実行したものでもない。つまり未だ文明が遅れてゐた証拠であると現代人は言ひます。そして、歴史の合理的発展といふ駑馬《どば》に跨《また》がり、自由とか進歩とかと喚き乍ら鞭をくれてゐる、行く先きは駑馬が知つてゐる筈だ。どうも実に野蛮な光景であります。文明は現代人の利器であるか、それとも現代人が文明といふものにしてやられてゐるのか、僕には真実疑問に思はれる。この疑ひも僕は歴史から学びました。すると一体どういふ事になるのか。僕の言ひ度い事は既にお解りでせう。僕は少しも複雑な考へを抱いてはをりませぬ。

あらゆる歴史事実を、合理的な歴史の発展図式の諸項目としてしか考へられぬ、といふ様な考へが妄想でなくて一体何んでせうか。例へば、歴史の弁証法的発展といふ笊《ざる》で、歴史の大海をしやくつて、万人が等しく承認する厳然たる歴史事実といふだぼ沙魚《はぜ》を得ます。信長が死んだのは天正十年である、これは動かす事の出来ぬ歴史事実である、何故かといふと前の年は天正九年であつたから、と言つた類ひの事しかだぼ沙魚には言へませぬ。もつと上等な獲物になると決してしやくふ事が出来ない。何故かと言ふと、もつと上等な歴史事実になると、万人が等しく承認するといふわけにはいかない、種々様々な解釈に堪へるからです。一体、歴史事実の客観的な確定といふものは、極く詰らぬ事実の確定でも驚くほど困難なものだ。サア・ウォルタア・ロオレイが、或る日、窓から街の出来事を眺めてゐた。暫くして他の目撃者がまるで違つて同じ出来事を報告したのを読み、書いてゐた歴史の原稿を焼いて了つた。この有名な逸話も、だぼ沙魚をしやくつてゐる歴史家には、気違ひ染みた笑話に過ぎまいが、彼の驚きや悲しみは全く健康であります。それは、兎も角、め笊にはだぼ沙魚しか残らないわけですが、このだぼ沙魚もよく見れば、命ある魚ではなく、実はめ笊の穴が化けたものに過ぎない。結局、真相は、空のめ笊を振り廻してゐる手付き、詰らぬ手付きですが、その手付きだけは、ともあれ何物かである、といふ事になるのだが、残念な事には、その時は、もう当人の頭は、はつきりと顛倒してゐる。人間は歴史の尺度ではなく、歴史が人間の尺度であるといふ妄想が、すつかり完成してゐるのであります。

前に「平家物語」の事を、ちよつと申しましたが、あの「おごれる人も久しからず、唯春の夜の夢の如し」といふ文句、周知の如く、この文句には前後があつて、人口に膾炙《くわいしや》した名調をなしてをりますが、さういふものは、作者の文学趣味であつて、歴史家の係はり知るところではない、といふ考へがある。現代では、当の文学者達にまで、歴史事の真偽の為に文の巧拙を侮蔑する風潮があるくらゐですから、歴史家の間では、この考へ方は非常に誇張されたものとなつてゐる。いゝ文学が必ずしもいゝ歴史とは限らないが、いゝ歴史は必ず亦いゝ文学である、といふ様な事を言ふと現代の歴史家に笑はれます。飛んでもない事だ、歴史の学問が未だ進歩してゐなかつたからこそ、歴史の様な文学の様なものを書いて歴史家面が出来たのではないか。歴史から文学的欺瞞を除く事こそ僕等の仕事ではないか、と言ふだらう。一応尤もな説だ、尤も一応尤もでなければ、騙《だま》される人もないわけです。歴史家の目指すところは事の真偽にあり、文の巧拙にはない、たゞそれだけの説ならば、僕も尤もな説だと思ふ。歴史家が、故意に嘘を書くのは許されまいし、又、事の真偽に関し、僕は、ウォルタア・ロオレイほどの懐疑派でもない。併し古典的史書が歴史か文学かどつち付かずの形をしてゐるのは、史料の不足の為に或は史家の頭脳が未開の為に、事の真偽が看破出来なかつた故であるといふ様な事を言ひ出すなら、これはもう戯言《たはごと》に類するのでありまして、文学と歴史との混合は、その様な浅薄な理由に基いたものではなかつたのであります。では、真の理由はどこにあつたか。それこそ、歴史から文学を無理に捥《も》ぎ取つた事により、現代の歴史家が紛失して了つたものに他なりませぬ。

「おごれる人も久しからず、唯春の夜の夢の如し」、してみると、「平家」の作者も、歴史の発展といふ事を承知してゐた。無論の事です。併し、彼にとつて、それは、歴史過程の図式といふ様な玩具めいたものではなかつた。自ら背負ひ、身体にのしかゝつて来る目方のしかと感じられる歴史の重みだつたのである。その感覚と感情とのそつくりその儘の表現が、彼の名調となつたので、断じて文飾といふ様なものではないのです。歴史過程を、空洞な眼で観察して、その発展過程には、確かな必然関係があるといふ事を見付けて現代人は安心してゐる、歴史に出鱈目や偶然があつては、まことにわけが解らず不都合だが、必然と解れば安心なものである、と言ふ。安心してゐるとはをかしいではないか。どうにかしようとするのにどうにもならぬ、と解つて安心するとはをかしいではないか。人間の歴史は、必然的な発展だが、発展は進歩の方向を目指してゐるから安心だと言ふのですか。では、人類に好都合な発展だけが何故必然なのでせう。歴史の必然といふものが、その様な軽薄なものではない事は、僕等は、日常生活で、いやといふ程経験してゐる筈だ。死なしたくない子供に死なれたからこそ、母親の心に子供の死の必然な事がこたへるのではないですか。僕等の望む自由や偶然が、打ち砕かれる処に、そこの処だけに、僕等は歴史の必然を経験するのである。僕等が抵抗するから、歴史の必然は現れる、僕等は抵抗を決して止めない、だから歴史は必然たる事を止めないのであります。これは、頭脳が編み出した因果関係といふ様なものには何んの関係もないものであつて、この経験は、誰の日常生活にも親しく、誰の胸にもある素朴な歴史感情を作つてゐる。若しさうでなければ、僕等は、運命といふ意味深長な言葉を発明した筈がないのであります。

手塚の太郎は斎藤別当実盛を殺さうとして、この鬢鬚《びんぴげ》を染め、たゞ一騎残り戦ふ老武士に、「あなやさし」「優に覚え候へ」と呼びかけてをりますが、「平家」の作者は真実歴史のなかに生きてゐる凡ての人間にさう呼びかけてゐるのである。「平家物語」は、末法思想とか往生思想とかいふ後世史家が手頃のものと見立ててかゝつた額縁の中になぞ、決しておとなしくをさまつてはゐない。躍り出して僕等の眼前にある。そして僕等の胸底にある永遠な歴史感情に呼びかけてゐるのだ。併し、残念な事には、衰弱した現代人には、この呼び声は健康すぎ美しすぎるといふ情けない事になつてゐるのであります。少し注意して現代の文学を御覧になるとよい。心理だとか性格だとかいふ近代頭脳の発明にかゝる幻の驚くべき氾濫と陳列とにより、人間の運命といふものが、覆ひ隠されてゐる事がお解りでせう。

2

先日、スタンレイ・ウォッシュバアンといふ人が乃木将軍に就いて書いた本を読みました。大正十三年に飜訳された極く古ぼけた本です。僕は、偶然の事から、知人に薦められて読んだのですが、非常に面白かつた。ウォッシュバアンといふ人は、日露戦争当時の、「シカゴ・ニューズ」の従軍記者で、旅順攻囲戦の陣中で、乃木将軍に接し、この非凡な人間に深く動かされるところがあつたのですが、乃木将軍自刃の報が、アメリカに達した時、この事件が、アメリカの国民の間で、実にわけの解らぬ事件とされてゐるのを見て、憤り、一気呵成《かせい》に、この本を書き上げたのださうです。思ひ出話で纏《まと》まつた伝記ではないのですが、乃木将軍といふ人間の面目は躍如と描かれてゐるといふ風に僕は感じました。乃木将軍に就いて書かれた伝記の類も、沢山あるだらうと思はれるが、この本の様に、人間が生き生きと描き出されてゐるものは、先づ少からうと思つた。

それで、直ぐ思ひ出したのですが、芥川龍之介にも、乃木将軍を描いた「将軍」といふ作がある。これも、やはり大正十年頃発表され、当時なかなか評判を呼んだ作で、僕は、学生時代に読んで、大変面白かつた記憶があります。今度、序でにそれを読み返してみたのだが、何んの興味も起らなかつた。どうして、こんなものが出来上つて了つたのか、又どうして二十年前の自分には、かういふものが面白く思はれたのか、僕は、そんな事を、あれこれと考へました。

「将軍」の作者が、この作を書いた気持ちは、まあ簡単ではないと察せられますが、世人の考へてゐる英雄乃木といふものに対し、人間乃木を描いて抗議したいといふ気持ちは、明らかで、この考へは、作中、露骨に顔を出してゐる。世人は取りのぼせて英雄と考へてゐるが、冷静に観察すれば、英雄も亦凡夫に過ぎない、といふ考へから、敵の間諜を処刑する時の、乃木将軍のモノマニア染みた残忍な眼だとか、陣中の余興芝居で、ピストル強盗の愚劇に感動して、涙を流す場面だとかを描いてゐるわけだが、この種の解剖は、つまる処、乃木将軍の目方は何貫目あつたか、といふ風な事を詮議するのと大して変りない性質の仕事だから、さういふ事に、作者が技巧を凝せば凝すほど、作者の意に反して乃木将軍のポンチ絵の様なものが出来上る。最後に、これもポンチ絵染みた文学青年が登場しまして、こんな意味の事を言ふ、将軍の自殺した気持ちは、僕等新しい時代の者にもわからぬ事はない、併し、自殺する前に記念の写真を撮つたといふ様な事は、何んの事かわからない。自分の友人も先日自殺したが、記念撮影をする余裕なぞありませんでしたよ。作者にしてみれば、これはまあ辛辣《しんらつ》な皮肉とでもいふ積りなのでありませう。

ウォッシュバアンの本は、簡単な思ひ出話で、殊更に観察眼を働かせたといふ風なものではないのですが、乃木将軍のモノマニア染みた眼付も、子供の様な単純さも、見逃してゐるわけではない。地図を按じたり、部下に命令したりする時の、将軍の鉄仮面の様な顔は、詩を讃められた様な時には、まるでポンチ人形の様に嬉しさうな顔になると書いてゐる。たゞ、芥川龍之介の作品とまるで違つてゐる点は、乃木将軍といふ異常な精神力を持つた人間が演じねばならなかつた異常な悲劇といふものを洞察し、この洞察の上にたつて凡ての事柄を見てゐるといふ点です。この事を忘れて、乃木将軍の人間性などといふものを弄《いぢ》くり廻してはゐないのであります。

旅順攻囲の開戦当初、乃木将軍の指揮する第三軍の戦闘員は、約五万人であつた。処が旅順開城までに出した死傷者は殆ど六万人に上るのである。嘗て師団長として、乃木将軍が、一兵卒に至るまで一人々々の姓名を諳記してゐたと言はれる第九師団の如きは、開戦以来二倍半の補充を受け、最後まで従軍し得た戦線将校は十一名を出なかつた。十里風腥の歌も、鉄血蔽山山容改と言ふのも空想でも誇張でもなかつた。ウォッシュバアンの書いてゐる処によれば、乃木将軍の態度は、終始、冷静無類であり、二〇三高地攻撃の命令も、明日の馬の用意でも命ずる様なあんばいで、まるで彼自身戦争の一機械と化し了つたといふ趣だつたさうですが、惨憺たる日々が長引くにつれて、心労痛苦の皺は、面上に拡り創痕の如く、容貌の変化は非常なものであつて、見る者は、彼が胸底に圧し殺した大悲哀を、信じまいとしても信ぜざるを得なかつたと言ふ。

歴史といふ不思議なからくりは、まるで狙ひでも付ける様に、異常な人物を選び、異常な試煉を課する様です。かういふ試煉に堪へた人が、そこいらの文学青年並みに、切羽つまつて自殺するといふ様な事では、話が全くわからなくなります。僕は乃木将軍といふ人は、内村鑑三などと同じ性質の、明治が生んだ一番純粋な痛烈な理想家の典型だと思つてゐますが、彼の伝記を読んだ人は、誰でも知つてゐる通り、少くとも植木口の戦以後の彼の生涯は、死処を求めるといふ一念を離れた事はなかつた。さういふ人にとつて、自殺とは、大願の成就に他ならず、記念撮影は疎《おろ》か、何をする余裕だつて、いくらでもあつたのである。余裕のない方が、人間らしいなどといふのは、まことに不思議な考へ方である。これが、過去の一作家の趣味に止まるならば問題はない。僕が今こゝで問題だと言ふのは、かういふ考へ方が、先づ思ひ付きとして文学のうちに現れ、それが次第に人々の心に沁み拡り、もはやさういふ考へを持つてゐるといふ事なぞまるで意識しないでも済む様な、一種の心理地帯が、世間に拡つて了つたといふ事であります。

最近の文学、大正以来の日本の文学は、十九世紀後半のヨオロッパ文学の強い影響といふものを除いては、殆ど考へられないのでありますが、この当の十九世紀後半のヨオロッパ文学といふものが、まことに奇妙な性質をもつたものであつた。文運は、一見したところ、前代に例《ため》しなく盛んな有様であつたが、理想の火などといふものは、実はとうの昔に消え果て、健康は失はれ、恢復の萌《きざ》しも見えず、といつた様な巨きな肉体を、少数の天才達が、異常な努力で支へてゐたといふ性質のものだつたのであります。彼等は指導者としても啓蒙家としても失格者であり、失敗者であつた。皆んな孤独な時勢に対する反抗者であり、不信者であつた。さういふ人達、合理主義と実証主義と社会主義とに満腹し、商業主義の波に乗り、徒らに果しなく普及して通俗化する文学の危機を予感した少数の人達が、例外なく行つた事は、残忍酷薄とでも形容したい様な自他の批判、分析、解剖といふものでありまして、彼等は言はば毒を以つて毒を制するていの一と筋につながり、驚くほど辛い裏道を辿つて天道に通じ得たのであつた。

最近のわが国の文学が、喜んで輸入したのは、言ふまでもなく、さういふ少数の天才達の作品でありましたが、彼等が一体何を苦しんで支へてゐたのか、それを理解する事は、国情を異にする僕等には、実に難かしい事だつたのであります。難かしかつたといふより、大正以来、急に発達した近代ジャアナリズムの繁栄を謳歌し、文壇といふものも漸くしつかりした形を整へて来たといふ様な時期に当り、さういふ地獄の住人達の底を割つた苦しみなどといふものは、決して有難い贈物だつた筈はなかつたのである。

僕等は、制すべき充分な毒も胸中に貯へてはゐなかつたまゝに、彼等の毒をたゞ何んとはなく薄めてゐた。トルストイは大心理学者となり、ドストエフスキイは、極めて病的な又や、通俗味を帯びたヒュウマニストといふ風なものとなり、ストリンドベルクが、一幕物の達人なら、モオパッサンはコントの名人であり、チェホフは微苦笑派になれば、ボオドレエルは官能派となる、といふ具合で、いろいろ恰好な刺戟剤を楽しんでゐたわけであります。個々の作家が、かういふ恰好な刺戟剤から、結局どういふものを得たかといふ事は別としまして、大体の文学の風潮が、これによつていよいよどういふ傾向を辿る様になつたかといふ事は、かなりはつきりと言へると思ふ。つまり薄められた毒は、人々に同じ様な具合に次第に利いて来たのであります。

これを一と口に言ふと、作家達による、人間性といふものの無責任な濫用だと言へるのである。明治の自然主義文学運動が遺した人間性といふ贈物は、大正から昭和へと伝へられて、これを通貨に譬へるならば、こゝに未聞のインフレーションを起したのであります。考へて見れば、当然なわけでありまして、舶来の師匠達の毒を以つて毒を制した方法の、向うの文化環境に深く根ざした倫理的な意味は、うやむやに済して来たのだから、表面の才だけが、いろいろと模倣されたわけで、彼等の縦横無尽な分析解剖の才が、人間の性質や心理の観察にも描出にも、非常な器用さで応用された結果、人間を描くといふ名の下に、方途のつかぬ乱雑な風景が現れた。

この人間の価値の下落に拍車をかけたのは、言ふまでもなく、唯物史観の流行である。この史観による文学は、成る程、暫くの間、文学に、イデオロギイによる秩序を齎《もたら》したが、それもほんの暫くの間で、忽ち、人間が描けてゐない、といふ陳腐な非難の声にぐらつき始めた。こゝで妙な事が起つた。イデオロギイ文学は失敗したわけですが、この精神の自律とか責任とかを侮蔑したイデオロギイは、従来の無責任な人間観察、人間描写に一種の裏打ちをする始末になつたのです。どんな性格を描いてゐようと、どんな心理を語つてゐようと大きな御世話だ、僕等は人生を気儘に歪曲してゐるのではない、さういふ自信を与へた。自信だかどうだかわかりませぬ、不安の仮面かも知れない。いづれにせよ、さう言へば何んとなく安心であるといつた次第になつた。永遠などといふものはない、真理はすべて相対的だ、人間は環境にこづき廻されて、どうとでもなる生き物だ、あまり愉快な事ではないが、僕は、人生を歪曲して眺めたくはないからな。現代人は、簡単な口の利き様を好まぬから、まあ、そんなにづけづけとものを言はないが、これに類した事を悧巧さうに言ひ乍ら、公園に行くと同じ様な恰好をしたベンチが、沢山ならんでゐる、丁度、あんな風な恰好をした客観主義といふベンチに、一と廻りして来ては腰を掛ける。今日では、革新も理想も、まづ公園のベンチから、と言つてをります。

それは兎も角、かういふ風潮の裏打ちの下に勝利を博した現代の散文芸術は、恰《あたか》も糞便失禁症の如く、人間の上等下等なぞには一向頓着なく、人間の形さへしてゐれば、どんな人間でも紙の上にひねり出す。そして人生の妙味とやらを満喫してゐる次第でありまして、人生の入口に立つたある女の子が、作文で親父の性格を写してみせたりしてさへ、一流の作家が、感服して了ふといふていたらくで、乃木将軍の記念撮影がどうかうなぞは、はや昔の夢となつた。

先日、僕は「大日本史」の列伝を読みながら、こんな事をつくづく感じた。何故、こんな単純極まる叙述から、様々な人々の群れが、こんなに生き生きと跳り出すのであらうか。何故、遠い昔の彼等の言ふこと為す事が、僕にこんなによく合点出来るのであらう。何んと、彼等は、それぞれいかにも彼等らしく明瞭に振舞ひ、いかにも彼等らしい必要な事だけをはつきり言ひ、はつきりと死んでゐるか。それに引きかへ、現代の小説に月々新しく登場する何十人何百人の人間は、一体何処に行つて了ふのだらうか。作家等は、腕に縒《よ》りをかけて、心理描写とか性格描写とかをやつてゐるわけだ。而も、描き出される人達は、僕と同じ時代に生き、同じ時代の空気を吸つてゐる人達なのだ。それが、どうして僕にあんなに解りにくいのか。彼等は、まさしく彼等らしいと思はせる様な事を、はつきり言ひもしないし、為もしない。彼等には、自分の星もなければ、運命もない様に見える。若しもあゝいふ流儀が生きるといふ事なら、生きるといふ事は、何んと白昼の幻にも似た事だらう。だが、やがて、どんな死に方にせよ、はつきりと死なねばならぬ時は来る、眉に唾して。

前に、人の性格とか心理とかいふものは近代の頭脳の発明にかゝる幻だといふ事を、ちよつと申しましたが、僕は、幻に違ひないといふ事を、だんだんと信ずる様になりました。少くともそんなものを探つて人間の急所に到る事は出来ぬとはつきり信ずる様になつた。無論、為に近代小説といふものに対する興味は八割方減つて了つた。前にも言つた通り、極く少数の天才作家達がゐた。それが非常に辛い仕事をやつたのである。あとは何んでもない。幻に負けたのである。どうも、僕にはさういふ風に思はれます。誰が、自分の性格なぞを詮議する事によつて、自分の正体を摑んだでせうか。誰が、他人の心理状態なぞを合点する事で、友を知つたでせうか。さういふ事については、僕等の実生活は、僕等に決して間違つた事を教へてはゐない様です。近代文学は、物質を観察して法則を得たその同じ眼差しを人間の上に落し、性格とか心理とかいふ曖昧な影を得た。不都合な事には、この影は、観察者の望みに応じていくらでも複雑なものになり微妙なものになつた。何故であるか。観察はしたが法則が得られないといふ極く簡単な理由からであります。何んといふ複雑な性格であらう、何んといふ微妙な心理であらう、と読者は驚嘆します。観察がいよいよ迷路に踏み込んで、遂に失敗に終つた結果を見て、何も格別驚く事はないではないか。僕の言葉は、作家達にも笑はれるでせう。彼等は自分の仕事が、そもそもの初めから大変抽象的なものであり、メカニックなものである事にどうしても気が付きたがらないからであります。だが、さういふ事が、幻に負けてゐるといふ事なのだ。実に沢山な人が負けるのです、才能のある人もない人も。

わが国の現代の文学が、わが国の現代といふものを正直に映し出してゐるかどうかは、いろいろと疑問な点があると思ふし、又、一人々々の作家の意図なり作風なりを無視したいと思つてゐるわけではありませぬが、今日の小説類の驚くべき普及は、或る一様の色で読書人の心を片つ端から染め上げて行く、そこには何か心ない物の成行きじみた勢ひがある、といふ事は、どうも疑へぬ様に思ふ。小説類の今日の隆盛は、決して精神の横溢《わういつ》といふ様なものが齎したものではない。思想と詩との貧困がいよいよ深まり、その為にうつろな観察といふものがいよいよ楽になり気易くなつた、その現れと僕は解する。そして、さういふ事は、活字から心をうつろにして他人の生活図を空想したい読者にはまことに好都合であるといふところを併せ考へるならば、現代の小説類の読者に与へる影響の根柢の性質が、かなりはつきりと考へられると思ふのであります。立派な思想にある信念とか立派な詩にある情操とかいふものは、もはや現代の読書人には辛いのである。何故かといふと、さういふものは、外に向つて空想する眼を内側に向けさせますから。

読者は、人間の性格とか心理とかの迷路をさまよひ、人間性に関する紛糾した知識を一杯にする。この事は、当然、人間に関する素直な価値感の紛失を伴はざるを得ないのであります。英雄崇拝といふ様な事が、現代にあつて一笑に付される原因も、考へて行くと其処に見つかるのである。成る程、英雄崇拝といふものは、誇張や感傷の衣を着たがるものだが、もともと健全な率直な人間観に根ざしたものだといふ事は疑へませぬ。昔の人は人間を見る眼がお目出度かつたなどとは飛んだ事で、心理の分析やら性格の解剖やらを知らなかつた昔の人達の方が、却つて人間をしつかりと摑んでゐたに相違ないとさへ僕は考へます。尊敬や同情や共感や愛情によつて人間を摑むより、観察によつて人間を摑む方が、勿論鋭敏な事でもあるし確実な事であるといふ考へが、そもそも愚かな独断ではありませんか。

ゲエテが、エッケルマンにこんな事を言つてゐた。実に当り前な事で、ゲエテが言つてゐるなどと言ふのが滑稽な様なものですが、僕は、まあ、あの有名な「対話」を、精神の養生訓の様な本だと思つてゐるから、養生訓が病人に平凡に見えるのは止むを得ない、といふ点に留意したいわけですが、かういふ意味の事を言つてゐます。ロオマの英雄なぞは、今日の歴史家は、みんな作り話だと言つてゐる、恐らくさうだらう。本当だらう。だが、たとへそれが本当だとしても、そんな詰らぬ事を言つて一体何になるのか。それよりも、あゝいふ立派な作り話を、そのまゝ信ずるほど吾々も立派であつてよいではないか。

序でですから、ゲエテの言葉をもう一つ。彼は、かう言つてゐます。健全な時代は客観的であり、頽廃した時代は主観的なものだ、と。これも実に当然な事の様に僕には思はれますが、彼の言ふ客観的といふ意味が近代科学が齎した客観主義とは似ても似つかぬものだといふところが、彼の言ふところを難解なものにしてゐるのでありま す。自分に、過去の英雄が立派な人間だと信じられる以上、彼に関する歴史が伝説に過ぎず、作り話に過ぎなくても、一向差支へないではないか、さういふ態度を、ゲエテは客観的と呼んだのでありまして、一と口に言ふなら、彼の客観的といふ言葉は、科学の、少くとも近代の科学の世界に属した言葉ではない。其処に、現代人はつまづくのだ。

人間性を覆つてゐる伝説の衣を取らねばならぬ、と言ふ。英雄は着物を脱いで裸の凡人になります。それはよい。だが、凡人といふ伝説はどうするつもりか。まるで、お伽噺に出てくる裸の王様のさかさまの様な話でありますが、現代が、客観主義の美名の下に行つてゐる事は、先づこれを出ないのである。心を開いて歴史に接するならば、尊敬するより他に、僕等には大した事は出来ぬ。言ひ代へれば、尊敬する事によつて、初めて謎が解ける想ひのする人物が沢山見える筈なのだが、今日の歴史家はさういふ事を好まぬ。尊敬出来る人物かどうか、それを客観的に確かめてみるのが先決問題であると考へる。色盲が色を確かめる様なもので、ゲエテを俗物と確かめたり、家康を狸親父と確かめたりしてゐるに過ぎぬ。現代の通念により、過去を確かめる事が、何が客観的態度であらうか。一時代の風潮に陥没し、其処から多くの遠い時代を眺める事が、何が歴史家の眼光でせうか。

例へば、文化の進歩の一段階として封建時代といふものがあつたと考へる。その時代の思想や道徳に、封建といふ言葉を冠せ、封建道徳、封建思想と呼びさへすれば、その時代の道徳や思想は理解し得るものと思ひ込む。封建制度の下に「葉隠」の様な思想が生れたのは当然な事であるといふ。胡瓜《きうり》の蔓に、胡瓜がなつたといふ様な事を合点すれば、歴史といふものはわかるものなのか。第一、現代の歴史家が、封建主義といふ言葉から理解してゐるところは、徳川時代の人々には、何んの関係もない考へである。彼等は道徳を信じたのであり、封建道徳などといふものを信じたのではありませぬ。封建制度は、人間の自由を拘束したといふ。だが、この拘束の下に、山本常朝が、どんなに驚くべき自由を摑んだかは、歴史家は見逃してよいのでせうか。彼の体得した自由は、現代の講壇歴史家が、社会制度と照し合はせて考へてゐる様な自由とは、同日の談ではない。お月様とすつぽん位の違ひはあります。これは比喩ではない。お月様はいつもお月様であり、すつぽんは永遠にすつぽんであるところに、実は歴史の一番深い仔細はあるのだ。それが信じられる為には、人間は健全でなければならぬ、客観的でなければならぬ、とゲエテは言つたのであります。

では、何が頽廃した主観的な態度と言つたのか。これはもう申し上げるまでもない事だ。歴史を見ず、歴史の見方を見て、歴史を見てゐると信じてゐる態度であります。まさに今日の歴史観上の客観主義が行つてゐる処だ。客観主義とは全くの偽名でありませす。而も、この偽名家を、進歩といふ考へが常にくすぐつてをります。まるで偽名が二重になつたやうなものです。歴史の進歩といふ様な事が誰の念頭にもなかつた時代もあつたし、人間の退歩を信じ切つてゐた時代も嘗てはあつた。さういふ時でも最善を尽した人は尽したのだし、努力家は努力家だつたし、怠け者は怠け者だつたのでありります。歴史の変化は様々な価値の増大を齎すといふ考への流行のうちにをりますと、不平を言つてゐても、皮肉を言つてゐても、人類の進歩に協力してゐる気がしてゐるといふ事になる。併し、それはまだよい。一番いけないのは、この考へに捕はれたものが、しかとした理由もなく抱く過去といふものに対する侮蔑の念であります。たゞ単に現代に生れたといふ理由で、誰も彼もが、殆ど意味のない優越感を抱いて、過去を見はるかしてをります。単にもう死んで了つた人々であるといふ理由で、彼等にはもはや努力して理解しなければならぬ様な謎はないのだ、彼等の価値には、歴史の限界が明らかだからだと言ひます。そんな事は彼等の知つた事ではありませぬ。では現代の価値にも歴史の限界がある筈かと言へば、それは勿論ある、と言ひます。そして、将来は、自分が侮蔑される番だ、ときまり悪さうに言ひそへるがよろしい。それなら、価値は、地球が充分に冷却した時に、最大となるわけですか。と言ふ事は、はじめから価値の問題なぞ実はどうでもよかつたのと同じ事になります。何んといふ空想でせうか。

「見る人の、語りつぎてて、聞く人の鑑《かゞみ》にせんを、惜《あたら》しき、清きその名ぞ」と家持は歌つた。何んといふ違ひでせうか。「万葉」の詩人は、自然の懐に抱かれてゐた様に歴史の懐にもしつかりと抱かれてゐた。惜しと想へば全歴史は己れの掌中にあるのです。分析や類推によつて、過去の影を編み、未来の幻を描く様な空想を知らなかつたのです。

歴史は、眼をうつろにしてゐさへすれば、誰にでも見はるかす事が出来る、平均にならされ、整然と区別《けぢめ》のついた平野の様なものではない。僕等がこちらから出向いて登らねばならぬ道もない山であります。手前の低い山にさへ登れない人には、向うにある雪を冠つた山の姿は見えて来ない、さういふものである。天稟《てんぴん》の詩人の直覚力を持たぬ人は、常に努力して己れの鏡を磨かなければ、本当の姿は決して見えて来ない、さういふものであります。だからこそ、歴史は古典であり、鑑なのである。

僕は、日本人の書いた歴史のうちで、「神皇正統記」が一番立派な歴史だと思つてゐます。親房といふ人は、非常な熱血漢であつた。結城親朝に送つた烈しい文書などを読んでみると、彼の激情がどの様なものだつたかがよくわかる。「神皇正統記」といふ沈着無類な文章も、それと同じ時に、同じ小田城や関城の陣中で書かれた。その事にしつかり心を留めないと、後醍醐天皇の崩御は申すに及ばず、愛児顕家の戦死の事実も、「心に一物を貯へず」といふ筆致で描き出した立派さが、よく合点がいかないのであります。親房は、書中、心の鏡を磨く必要を繰返し言つてをります。悟性を磨く事ではない、心性を磨く事です。そして「心性明らかなれば、慈悲決断は其中に有り」と言つてゐます。いかにもさういふものでありませう。この親房の信じた根本の史観は、今もなほ動かぬ、動いてはならぬ。その上を、どんなに移ろひ易い様々な史観が移ろひ行かうとも。その動かぬ処《あつか》にこそ、歴史の伝承といふものの秘義があるのであつて、これは歴史変化の理論の与り知らぬところなのであります。

今日は、革新の風が世を覆ひまして、文化の新しい創造といふ様な事が、しきりに言はれる様になつた。これは、まことに結構な事だと思ひますが、歴史は創造であるといふ様な呼び声が、どんな心性から出て来てゐるかを見極める必要がある。衰弱した歴史上の客観主義も、歴史の新しい創造を口にする事は出来るのであります。病人は泣くべき時に笑ふ事もあるのであります。日本の歴史が、自分の鑑とならぬ様な日本人に、どうして新しい創造があり得ませうか。

当麻

梅若の能楽堂で、万三郎の「当麻《たえま》」を見た。

僕は、星が輝き、雪が消え残つた夜道を歩いてゐた。何故、あの夢を破る様な笛の音や大鼓《おほかは》の音が、いつまでも耳に残るのであらうか。夢はまさしく破られたのではあるまいか。白い袖が飜り、金色の冠がきらめき、中将姫は、未だ眼の前を舞つてゐる様子であつた。それは快感の持続といふ様なものとは、何か全く違つたものの様に思はれた。あれは一体何んだつたのだらうか、何んと名付けたらよいのだらう、笛の音と一緒にツッツッと動き出したあの二つの真つ白な足袋は。いや、世阿弥は、はつきり「当麻」と名付けた筈だ。してみると、自分は信じてゐるのかな、世阿弥といふ人物を、世阿弥といふ詩魂を。突然浮んだこの考へは、僕を驚かした。

当麻寺に詣でた念仏僧が、折からこの寺に法事に訪れた老尼から、昔、中将姫がこの山に籠り、念仏三昧のうちに、正身《しやうじん》の弥陀の来迎を拝したといふ寺の縁起を聞く、老尼は物語るうちに、嘗て中将姫の手引きをした化尼と変じて消え、中将姫の精魂が現れて舞ふ。音楽と踊りと歌との最小限度の形式、音楽は叫び声の様なものとなり、踊りは日常の起居の様なものとなり、歌は祈りの連続の様なものになつて了つてゐる。そして、さういふものが、これでいゝのだ、他に何が必要なのか、と僕に絶えず囁《さゝや》いてゐる様であつた。音と形との単純な執拗な流れに、僕は次第に説得され征服されて行く様に思へた。最初のうちは、念仏僧の一人は、麻雀がうまさうな顔付きをしてゐるなどと思つてゐたのだが。

老尼が、くすんだ菫色《すみれいろ》の被風《ひふ》を着て、杖をつき、橋懸りに現れた。真つ白な御高祖《おこそ》頭巾《づきん》の合ひ間から、灰色の眼鼻を少しばかり覗かせてゐるのだが、それが、何かが化けた様な妙な印象を与へ、僕は其処から眼を外らす事が出来なかつた。僅かに能面の眼鼻が覗いてゐるといふ風には見えず、例へば仔猫の屍骸めいたものが二つ三つ重なり合ひ、風呂敷包みの間から、覗いて見えるといふ風な感じを起させた。何故そんな聯想が浮んだのかわからなかつた。僕が、漠然と予感したとほり、婆さんは、何にもこれと言つて格別な事もせず、言ひもしなかつた。含み声でよく解らぬが、念仏をとなへてゐるのが一番ましなんだぞ、といふ様な事を言ふらしかつた。要するに、自分の顔が、念仏僧にも観客にもとつくりと見せ度いらしかつた。

勿論、仔猫の屍骸なぞと馬鹿々々しい事だ、と言つてあんな顔を何んだと言へばい、のか。間狂言《あひきやうげん》になり、場内はざわめいてゐた。どうして、みんなあんな奇怪な顔に見入つてゐたのだらう。念の入つたひねくれた工夫。併し、あの強い何んとも言へぬ印象を疑ふわけにはいかぬ、化かされてゐたとは思へぬ。何故、眼が離せなかつたのだらう。この場内には、ずゐ分顔が集つてゐるが、眼が離せない様な面白い顔が、一つもなささうではないか。どれもこれも何んといふ不安定な退屈な表情だらう。さう考へてゐる自分にしたところが、今どんな馬鹿々々しい顔を人前に曝《さら》してゐるか、僕の知つた事でないとすれば、自分の顔に責任が持てる様な者はまづ一人もゐないといふ事になる。而も、お互に相手の表情なぞ読み合つては得々としてゐる。滑稽な果《は》敢無《かな》い話である。幾時《いつ》ごろから、僕等は、そんな面倒な情無い状態に堕落したのだらう。さう古い事ではあるまい。現に眼の前の舞台は、着物を着る以上お面も被つた方がよいといふ、さういふ人生がつい先だつてまで厳存してゐた事を語つてゐる。

仮面を脱げ、素面を見よ、そんな事ばかり喚き乍ら、何処に行くのかも知らず、近代文明といふものは駈け出したらしい。ルッソオはあの「懺悔録《ざんげ》」で、懺悔など何一つしたわけではなかつた。あの本にばら撒かれてゐた当人も読者も気が付かなかつた女々しい毒念が、次第に方図もなく拡つたのではあるまいか。僕は間狂言の間、茫然と悪夢を追ふ様であつた。

中将姫のあでやかな姿が、舞台を縦横に動き出す。それは、歴史の泥中から咲き出でた花の様に見えた。人間の生死に関する思想が、これほど単純な純粋な形を取り得るとは。僕は、かういふ形が、社会の進歩を黙殺し得た所以《ゆゑん》を突然合点した様に思つた。要するに、皆あの美しい人形の周りをうろつく事が出来ただけなのだ。あの慎重に工夫された仮面の内側に這入り込む事は出来なかつたのだ。世阿弥の「花」は秘められてゐる、確かに。

現代人は、どういふ了簡でゐるから、近頃能楽の鑑賞といふ様なものが流行るのか、それはどうやら解かうとしても労して益のない難問題らしく思はれた。たゞ、罰が当つてゐるのは確からしい、お互に相手の顔をジロジロ観察し合つた罰が。誰も気が付きたがらぬだけだ。室町時代といふ、現世の無常と信仰の永遠とを聊《いさゝ》かも疑はなかつたあの健全な時代を、史家は乱世と呼んで安心してゐる。

それは少しも遠い時代ではない。何故なら僕は殆どそれを信じてゐるから。そして又、僕は、無要な諸観念の跳梁《てうりやう》しないさういふ時代に、世阿弥が美といふものをどういふ風に考へたかを思ひ、其処に何んの疑はしいものがない事を確かめた。「物数を極めて、工夫を尽して後、花の失せぬところをば知るべし」。美しい「花」がある、「花」の美しさといふ様なものはない。彼の「花」の観念の曖昧さに就いて頭を悩ます現代の美学者の方が、化かされてゐるに過ぎない。肉体の動きに則つて観念の動きを修正するがいゝ、前者の動きは後者の動きより遥かに微妙で深淵だから、彼はさう言つてゐるのだ。不安定な観念の動きを直ぐ模倣する顔の表情の様なやくざなものは、お面で隠して了ふがよい、彼が、もし今日生きてゐたなら、さう言ひたいかも知れぬ。

僕は、星を見たり雪を見たりして夜道を歩いた。あゝ、去年《こぞ》の雪何処に在りや、いや、いや、そんなところに落ちこんではいけない。僕は、再び星を眺め、雪を眺めた。

無常といふ事

「或云《あるひといはく》、比叡の御社に、いつはりてかんなぎのまねしたるなま女房の、十禅師の御前にて、夜うち深け、人しづまりて後、ていとうていとうと、つゞみをうちて、心すましたる声にて、とてもかくても候、なうなうとうたひけり。其心を人にしひ問はれて云《いはく》、生死《しやうじ》無常の有様を思ふに、此世のことはとてもかくても候。なう後世《ごせ》をたすけ給へと申すなり。云々」

これは、「一言芳談抄」のなかにある文で、読んだ時、いゝ文章だと心に残つたのであるが、先日、比叡山に行き、山王権現の辺りの青葉やら石垣やらを眺めて、ぼんやりとうろついてゐると、突然、この短文が、当時の絵巻物の残欠でも見る様な風に心に浮び、文の節々が、まるで古びた絵の細勁な描線を辿る様に心に滲みわたつた。そんな経験は、はじめてなので、ひどく心が動き、坂本で蕎麦を喰つてゐる間も、あやしい思ひがしつゞけた。あの時、自分は何を感じ、何を考へてゐたのだらうか、今になつてそれがしきりに気にかゝる。無論、取るに足らぬある幻覚が起つたに過ぎまい。さう考へて済ますのは便利であるが、どうもさういふ便利な考へを信用する気になれないのは、どうしたものだらうか。実は、何を書くのか判然しないまゝに書き始めてゐるのである。

「一言芳談抄」は、恐らく兼好の愛読書の一つだつたのであるが、この文を「徒然草」のうちに置いても少しも遜色はない。今はもう同じ文を眼の前にして、そんな詰らぬ事しか考へられないのである。依然として一種の名文とは思はれるが、あれほど自分を動かした美しさは何処に消えて了つたのか。消えたのではなく現に眼の前にあるのかも知れぬ。それを摑むに適したこちらの心身の或る状態だけが消え去つて、取戻す術を自分は知らないのかも知れない。こんな子供らしい疑問が、既に僕を途方もない迷路に押しやる。僕は押されるまゝに、別段反抗はしない。さういふ美学の萌芽とも呼ぶべき状態に、少しも疑はしい性質を見付け出す事が出来ないからである。だが、僕は決して美学には行き着かない。

確かに空想なぞしてはゐなかつた。青葉が太陽に光るのやら、石垣の苔のつき具合やらを一心に見てゐたのだし、鮮やかに浮び上つた文章をはつきり辿つた。余計な事は何一つ考へなかつたのである。どの様な自然の諸条件に、僕の精神のどの様な性質が順応したのだらうか。そんな事はわからない。わからぬ許りではなく、さういふ具合な考へ方が既に一片の洒落に過ぎないかも知れない。僕は、たゞある充ち足りた時間があつた事を思ひ出してゐるだけだ。自分が生きてゐる証拠だけが充満し、その一つ一つがはつきりとわかつてゐる様な時間が。無論、今はうまく思ひ出してゐるわけではないのだが、あの時は、実に巧みに思ひ出してゐたのではなかつたか。何を。鎌倉時代をか。さうかも知れぬ。そんな気もする。

歴史の新しい見方とか新しい解釈とかいふ思想からはつきりと逃れるのが、以前には大変難かしく思へたものだ。さういふ思想は、一見魅力ある様々な手管めいたものを備へて、僕を襲つたから。一方歴史といふものは、見れば見るほど動かし難い形と映つて来るばかりであつた。新しい解釈なぞでびくともするものではない、そんなものにしてやられる様な脆弱《ぜいじやく》なものではない、さういふ事をいよいよ合点して、歴史はいよいよ美しく感じられた。晩年の鷗外が考証家に堕したといふ様な説は取るに足らぬ。あの厖大な考証を始めるに至つて、彼は恐らくやつと歴史の魂に推参したのである。「古事記伝」を読んだ時も、同じ様なものを感じた。解釈を拒絶して動じないものだけが美しい、これが宣長の抱いた一番強い思想だ。解釈だらけの現代には一番秘められた思想だ。そんな事を或る日考へた。又、或る日、或る考へが突然浮び、偶々《たまたま》傍にゐた川端康成さんにこんな風に喋つたのを思ひ出す。彼笑つて答へなかつたが。「生きてゐる人間などといふものは、どうも仕方のない代物だな。何を考へてゐるのやら、何を言ひ出すのやら、仕出来《しでか》すのやら、自分の事にせよ他人事にせよ、解つた例しがあつたのか。鑑賞にも観察にも堪へない。其処に行くと死んでしまつた人間といふものは大したものだ。何故、あゝはつきりとしつかりとして来るんだらう。まさに人間の形をしてゐるよ。してみると、生きてゐる人間とは、人間になりつゝある一種の動物かな」

この一種の動物といふ考へは、かなり僕の気に入つたが、考への糸は切れたまゝでゐた。歴史には死人だけしか現れて来ない。従つて退つ引きならぬ人間の相しか現れぬし、動じない美しい形しか現れぬ。思ひ出となれば、みんな美しく見えるとよく言ふが、その意味をみんなが間違へてゐる。僕等が過去を飾り勝ちなのではない。過去の方で僕等に余計な思ひをさせないだけなのである。思ひ出が、僕等を一種の動物である事から救ふのだ。記憶するだけではいけないのだらう。思ひ出さなくてはいけないのだらう。多くの歴史家が、一種の動物に止まるのは、頭を記憶で一杯にしてゐるので、心を虚《むな》しくして思ひ出す事が出来ないからではあるまいか。

上手に思ひ出す事は非常に難かしい。だが、それが、過去から未来に向つて飴の様に延びた時間といふ蒼《あを》ざめた思想（僕にはそれは現代に於ける最大の妄想と思はれるが）から逃れる唯一の本当に有効なやり方の様に思へる。成功の期はあるのだ。この世は無常とは決して仏説といふ様なものではあるまい。それは幾時《いつ》如何なる時代でも、人間の置かれる一種の動物的状態である。現代人には、鎌倉時代の何処かのなま女房ほどにも、無常といふ事がわかつてゐない。常なるものを見失つたからである。

平家物語

「先がけの勲功《いさを》立てずば生きてあらじと誓へる心生食《いけずき》知るも」。これは、「平家物語」を詠じた子規の歌である。名歌ではないかも知れないが、子規の心が、「平家物語」の美しさの急所に鋭敏に動いた様が感じられ、詩人がどれくらゐよく詩人を知るか、その見本の様な歌と思はれて面白い。

「平家」のなかの合戦の文章は皆い丶が、宇治川先陣は、好きな文の一つだ。「盛衰記」でもあの辺りは優れた処だが、とても「平家」の簡潔な底光がしてゐる様な美しさには及ばぬ。同じ題材を扱ひ、かうも違ふものかと思ふ。読んでゐると、子規の歌が、決して佐々木四郎の気持ちといふ様な曖昧なものを詠じたのではない事がよく解る。荒武者と駻馬《かんば》との躍り上る様な動きを、はつきりと見て、それをそのま丶はつきりした音楽にしてゐるのである。成る程、佐々木四郎は、先がけの勲功立てずば生きてあらじ、と頼朝の前で誓ふのであるが、その調子には少しも悲壮なものはない、勿論感傷的なものもない。傍若無人な無邪気さがあり、気持ちのよい無頓着さがある。人々は、「あつぱれ荒涼な申しやうかな」、と言ふのである。頼朝が四郎に生食をやるのも気紛れに過ぎない、無造作にやつて了ふ。尤もらしい理由などいろいろ書いてゐる「盛衰記」に比べると格段である。「金覆輪《きんぷくりん》の鞍置かせ、小総《こぶさ》の鞦《しりがい》かけ、白轡《しろぐつわ》はげ白泡かませ、舎人《とねり》あまた附たりけれども、なほ引きもためず、跳らせてこそ出来たれ」。これは又佐々木四郎の出立ちでもある。源太景季これを見て、佐々木とさし違へ、「よき侍二人死んで、鎌倉殿に損取らせ奉らむ」と飛んだ決心をアッと思ふ間にして了ふのもなかなかよい。佐々木から、盗んだ馬と聞かされると、「ねつたい」と大笑ひしてさつさと行つて了ふ。まるで心理が写されてゐるといふより、隆々たる筋肉の動きが写されてゐる様な感じがする。事実、さうに違ひないのである。この辺りの文章からは、太陽の光と人間と馬の汗とが感じられる、そんなものは少しも書いてないが。

生食、磨墨《するすみ》の説明やら大手、搦手《からめて》の将兵の説明やらを読んで行くと、突然文の調子が変り、「頃は睦月《むつき》二十日あまりの事なれば、比良の高根、志賀の山、昔ながらの雪も消え、谷々の氷うちとけて、水は折ふし増《まさ》りたり、白浪おびたゞしう漲《みなぎ》り落ち、瀬枕大きに瀧鳴つて、逆巻く水も早かりけり、夜は既にほのぼのとあけ行けど、川霧深くたち籠めて、馬の毛も鎧《よろひ》の毛もさだかならず」といふ風になる。宇治川がどういふ川だかはわからないが、水の音や匂ひや冷さは、はつきりと胸に来て、忽ち読者はそのなかに居るのである。さういふ風に読者を捕へて了へば、先陣の叙述はたゞの一刷《ひとは》毛《け》で足りるのだ。

「一文字にさつと渡いて、向《むかへ》の岸にぞ打ち上げたる」

終りの方も実にいゝ。勇気と意志、健康と無邪気とが光り輝く。畠山重忠が、馬を射られ、水の底をくゞつて岸に取りつく。「うち上らんとする所に、後よりものこそむずと控へたれ。誰ぞと問へば、重親と答ふ。大串か、さん候。大串の次郎は畠山が為には、烏帽子《ゑぼしご》子にてぞ候ひける。あまりに水が早うて、馬をば川中よりおし流され候ひぬ。力及ばでこれまで著き参つて候と言ひければ、畠山、いつもわ殿《との》ばらがやうなる者は、重忠にこそ助けられむずれといふまゝに、大串を摑んで、岸の上へぞ投げ上げたる。投げ上げられてたゞなほり、太刀をぬいて額にあて、大音声をあげて、武蔵の国の住人大串の次郎重親、宇治川の歩立《かちたち》の先陣ぞや、とぞ名乗つたる。敵も御方もこれを聞いて、一度にどつとぞ笑ひける」

込み上げて来るわだかまりのない哄笑が激戦の合図だ。これが「平家」といふ大音楽の精髄である。「平家」の人々はよく笑ひ、よく泣く。僕等は、彼等自然児達の強靭な声帯を感ずる様に、彼等の涙がどんなに塩辛《しほから》いかも理解する。誰も徒らに泣いてはゐない。空想は彼等を泣かす事は出来ない。通盛卿の討死を聞いた小宰相は、船の上に打ち臥して泣く。泣いてゐる中に、次第に物事をはつきりと見る様になる。もしや夢ではあるまいかといふ様な様々な惑ひは、涙とともに流れ去り、自殺の決意が目覚める。とともに突然自然が眼の前に現れる、常に在り、而も彼女の一度も見た事もない様な自然が。「漫々たる海上なれば、いづちを西とは知らねども、月の入るさの山の端を、云々」。宝井其角の「平家なり太平記には月も見ず」は有名だが、この趣味人の見た月はどんな月だつただらうか覚束ない気持ちがする。

「平家」のあの冒頭の今様風の哀調が、多くの人々を誤らせた。「平家」の作者の思想なり人生観なりが、其処にあると信じ込んだが為である。一応、それはさうに違ひないけれども、何も「平家」の思想はかくかくのものと仔細らしく取上げてみるほど、「平家」の作者は優れた思想家ではないといふ処が肝腎なので、彼はたゞ当時の知識人として月並みな口を利いてゐたに過ぎない。物語のなかでの唯一人の思想家重盛にしてからが、その説くところ、殆ど矛盾撞着して、不徹底な愚にもつかぬものであり、それが、作者から同情の念をもつて描かれてゐるらしい処から推しても、解るのである。作者を、本当に動かし導いたものは、彼のよく知つてゐた当時の思想といふ様なものではなく、彼自らはつきり知らなかつた叙事詩人の伝統的な魂であつた。彼自ら知らぬ処に、彼が本当によく知り、よく信じた詩魂が動いてゐたのであつて、「平家」が多くの作者達の手により、或は読者等の手によつて合作され、而も誤らなかつた所以《ゆゑん》もそこにある。「平家」の真正な原本を求める学者の努力は結構だが、俗本を駆逐し得たとする自負なぞ詰らぬ事である。流布本には所謂原本なるものにあるよりも美しい叙述が屢々《しばしば》現れる。「平家」の哀調、惑はしい言葉だ。このシンフォニイは短調で書かれてゐると言つた方がいゝのである。一種の哀調は、この作の叙事詩としての驚くべき純粋さから来るのであつて、仏教思想といふ様なものから来るのではない。「平家」の作者達の厭人も厭世もない詩魂から見れば、当時の無常の思想の如きは、時代の果敢無《はかな》い意匠に過ぎぬ。鎌倉の文化も風俗も手玉にとられ、人々はその頃の風俗のまゝに諸元素の様な変らぬ強い或るものに還元され、自然のうちに織り込まれ、僕等を差招き、真実な回想とはどういふものかを教へてゐる。

徒然草

「徒然なる儘に、日ぐらし、硯に向ひて、心に映り行くよしなしごとを、そこはかと無く書きつくれば、怪しうこそ物狂ほしけれ」。「徒然草」の名は、この有名な書出しから、後人の思ひ付いたものとするのが通説だが、どうも思ひ付きはうま過ぎた様である。兼好の苦がい心が、洒落た名前の後に隠れた。一片の洒落もずゐ分いろいろなものを隠す。一枚の木の葉も、月を隠すに足りる様なものか。今更、名前の事なぞ言つても始らぬが、「徒然草」といふ文章を、遠近法を誤らずに眺めるのは、思ひの外の難事である所以《ゆゑん》に留意するのはよい事だと思ふ。

「つれづれ」といふ言葉は、平安時代の詩人等が好んだ言葉の一つであつたが、誰も兼好の様に辛辣《しんらつ》な意味をこの言葉に見付け出した者はなかつた。彼以後もない。「徒然わぶる人は、如何なる心ならむ。紛る丶方無く、唯独り在るのみこそよけれ」、兼好にとつて徒然とは「紛る丶方無く、唯独り在る」幸福並びに不幸を言ふのである。

「徒然わぶる人」は徒然を知らない、やがて何かで紛れるだらうから。やがて「惑の上に酔ひ、酔の中に夢をなす」だらうから。兼好は、徒然なる儘に、「徒然草」を書いたのであつて、徒然わぶるまゝに書いたのではないのだから、書いたところで彼の心が紛れたわけではない。紛れるどころか、眼が冴えかへつて、いよいよ物が見え過ぎ、物が解り過ぎる辛さを、「怪しうこそ物狂ほしけれ」と言つたのである。この言葉は、書いた文章を自ら評したとも、書いて行く自分の心持ちを形容したとも取れるが、彼の様な文章の達人では、どちらにしても同じ事だ。

兼好の家集は、「徒然草」について何事も教へない。逆である。彼は批評家であつて、詩人ではない。「徒然草」が書かれたといふ事は、新しい形式の随筆文学が書かれたといふ様な事ではない。純粋で鋭敏な点で、空前の批評家の魂が出現した文学史上の大きな事件なのである。僕は絶後とさへ言ひたい。彼の死後、「徒然草」は、俗文学の手本として非常な成功を得たが、この物狂ほしい批評精神の毒を呑んだ文学者は一人もなかつたと思ふ。西洋の文学が輸入され、批評家が氾濫し、批評文の精緻を競ふ有様となつたが、彼等の性根を見れば、皆お目出度いのである。「万事頼むべからず」、そんな事がしつかりと言へてゐる人がない。批評家は批評家らしい偶像を作るのに忙しい。

兼好は誰にも似てゐない。よく引合ひに出される長明なぞには一番似てゐない。彼モンテエニュがやつた事をやつたのである。モンテエニュが生れる二百年も前に。モンテエニュより遥かに鋭敏に簡明に正確に。文章も比類のない名文であつて、よく言はれる「枕草子」との類似なぞもほんの見掛けだけの事で、あの正確な鋭利な文体は稀有のものだ。一見さうは見えないのは、彼が名工だからである。「よき細工は、少し鈍き刀を使ふ、といふ。妙観が刀は、いたく立たず」、彼は利き過ぎる腕と鈍い刀の必要とを痛感してゐる自分の事を言つてゐるのである。物が見え過ぎる眼を如何に御したらいゝか、これが「徒然草」の文体の精髄である。

彼には常に物が見えてゐる、人間が見えてゐる、見え過ぎてゐる、どんな思想も意見も彼を動かすに足りぬ。評家は、彼の尚古趣味を云々するが、彼には趣味といふ様なものは全くない。古い美しい形をしつかり見て、それを書いただけだ。「今やうは無下に卑しくこそなりゆくめれ」と言ふが、無下に卑しくなる時勢とともに現れる様々な人間の興味ある真実な形を一つも見逃してゐやしない。さういふものも、しつかり見てはつきり書いてゐる。彼の厭世観の不徹底を言ふものもあるが、「人皆生を楽しまざるは、死を恐れざる故なり」といふ人が厭世観なぞを信用してゐる筈がない。「徒然草」の二百四十幾つの短文は、すべて彼の批評と観察との冒険である。それぞれが矛盾撞着してゐるといふ様な事は何事でもない。どの糸も作者の徒然なる心に集つて来る。

鈍刀を使つて彫られた名作のほんの一例を引いて置かう。これは全文である。
「因幡《いなば》の国に、何の入道とかやいふ者の娘容美《かたちよ》しと聞きて、人数多《あまた》言ひわたりけれども、この娘、唯栗をのみ食ひて、更に米《よね》の類を食はざりければ、斯《か》ゝる異様《ことやう》の者、人に見ゆべきにあらずとて、親、許さざりけり」(第四十段)
これは珍談ではない。徒然なる心がどんなに沢山な事を感じ、どんなに沢山な事を言はずに我慢したか。

西行

「西行はおもしろくてしかもこゝろ殊にふかくあはれなる、ありがたく、出来がたきかたもともに相兼てみゆ。生得《しやうとく》の歌人とおぼゆ。これによりて、おぼろげの人のまねびなどすべき歌にあらず。不可説の上手なり」(「後鳥羽院御口伝」)まことに簡潔適確で、而も余情と暗示とに富んだ言葉であるが、非凡な人間が身近かにゐるといふ素直で間違ひのない驚き、さういふものが、まざまざと窺はれるところがもつと肝腎なのである。鋭い分析の力と素直な驚嘆の念とを併せ持つのはやさしい事ではないが、西行に行着く道は、さう努める他にはないらしい。彼自身さういふ人であつた。

心なき身にもあはれは知られけり鴫《しぎ》立沢の秋の夕ぐれ

この有名な歌は、当時から評判だつたらしく、俊成は「鴫立沢のといへる心、幽玄にすがた及びがたく」といふ判詞を遺してゐる。歌のすがたといふものに就いて思案を重ねた俊成の眼には、下二句の姿が鮮やかに映つたのは当然であらうが、どういふ人間のどういふ発想からかういふ歌が生れたかに注意すれば、この自ら鼓動してゐる様な歌の心臓の在りかは、上三句にあるのが感じられるのであり、其処に作者の心の疼《うづ》きが隠れてゐる、といふ風に歌が見えて来るだらう。そして、これは、作者自讃の歌の一つだが、俊成の自讃歌「夕されば野べの秋風身にしみてうづらなくなり深草の里」を挙げれば、生活人の歌と審美家の歌との微妙だが紛れ様のない調べの相違が現れて来るだらう。定家の「見わたせば花も紅葉もなかりけり浦の苫屋《とまや》の秋のゆふぐれ」となると、外見はどうあらうとも、もはや西行の詩境とは殆ど関係がない。「新古今集」で、この二つの歌が肩を並べてゐるのを見ると、詩人の傍で、美食家があゝでもないかうでもないと言つてゐる様に見える。寂蓮の歌は挙げるまでもあるまい。三夕の歌なぞと出鱈目を言ひ習はしたものである。

西行は何故出家したか、幸ひその原因については、大いに研究の余地があるらしく、西行研究家達は多忙なのであるが、僕には、興味のない事だ。凡そ詩人を解するには、その努めて現さうとしたところを極めるがよろしく、努めて忘れようとし隠さうとしたところを詮索したとて、何が得られるものではない。保延六年に、原因不明の出家をし、行方不明の歌をひねつた幾十幾百の人々の数のなかに西行も埋めて置かう。彼が忘れようとしたところを彼とともに素直に忘れよう。僕等は厭でも、月並みな原因から非凡な結果を生み得た詩人の生得の力に想ひを致すであらう。

（鳥羽院に出家のいとま申《すけ》すとてよめる）

惜むとて惜まれぬべき此の世かは身を捨ててこそ身をも助けめ

（世にあらじとおもひける比《ころ》、東山にて人々霞によせて思ひをのべけるに）

空《そら》になる心は春の霞にて世にあらじとも思ひたつかな

（おなじ心をよみける）

世を厭《いと》ふ名をだにもさはとどめ置きて数ならぬ身の思出にせん

（世をのがれけるをりゆかりなりける人の許へ云ひおくりける）

世の中を反《そむ》き果てぬといひおかん思ひしるべき人はなくとも

これらは決して世に追ひつめられたり、世をはかなんだりした人の歌ではない。出家とか厭世とかいふ曖昧な概念に惑はされなければ、一切がはつきりしてゐるのである。自ら進んで世に反いた廿三歳の異常な青年武士の、世俗に対する嘲笑と内に湧き上る希望の飾り気のない鮮やかな表現だ。彼の眼は新しい未来に向つて開かれ、来るべきものに挑んでゐるのであつて、歌のすがたなぞにかまつてゐる余裕はないのである。確かに彼は生得の歌人であつた。そして彼も亦生得の詩人達の青年期を殆ど例外なく音づれる、自分の運命に関する強い或は強過ぎる予感を持つてゐたのである。

年たけて又こゆべしと思ひきや命なりけりさ夜の中山

五十年の歌人生活を貫き、同じ命の糸が続いて来た様が、老歌人の眼に浮ぶ。無常は無常、命は命の想ひが、彼の大手腕に捕へられる。彼が、歌人生活の門出に予感したものは、恐らくこの同じ彼独特の命の性質であつた。彼の門出の性急な正直な歌に、後年円熟すべき空前の内省家西行は既に立つてゐるのである。心理の上の遊戯を交へず、理性による烈しく苦がい内省が、そのまゝ直かに放胆な歌となつて現れようとは、彼以前の何人も考へ及ばぬところであつた。表現力の自在と正確とは彼の天稟《てんぴん》であり、これは、生涯少しも変らなかつた。彼の様に、はつきりと見、はつきりと思つたところを素直に歌つた歌人は、「万葉」の幾人かの歌人以来ないのである。「山家集」ばかりを見てゐるとさほどとも思へぬ歌も、「新古今集」のうちにばら撒かれると、忽ち光つて見える所以《ゆゑん》も其処にあると思ふ。勿論、彼の心は単純なものではなく、複雑微妙な歌は多いのだが、曖昧な歌は一つもない事は注意を要するのであつて、所謂《いはゆる》「幽玄」の歌論が、言葉を曖昧にするといふ様な事は、彼の歌では発想上既に不可能な事であつた。この人の歌の新しさは、人間の新しさから直かに来るのであり、特に表現上の新味を考案するといふ風な心労は、殆ど彼の知らなかつたところではあるまいか。

即興は彼の技法の命であつて、放胆に自在に、平凡な言葉も陳腐な語法も平気で馳駆《ちく》した。自ら頼むところが深く一貫してゐたからである。流石《さすが》に芭蕉の炯眼《けいがん》は、「其細き一筋」を看破してゐた。「ただ釈阿西行のことばのみ、かりそめに云ひちらされしあだなるたはぶれごとも、あはれなる所多し」（許六離別詞）

西行の実生活について知られてゐる事実は極めて少いが、彼の歌の姿がそのまゝ彼の生活の姿だつたに相違ないとは、誰にも容易に考へられるところだ。天稟の倫理性と人生無常に関する沈痛な信念とを心中深く蔵して、凝滞を知らず、頽廃を知らず、俗にも僧にも囚《とら》はれぬ、自在で而も過たぬ、一種の生活法の体得者だつたに違ひないと思ふ。だが、歌に還らう。

捨てたれど隠れて住まぬ人になれば猶世にあるに似たるなりけり

数ならぬ身をも心のあり顔に浮かれては又帰り来にけり

世中を捨てて捨てえぬ心地して都離れぬ我身なりけり

捨てし折の心を更に改めて見る世の人にわかれはてなん

思へ心人のあらばや世にも恥ぢんさりとてやはといさむ許りぞ

西行が、かういふ馬鹿正直な拙い歌から歩き出したといふ事は、余程大事なことだと思ふ。これらは皆思想詩であつて、心理詩ではない。さういふ事を断つて置きたいのも、思想詩といふものから全く離れ去つた現代の短歌を読みなれた人々には、これらの歌の骨組は意志で出来てゐるといふ明らかな事が、もはや明らかには見え難いと思ふからである。西行には心の裡《うち》で独り耐へてゐたものがあつたのだ。彼は不安なのではない、我慢してゐるのだ。何をじつと我慢してゐたからこそ、かういふ歌が出来上つたのか、其処に想ひを致さねば「猶世にあるに似たるなりけり」の調べはわからない。「世中を捨てて捨てえぬ心地して」にたゞ弱々しい感傷を読んでゐる様では、「心のあり顔」とはどんな顔だかわかるまいし、あとの二首から、人々の誤解によつていよいよ強くなるとでも言ひ度げな作者の自信も読みとれまい。

（述懐の心を）

世をすつる人はまことにすつるかはすてぬ人こそすつるなりけれ

かういふ歌も仏典の弁証法の語法を借りた概念の歌として読み過す事は出来ないのであつて、思想を追はうとすれば必ずかういふやつかいな述懐に落入る鋭敏多感な人間を素直に想像してみれば、作者の自意識の偽らぬ形が見えて来る。西行とは、かういふパラドックスを歌の唯一の源泉と恃《たの》み、前人未到の境に分入つた人である。よほどの精力と意志とがなければ、七十三歳まで歩けやしない。従つて、彼の風雅は芭蕉の風雅と同じく、決して清淡といふ様なものではなく、根は頑丈で執拗なものであつた。併し、かういふ人物が、見掛けは不徹底な人間に見えるのは致し方なく、彼に意志薄弱な人間らしさを読みとり、同類発見を喜ぶ人も多いわけであるが、僕は、さういふ現代人向きに空想された人間西行とか西行の人間らしさとかいふものを好まぬ。「吾妻鏡」に記された有名な逸話の方がよほど確かである。「井蛙抄《せいあせう》」の伝へる伝説もなかなかいゝ。文覚は、日頃、西行をにくみ「遁世《とんせい》の身とならば一筋に仏道修行の外他事あるべからず、数寄をたてて、こゝかしこに嘯《うそぶ》きありく条、憎き法師なり、いづくにても見あひたらば、頭を打ちわるべき由」ふれてゐたが、会つてみると、懇《ねんご》ろにもてなして帰したのを見て、弟子どもが訝《いぶか》り訊ねると、「あらいふがひなの法師どもや、あの西行は、この文覚に打たれむずる顔様か、文覚をこそ打ちてむずるものなれ」。

世の中を思へばなべて散る花のわが身をさてもいづちかもせん

右の歌を、定家は次の様に評した。「左歌、世の中を思へばなべてといへるより終の句の末まで、句ごとに思ひ入て、作者の心深くなやませる所侍れば、いかにも勝侍らん」(宮河歌合)。「群書類従」の伝へるところを信ずるなら、西行は、この評言に非常に心を動かされた様である。「九番の左の、わが身をさてもといふ歌の判の御詞に、作者の心ふかくなやませる所侍ればとかかれ候。かへすがへす面白く候物かな。なやませなど申御詞に、万みなこもりてめでたく覚候。これあたらしくいでき候ぬる判の

御詞にてこそさふらふらめ。古はいと覚候はねば、歌のすがたに似て、いひくだされたる様に覚候」（贈定家卿文）

西行は、別して歌論といふ様なものを遺してをらぬ。「西公談抄」があるが言ふに足らぬ。「和歌はうるはしく詠むべきなり。『古今集』の風体をもととして詠むべし」云々。毒にも薬にもならぬ様な事を言つてゐるが、実は、彼には、どうでもよかつたのであらう。弟子には、「古今集」の風体をもととして詠むべしと教へて置けば、事は済んだであらうし、さう教へて間違ひだつたわけでもあるまい。事実、彼自身、「古今集」の風体をもととして詠んだのである。たゞ、何をもととして詠み出さうが、自在に独自な境に遊べた自分の生得の力に就いては、人に語らなかつたまでである。当時の歌の風体に従つて、殊更に異をたてず、而も、無理なくこれを抜け出してゐる彼の歌の姿は、当時の歌壇に対するこの歌人の口外するには少々大き過ぎた内心の侮蔑と無関心とを自ら語つてゐる様に見える。恐らく、当時流行の歌学にも歌合《うたあはせ》にも、彼は、和して同ぜずといふ態度で臨んでゐたと察せられる。要は、「吾妻鏡」の簡明率直な記述の含蓄を知れば足りるのである。頼朝に歌道に就いて尋ねられ、「詠歌は、花月に対して動感するの折節は、僅かに卅一文字を作る許なり、全く奥旨を知らず、然れば、是彼報じ申さんと欲する所無しと云々」。実はさういふ西行の姿を心に描きつゝ、あれこれ読み漁つてゐる時、贈定家卿文に出会ひ、忽ち自分の心が極つて、西行論の骨組の成るのを覚えたのであつた。蓮阿にも頼朝にも明かさなかつた、彼の歌学の精髄が、たまたま定家の判詞にふれて迸《ほとばし》つてゐると思へたからである。「世の中を思へばなべて」の歌は、西行の歌として決して優れた歌ではないけれども、余人には、どうしても詠み出せぬ西行の姿といふものは明らかで、それを一と言で、「心深くなやませる所」と評したのは、この才気煥発する少壮歌人の歌詞に関する異常な鋭敏さに相違ないのであるが、これを読んで、「かへすがへす面白く候物かな」と言ふ西行は、恐らく定家から全く離れた処で自問自答してゐるのである。定家への感謝状は、語るに落ちた西行の自讃状にさへ見える。新しいのは判詞ではない、歌の方だ、これが西行には解り過ぎる程解つてゐた事に間違ひない様に思はれた。如何にして歌を作らうかといふ悩みに身も細る想ひをしてゐた平安末期の歌壇に、如何にして己れを知らうかといふ殆ど歌にもならぬ悩みを提げて西行は登場したのである。彼の悩みは専門歌道の上にあつたのではない。陰謀、戦乱、火災、饑饉、悪疫、地震、洪水、の間にいかに処すべきかを想つた正直な一人の人間の荒々しい悩みであつた。彼の天賦の歌才が練つたものは、新しい粗金であつた。事もなげに「古今」の風体を装つたが、彼の行くところ、当時の血腥《ちなまぐさ》い風は吹いてゐるのであり、其処に、彼の内省が深く根を下してゐる点が、心と歌詞との関係に想ひをひそめた当時の歌人等の内省の傾向とは全く違つてゐたのであつて、彼の歌に於ける、わが身とかわが心とかいふ言葉の、強く大胆な独特な使用法も其処から来る。「わが身をさてもいづちかもせん」といふ風には、誰も詠めなかつた。誰も次の様な調べは知らなかつた。

ましてまして悟る思ひはほかならじ吾が歎きをばわれ知るなれば

まどひきてさとりうべくもなかりつる心を知るは心なりけり

いとほしやさらに心のをさなびてたまぎれらるる恋もするかな

心から心に物を思はせて身を苦しむる我身なりけり

うき世をばあられればあるにまかせつつ心よいたくものな思ひそ

「地獄絵を見て」といふ連作がある。

見るも憂《う》しいかにかすべき我心かゝる報いの罪やありける

かういふ歌の力を、僕等は直かに感ずる事は難かしいのであるが、地獄絵の前に佇《たゝず》み身動きも出来なくなつた西行の心の苦痛を、努めて想像してみるのはよい事だ。「黒きほむらの中に、をとこをみな燃えけるところを」の詞書あるものを数首挙げて置かう。彼は巧みに詠まうとは少しも思つてゐまいし、誰に読んでもらはうとさへ思つてはゐまい。「わが心」を持て余した人の何か執拗な感じのする自虐とでも言ふべきものがよく解るだらう。自意識が彼の最大の煩悩だつた事がよく解ると思ふ。

なべてなき黒きほむらの苦しみは夜の思ひの報いなるべし
わきてなほあかがねの湯のまうけこそ心に入りて身を洗ふらめ
塵灰《ちりはひ》にくだけ果てなばさてもあらでよみがへらする言の葉ぞ憂き
あはれみし乳房のことも忘れけり我悲しみの苦のみおぼえて
たらちをの行方をわれも知らぬかなおなじ焔にむせぶらめども

「いかにかすべき我心」これが西行が執拗に繰返し続けた呪文である。彼は、さうして何処に連れて行かれるかは知らなかつたが、歩いて行く果てしのない一筋の道は恐らくはつきりと見えてゐた。

あはれあはれこの世はよしやさもあらばあれ来む世もかくや苦しかるべき

彼の苦痛の大きさと精力の大きさとがよく現れてゐる。彼は単なる抒情詩人でもなかつたし、叙事詩人でもなかつた。又、多くの人々が考へ勝ちの様に、どちらにも徹せず、迷悟の間を彷徨した歌人では更にない。僕は彼の空前の独創性に何等曖昧なものを認めない。彼は、歌の世界に、人間孤独の観念を、新たに導き入れ、これを縦横に歌ひ切つた人である。孤独は、西行の言はば生得の宝であつて、出家も遁世も、これを護持する為に便利だつた生活の様式に過ぎなかつたと言つても過言ではないと思ふ。

都にて月をあはれと思ひしは数にもあらぬすさびなりけり
すさみすさみ南無《なも》と称へし契りこそならくが底の苦にかはりけれ

西行は、すさびといふものを知らなかつた。月を詠んでも仏を詠んでも、実は「いかにかすべき我心」と念じてゐたのであり、常に其処に歌の動機を求めざるを得なかつたところから、同じ釈教の歌で慈円寂蓮の流儀から際立ち、花月を詠じて俊成定家と全く異るに到つたのである。花や月は、西行の愛した最大の歌材であつたが、誰も言ふ様に花や月は果して彼の友だつただらうか、疑はしい事である。自然は、彼に質問し、謎をかけ、彼を苦しめ、いよいよ彼を孤独にしただけではあるまいか。彼の見たものは寧ろ常に自然の形をした歴史といふものであつた。

花みればそのいはれとはなけれども心のうちぞ苦しかりける
春風の花をちらすと見る夢は覚めても胸のさわぐなりけり
つゆもありつかへすがへすも思出でて独ぞ見つる朝顔の花
眺む眺む散りなむことを君も思へ黒髪山に花さきにけり
物思ふ心のたけぞ知られぬる夜な夜な月を眺めあかして

ともすれば月澄む空にあくがるる心のはてを知るよしもがな

いつかわれこの世の空を隔たらむあはれあはれと月を思ひて

西行は、決して素朴な詩人ではなかつた。併し、「心より心に物を思はせる」苦しみを知悉《ちしつ》してゐた者に、どうしてこの様に無理のない柔らかな延び延びした表現があつたのだらうかと思はれる様な歌も多い。生得の歌人といふより他はあるまいが、僕はさういふ歌の比類のない調べを感ずるごとに驚き、やはり、其処に思ひあぐんだ西行が隠れてゐるのに気付く。彼は、俊成の苦吟は知らなかつたが、孤独といふ得体の知れぬものについての言はば言葉なき苦吟を恐らく止めた事はなかつたのである。いかにも、やすやすと詠み出されてゐる様に見えて、陰翳は深く濃いのも其処から来てゐると思はれる。

何となく春になりぬと聞く日より心にかゝるみ吉野の山

春霞いづち立ち出で行きにけむきぎす棲む野を焼きてけるかな

春になる桜の枝は何となく花なけれどもむつまじきかな

さきそむる花を一枝まづ折りて昔の人のためと思はむ

菫《すみれ》さくよこ野のつばな生ひぬれば思ひ思ひに人かよふなり

道の辺の清水ながるる柳蔭しばしとてこそ立ちどまりつれ

雲雀あがるおほ野の茅原《ちはら》夏くれば涼む木かげをねがひてぞ行く

こゝを又我がすみうくてうかれなば松は独にならんとすらん

子供を詠んだ歌も実にいゝが、彼の深い悲しみに触れずには読み過せない。其後、かういふ調べに再会するには、僕等は良寛まで待たねばならぬ。

うなゐ児がすさみにならす麦笛のこゑに驚く夏の昼臥《ひるぶし》

篠ためて雀弓張る男《を》のわらは額烏帽子《ゑぼし》のほしげなるかな

いたきかな菖蒲かぶりの茅巻《ちまき》馬はうなゐわらはのしわざとおぼえて

我もさぞ庭の真砂の土あそびさておひたてる身にこそ有りけれ

昔せし隠れ遊びになりなばや片隅もとに寄り伏せりつつ

西行の様に生活に即して歌を詠んだ歌人では、歌の詞書といふものは大事である。詞書とともに読み、歌を詠む時の彼の心と身体とがよくわかる例を二三挙げて置く。どんな伝記作家も再現出来ない彼の生き生きとした生活の断片が見られる。

（天王寺にまゐりけるに、雨のふりければ、江口と申す所に宿をかりけるに、かさざりければ）

世の中をいとふまでこそかたからめかりの宿りを惜む君かな

（徳大寺の左大臣の堂に立ち入りて見侍りけるに、あらぬことになりて、あはれなり。三条太政大臣歌よみてもてなしたまひしこと、たゞ今とおぼえて、忍ばるる心地し侍り。堂の跡あらためられたりけるに、さることのありと見えて、あはれなりければ）

なき人のかたみにたてし寺に入りて跡ありけりと見て帰りぬる

（世の中に大事いで来て、新院あらぬさまにならせおはしまして、御ぐしおろして、仁和寺の北院におはしましけるに、まゐりて、兼賢阿闍梨《あざり》出あひたり、月あかくてよみける）

かかる世に影も変らずすむ月を見るわが身さへ怨めしきかな

（備前国に小島と申す島に渡りたりけるに、あみと申す物をとる所は各々我々占めて、長き竿に袋をつけてたて渡すなり。其竿の立て初めをば一の竿とぞ名付けたる。中に年高き海人のたてそむるなり。たつるとて申すなる言葉聞き侍りしこそ、涙こぼれて申すばかりなく覚えて詠みける）

たてそむる糠蝦《あみ》とる浦の初竿はつみの中にもすぐれたるかな

（世の中に武者おこりて、にしひんがし北南、いくさならぬ処なし。打ち続き人の死ぬる数きく夥《おびたゞ》し。まこととも覚えぬほどなり。こは何事の争ひぞや。あはれなることの様かなとおぼえて）

死手の山こゆる絶間はあらじかし亡くなる人の数つゞきつつ

（木曾と申す武者死に侍りにけりな）

木曾人は海のいかりを静めかねて死手の山にも入りにけるかな

（十月十二日、平泉にまかりつきたりけるに、雪ふり嵐はげしく事の外にあれたりけり。いつしか衣河みまほしくて、まかりむかひて見けり。河の岸につきて衣河の城しまはしたる事柄、やうかはりて物を見る心ちしけり。汀こほりて取分けさびしければ）

とりわきて心もしみてさえぞ渡る衣河みにきたる今日しも

文治二年、六十九歳の西行は、東大寺大仏殿再興の勧進の為に、伊勢から、東海奥羽の行脚に出た。八月、鎌倉に至り、頼朝に謁し、引きとめられるのもきかず、贈られた銀作りの猫を門外の嬰児に与へて去つた（『吾妻鏡』）。十月平泉に着いて詠んだ歌である。頼朝に抗して嵐の中に立つ同族の孤塁を眺めて彼の胸に感慨の湧かぬ筈はなかつたらう。たゞ、心の中の戦を、と決意してより四十余年、自分はどの様な安心を得たのであらうか。いや、若し世に叛《そむ》かなかつたなら、どんな動乱の渦中に投じて、どんな人間を相手に血を流してゐたか。同じ秀衡を頼つて旅を続けてゐた義経は、当時既に平泉に着いてゐたかも知れぬ。若しさうだつたなら彼はつい鼻の先きの館から同じ吹雪を見てゐた筈である。この鋭敏な詩人に果して秘密は全く覆れてゐたらうか。彼の同族佐藤兄弟が義経に代つて憤死した事実は彼の耳に這入つてゐた筈である。義経の行方について彼が無関心だつた筈はあるまい。やがて、眼前の館は、関東勢の重囲の下に燃え上る。そんな予感が彼の胸を掠《かす》めなかつたとも限らない。彼の頑丈な肉体の何処かで、忘れ果てたと信じた北面武士時代の血が騒ぐのを覚えたかも知れぬ。恐らく、彼は、汀の氷を長い間見詰めてゐたであらう。群がる苦痛がそのまゝ凍りつくまで。「心もしみてさえぞ渡る」

風になびく富士の煙の空にきえて行方も知らぬ我が思ひかな

これも同じ年の行脚のうちに詠まれた歌だ。彼が、これを、自讃歌の第一に推したといふ伝説を、僕は信ずる。こゝまで歩いて来た事を、彼自身はよく知つてゐた筈である。「いかにかすべき我心」の呪文が、どうして遂にかういふ驚くほど平明な純粋な一楽句と化して了つたかを。この歌が通俗と映る歌人の心は汚れてゐる。一西行の苦しみは純化し、「読人知らず」の調べを奏でる。人々は、幾時《いつ》とはなく、こゝに「富士見西行」の絵姿を想ひ描き、知らず知らずのうちに、めいめいの胸の嘆きを通はせる。西行は遂に自分の思想の行方を見定め得なかつた。併し、彼にしてみれば、それは、自分の肉体の行方ははつきりと見定めた事に他ならなかつた。

願はくは花の下にて春死なんそのきさらぎの望月のころ

彼は、間もなく、その願ひを安らかに遂げた。

実朝

芭蕉は、弟子の木節に、「中頃の歌人は誰なるや」と問はれ、言下に「西行と鎌倉右大臣ならん」と答へたさうである（「俳諧一葉集」）。言ふまでもなく、これは、有名な真淵の実朝発見より余程古い事である。それだけの話と言つて了へば、それまでだが、僕には、何か其処に、万葉流の大歌人といふ様な考へに煩はされぬ純粋な芭蕉の鑑識が光つてゐる様に感じられ、興味ある伝説と思ふ。必度《きつと》、本当にさう言つたのであらう。僕等は西行と実朝とを、まるで違つた歌人の様に考へ勝ちだが、実は非常によく似たところのある詩魂なのである。

「吾妻鏡」は、実朝横死事件を簡明に記録した後で、次の様に記してゐる。

「抑今日《そもそもこんにち》の勝事、兼ねて変異を示す事一に非ず、所謂《いはゆる》、御出立の期《ご》に及びて、前大膳《さきのだいぜんの》大夫入道《だいぶにふだう》参進して申して云ふ、覚阿《かくあ》成人の後、未だ涙の顔面に浮ぶことを知らず、而るに今昵近《ぢつきん》し奉るの処、落涙禁じ難し、是直也事《たゞごと》に非ず、定めて子細《しさい》有る可きか、東大寺供養の日、右大将軍《うだいしやうぐん》の御出《ごしゆつ》の例に任せ、御束帯の下に腹巻を著けしめ給ふ可しと云々、仲章朝臣《なかあきあそん》申して云ふ、大臣大将に昇るの人、未だ其式有らずと云々、仍《よ》つて之を止めらる、又公氏《きみうぢ》御鬢《ぎよびん》に候するの処、自ら御鬢一筋を抜き、記念と称して之を賜はる、次に庭の梅を覧《み》て禁忌の和歌を詠じ給ふ、

出テイナハ主ナキ宿ト成ヌトモ軒端ノ梅ヨ春ヲワスルナ

次に南門を御出の時、霊鳩頻りに鳴き囀《さへづ》り、車より下り給ふの刻、雄剣を突き折らると云々」(承久元年正月廿七日)(龍粛氏訳)

「吾妻鏡」には、編纂者等の勝手な創作にかゝる文学が多く混入してゐると見るのは、今日の史家の定説の様である。上の引用も、確かに事の真相ではあるまい。併し、文学には文学の真相といふものが、自ら現れるもので、それが、史家の詮索とは関係なく、事実の忠実な記録が誇示する所謂真相なるものを貫き、もつと深いところに行かうとする傾向があるのはどうも致し方ない事なのである。深く行つて、何に到らうとするのであらうか。深く歴史の生きてゐる所以《ゆゑん》のものに到らうとするのであらうか。文学の現す美の深浅は、この不思議な力の強弱に係はるやうである。「吾妻鏡」の文学は無論上等な文学ではない。だが、史家の所謂一等史料「吾妻鏡」の劣等な部分が、かへつて歴史の大事を語つてゐないとも限るまい。

大江広元は、異変の到来を知つてゐたと言ふ。義時は、前の年に予感したといふ。「御夢中に、薬師十二神将の内、戌神《いぬがみ》御枕上に来りて曰く、今年は神拝無事なり、明年拝賀の日は、供奉《ぐぶ》せしめ給ふこと莫《なか》れ者《てへり》、御夢覚むるの後、尤も奇異たり、且は其意を得ずと云々」（建保六年七月九日）。拝賀の当日、彼は「俄《には》かに心神御違例」といふ理由で、仲章に代参させ、仲章は殺された。誰も義時の幸運を信ずるものはあるまい。公暁《くげう》は、首を抱へて、雪の中を、後見備中阿闍梨《あじやり》の宅に走り、飯を食つた。「膳を羞《すゝ》むるの間、猶手に御首を放たず」とあるのは目に見える様だが、その後は、怪しげになる。彼は、早速、三浦義村に使を走らせ、「今将軍の闕《けつ》有り、吾専ら東関の長に当るなり、早く計議を廻らす可きの由」を言ひ遣る。これは殆ど予《かね》ての計画通り事をはこんだ人の当然の報告の様に受取れ、義村を信じ切つた公暁の姿が、よく出てゐると言へばよく出てゐる。と思ふと、急に、何故公暁は義村に報告したかを訝《いぶか》る様な曖昧な筆致となり、「是義村の息男駒若丸、門弟に列《つらな》るに依りて、其好《よしみ》を恃《たの》まるるの故か」と書いてゐる。実朝殺害は、公暁の出来心でもなかつたし、全く意外な事件でもなかつた。彼は、長い間、何事か画策するところあり、果ては、人々、その挙動を怪しむに至つた事は、当の「吾妻鏡」が記してゐる（建保六年十二月五日）。公暁は、義村がやがて御迎へを差上げると偽り、討手を差向けたとは露知らず、待ち兼ねて義村宅に出向く途路、討手に会し、格闘して殺された。公暁の急使に接した義村の応対ぶりを叙したところも妙な感じのする文章である。「義村此事を聞き、先君の恩化を忘れざるの間、落涙数行、更に言語《ごんご》に及ばず、少選《しばらく》して、先づ蓬屋《ほうをく》に光臨有る可し、且は御迎の兵士を献ず可きの由之を申す」。大雪の夜の椿事《ちんじ》に、諸人惘然《ばうぜん》としてゐるなかで、義村が演じねばならなかつた芝居を描くのに「吾妻鏡」編者の頬被りして素知らぬ顔した文章がまことによく似合つてゐる。文章といふものは、妙な言ひ方だが、読まうとばかりしないで眺めてゐると、いろいろな事を気付かせるものである。書いた人の意図などとは、全く関係ない意味合ひを沢山持つて生き死にしてゐる事がわかる。北条氏の陰謀と「吾妻鏡」編者等の曲筆とは、多くの史家の指摘してゐるところで、その精細な研究について知らぬ僕が、今更かれこれ言ふ事はないわけであるが、たゞ、僕がこゝで言ひたいのは、特に実朝に関する「吾妻鏡」編者等の舞文潤飾は、編者等の意に反し、義時の陰謀といふ事実を自ら臭はしてゐるに止まらず、自らもつと深いものを暗示してゐるといふ点である。

広元は知つてゐたと言ふ。義時も知つてゐたと言ふ。では、何故「吾妻鏡」の編者は実朝自身さへ自分の死をはつきり知つてゐたと書かねばならなかつたか。そればかりではない。今日の死を予知した天才歌人の詠には似付かぬ月並みな歌とは言へ、ともかく一首の和歌さへ、何故、案出しなければならなかつたか。さういふ考へ方も、勿論、出来るわけだらう。実朝の死には、恐らく、彼等の心を深く動かすものがあつたのである。「出でていなば」の辞世は、「大日本史」にも引かれ、今日では、実朝秀歌の一つとして評釈さへ現れてゐるが、僕には、実朝が、そんな役者とはどうも考へられない。「吾妻鏡」編纂者達の、実朝の横死に禁忌の歌を手向けんとした心根を思つてみる方が自然であり、又、この歌の裏に、幕府問注所の役人達の無量の想ひを想像してみるのは更に興味ある事である。

鶴岡拝賀の夜の無慙な事件が、どんなに強く異様な印象を当時の人々に与へたか、それを想像してみるのは難かしい。それは、現代に住む僕等が、どんなに誇張して考へようとも、誇張し過ぎるといふ様な事は、まづないものと知らねばならぬ。事件の翌日、百余人の御家人達が、出家を遂げた。「吾妻鏡」には、「薨御《こうぎょ》の哀傷に堪へず」とあるが、勿論、簡単なのは言葉の上だけであり、彼等の心根には容易に推知を許さぬものがあつたであらう。首のない実朝は、彼等の寝所の枕上に立つたかも知れないのである。「吾妻鏡」編者等にしても、彼等からさう隔つた世代に生きてゐたわけではない。実朝の詩魂については知るところはなかつたにしても、この人物の当時の歴史に於ける象徴的な意味、悲しく不気味な意味合ひは、口には説明は出来なくても、はつきりと感得してゐた筈である。義時の為にした曲筆が、実朝の為にした潤色となり終つたのも、彼等の実朝に対する意識した同情といふ様な浅薄なものが原因ではない。原因は、もつと深い処にかくれて、彼等を動かしてゐた。僕は、それをはつきりした言葉で言ふ事が出来ない。併し、さういふ事を思ひ乍ら、実朝の悲劇を記した「吾妻鏡」の文を読んでゐると、その幼稚な文体に何か罪悪感めいたものさへ漂つてゐるのを感じ、一種怪しい感興を覚える。僕の思ひ過ごしであらうか。さうかも知れない。どちらでもよい。僕は、実朝といふ一思想を追ひ求めてゐるので、何も実朝といふ物品を観察してゐるわけではないのだから。

頼朝といふ巨木が倒れて後は（この時実朝は八歳であつた）、幕府は、陰謀と暗殺との本部の様な観を呈する。梶原景時から始まり、阿野全成、一幡、比企能員《よしかず》、頼家、畠山重忠、平賀朝雅、和田義盛と、まるで順番でも待つ様に、皆死んでも死に切れぬ死様をしてゐる。例へば、頼家はほゞこんな風に殺された。「サテ次ノ年ハ、元久元年七月十八日ニ、修禅寺ニテ又頼家入道ヲバサシコロシテケリ、トミニエトリツメザリケレバ、頸ニヲ、ツケ、フグリヲ取ナドシテコロシテケリト聞ヘキ云々」（「愚管抄」六）。無造作な文が、作者慈円の悲しみと怒りとをつゝみ、生きて動いてゐる。珍重すべき暗殺叙事詩とも言へば言へようが、やがては、自らその主人公たるべき運命を、実朝は、幾時《いつ》頃から感じ始めただらうか。さういふ事は、無論わからないが、これは決して愚問ではない。「吾妻鏡」を見て行くと、和田合戦の頃から、急に頻々たる将軍家の礼仏神拝の事を記してゐるが、それは恰《あたか》も、懊悩《あうなう》する実朝の体温と脈搏とのグラフの様なものだ。やがて死の十字が描かれる。彼は晩年、頻りに官位の昇進を望み、殺される前年の如きは、正月に権大納言、三月には左近大将、十月には内大臣、十二月には右大臣といふ異常な栄転で、これは、朝廷の側に、実朝官打の思召があつた為であるといふ説（「承久記」）も行はれたほどであるが、「吾妻鏡」は、大江広元の諷諫《ふうかん》に、実朝が次の様に答へた事を伝へてゐる。「諫諍《かんさう》の趣、尤も甘心《かんしん》すと雖《いへど》も、源氏の正統此時に縮まり畢《をは》んぬ、子孫敢て之を相継ぐ可からず、然らば飽くまで官職を帯し、家名を挙げんと欲すと云々」（建保四年九月廿日）。たとへ、こゝに、世の謗《そし》りを免れんとする編者等の曲筆を認め得るとしても、実朝の異様な行為は依然として事実であり、それが、彼の異様な心を語つてゐる事に変りはない。又、同じ年に、陳和卿のすゝめによる謎めいた渡宋計画がある。「和卿《わけい》を御所に召して、御対面有り、和卿三反《みたび》拝し奉り、頗《すこぶ》る涕泣《ていきふ》す、将軍家其礼を憚《はゞか》り給ふの処、和卿申して云ふ、貴客は、昔宋朝医《い》王山《わうさん》の長老たり、時に吾其門弟に列すと云々、此事、去る建暦《けんりやく》元年六月三日丑剋《うしのこく》、将軍家御寝の際、高僧一人御夢の中に入りて、此趣を告げ奉る、而して御夢想の事、敢て以て御詞を出されざるの処、六ケ年に及びて、忽ち以て和卿の申状《まうしじやう》に符合す、仍つて御信仰の外他事無しと云々」（建保四年六月十五日）。恐らくその通りであつたらう。少くとも疑ふべきしかとした理由はない。いづれにせよ、註文の唐船は出来し、由比浦の進水式が失敗に終つたのは事実である。彼が親しんだ仏説の性質、宋文明に対する彼の憧憬を考へたり、或は、彼が秘めてゐた或る政治上の企図などを想像し、彼の異様と見える行為の納得のいく説明を求めようとしても、結局は空しいであらう。謎の人物実朝を得るのが落ちであらう、史家は、得て詩人といふものを理解したがらぬものである。「宋人和卿唐船を造り畢んぬ、今日数百輩の疋夫を諸御家人より召し、彼船を由比浦に浮べんと擬す、即ち御出有り、右京兆監臨《かんりん》し給ふ、信濃守行光《ゆきみつ》今日の行事たり、和卿の訓説に随ひ、諸人筋力を尽して之を曳くこと、午剋《うまのこく》より申《さる》の斜《をはり》に至る、然れども、此所の為体《ていたらく》は、唐船出入す可きの海浦《かいほ》に非ざるの間、浮べ出すこと能《あた》はず、仍つて還御、彼船は徒に砂頭《さとう》に朽ち損ずと云々」(建保五年四月十七日)。実朝は、どの様な想ひでその日の夕陽を眺めたであらうか。

紅のちしほのまふり山のはに日の入る時の空にぞありける

何かしら物狂ほしい悲しみに眼を空にした人間が立つてゐる。そんな気持ちのする歌だ。歌はこの日に詠まれた様な気がしてならぬ。事実ではないのであるが。

公暁は、実朝暗殺の最後の成功者に過ぎない。頼家が殺された翌年、時政夫妻は実朝殺害を試みたが、成らなかつた。この事件を、当時十四歳の鋭敏な少年の心が、無傷で通り抜けたと考へるのは暢気《のんき》過ぎるだらう。彼が、頼家の亡霊を見たのは、意外に早かつたかも知れぬ。亡霊とは比喩ではない。無論、比喩の意味で言ふ積りも毛頭ない。それは、実朝が、見て信じたものであり、恐らく、教養と観察とが進むにつれ、彼がいよいよ思ひ悩まねばならなかつた実在だつた事に間違ひはあるまいから。さういふ僕等の常識では信じ難く、理解し難いところに、まさしく彼の精神生活の中心部があつた事、また、恐らく彼の歌の真の源泉があつた事を、努めて想像してみるのはよい事である。現代史家の常識は、北条氏の圧迫と実朝の不平不満、神経衰弱といふ様な事を直ぐ言ひ度がるが、さういふ理詰めな詮索が、実朝といふ詩人について何を語るものでもあるまい。又、実朝の歌に就いて、「万葉集」の影響を云々するのは、現代歌人の常識であるが、現代の万葉趣味に準じて実朝が「万葉」を読んだ筈もない。真淵によつて主張され、子規によつて拍車をかけられた、「万葉」による実朝の自己発見といふ周知の仮説を否定し去る考へは少しもないが、この仮説の強さや真実さを支へてゐるものは実朝自身ではない事をはつきり知つて置くのはよい事だ。

「十八日、丙戌《ひのえいぬ》、霽《はれ》、子剋《ねのこく》、将軍家南面に出御、時に灯消え、人定まりて、悄然として音無し、只月色蛬思《げつしよくきようし》心を傷むる計《ばかり》なり、御歌《おんうた》数首、御独吟《ぎよどくぎん》有り、丑剋に及びて、夢の如くして青女《せいぢよ》一人、前庭を奔《はし》り融《とほ》る、頻りに問はしめ給ふと雖も、遂に以て名謁《なの》らず、而して漸く門外に至るの程、俄かに光物有り、頗る松明《たいまつ》の光の如し、宿直《とのゐ》の者を以て、陰陽少允親職《おんみやうせうじようちかもと》を召す、親職衣を倒《さかしま》にして奔参す、直に事の次第を仰せらる、仍つて勘《かんが》へ申して云ふ、殊なる変に非ずと云々、然れども南庭に於て、招魂祭を行はる、今夜著け給ふ所の御衣を親職に賜はる」（建保元年八月十八日）

僕は、この文章が好きである。実朝の心事なぞには凡そ無関心なこの素朴な文章が、何んと実朝の心について沢山な事を語つてくれるだらう。そんな事を思つてゐると、彼の姿が彷彿《はうふつ》と浮んで来る。彼は、この夜、僕の好きな彼の歌の一つを詠んでゐたかも知れない。

萩の花くれぐれ迄もありつるが月出でて見るになきがはかなさ

建保元年八月といへば、和田合戦の余燼《よじん》未だ消えず、大地震が幾度も来たりして、人々不安な想ひをしてゐた頃である。恐らく、実朝は、和田合戦の残酷な真相をよく承知してゐたのである。彼と、義盛とはよく心の通ひ合つた主従であつた。徒《むだ》と知りつゝ、義時と義盛との間を調停もした。若し義村の変心がなく、義盛が死なずに済んだなら、義時は実朝に自害を強ひたであらう。それも彼はよく知つてゐた筈だ。既に七十に近かつた義盛は、息子の義直が討たれたとき、「今に於ては、合戦に励むも益無しと云々、声を揚げて悲哭《ひこく》し、東西に迷惑し」遂に討たれたと「吾妻鏡」は書いてゐるが、夜半の寝覚めに、恐らく実朝は、幾度となく、老人の悲哭の声を追つたのである。「廿五日、庚辰《かのえたつ》、幕府に於て、俄かに仏事を行はしめ給ふ、導師は行勇律師《ぎやうゆうりつし》と云々、是将軍家去夜《さんぬるよ》御夢想有り、義盛已下の亡卒御前に群参すと云々」（建保三年十一月）。前庭を奔り融つた女は、或は刺客だつたかも知れない。泉親衡の党類や義盛の余党は、当時まだ実朝の身辺を窺つてゐた筈である。実朝を害した時、公暁は女装してゐたと「増鏡」は書いてゐる。だが、実朝が確かに見たものは、青女一人だつたのであり、又、特に松明の如き光物だつた。どちらが幻なのか。この世か、あの世か。

世の中は鏡にうつるかげにあれやあるにもあらずなきにもあらず

かういふ歌が、概念の歌で詰らぬといふ風には僕は考へない。現実の公暁は、少しばかり雪に足を辷《すべ》らしさへしたら失敗したであらう。併し、自分の信じてゐる亡霊が、そんなへまをするとは、実朝には全く考へられなかつたらう。

「鎌倉の右府の歌は志気ある人決《た》えて見るべきものにあらず」といふ香川景樹の評は、子規を非常に立腹させた(「歌話」)。実朝の歌が、わからぬ様な志気は、一向詰らぬ志気には相違あるまいが、景樹は、出まかせの暴言を吐いたわけではあるまい。実朝の歌は悲しい。をゝしい歌でもおほらかな歌でもないのだから。「万葉」を学び、遂に「けがれたる物皆はらひすてて、清き瀬にみそぎしたらん」が如き歌境に達したとする真淵の有名な評言にしても、出鱈目なものである。恐らく、実朝の憂悶は、遂に晴れる期はなかつたのであり、それが、彼の真率で切実な秀歌の独特な悲調をなしてゐるのである。

（箱根の山をうち出でて見れば浪のよる小島あり、供の者に此うらの名は知るやと尋ねしかば、伊豆の海となむ申すと答へ侍りしを聞きて）

箱根路をわれ越えくれば伊豆の海や沖の小島に波の寄るみゆ

この所謂万葉調と言はれる彼の有名な歌を、僕は大変悲しい歌と読む。実朝研究家達は、この歌が二所詣の途次、詠まれたものと推定してゐる。恐らく推定は正しいであらう。彼が箱根権現に何を祈つて来た帰りなのか。僕には詞書にさへ、彼の孤独が感じられる。悲しい心には、歌は悲しい調べを伝へるのだらうか。それにしても、歌には歌の独立した姿といふものがある筈だ。この歌の姿は、明るくも、大きくも、強くもない。この歌の本歌として「万葉集」巻十三中の一首「あふ坂を打出て見ればあふみの海白木綿花《しらゆふはな》に浪立ちわたる」が、よく引合ひに出されて云々されるが、僕には短歌鑑賞上の戯れとしか思へない。自分の心持ちを出来るだけ殺してみるのだが、この短調と長調とで歌はれた二つの音楽は、あんまり違つた旋律を伝へる。「万葉」の歌は、相坂山に木綿を手向け、女に会ひに行く古代の人の泡立つ恋心の調べを自ら伝へてゐるが、「沖の小島に波の寄るみゆ」といふ微妙な詞の動きには、芭蕉の所謂ほそみとまでは言はなくても、何かさういふ感じの含みがあり、耳に聞えぬ白波の砕ける音を、遥かに眼で追ひ心に聞くと言ふ様な感じが現れてゐる様に思ふ、はつきりと澄んだ姿に、何とは知れぬ哀感がある。耳を病んだ音楽家は、こんな風な姿で音楽を聞くかも知れぬ。

大きく開けた伊豆の海があり、その中に遥かに小さな島が見え、又その中に更に小さく白い波が寄せ、又その先きに自分の心の形が見えて来るといふ風に歌は動いてゐる。かういふ心に一物も貯へぬ秀抜な叙景が、自ら示す物の見え方といふものは、この作者の資質の内省と分析との動かし難い傾向を暗示してゐる様に思はれてならぬ。

　ゆふされば汐風寒し波間よりみゆるこじまに雪は降りつつ

特にこゝに挙げるほどの秀歌とも思はぬのだが、前の歌が調子を速め、小刻みになつた歌といふ風に見れば、やはり叙景の仮面を被つた抒情の独特な動きが感じられる。一読すると鮮やかな叙景の様に思はれるが、見てゐるうちに、夕暮がせまり、冷い風が吹き、冬の海は波立ち、その中に見え隠れする雪を乗せた小島を求めて、眼を凝らす作者の心や眼指しの方が、次第に強くはつきりと浮んで来る。何か苛立《いらだた》しいもの、苛立しさにじつと堪へてゐるものさへ感じられるではないか。

実朝は早熟な歌人であつた。

　時によりすぐれば民のなげきなり八大龍王あめやめ給へ

は、彼の廿歳の時の作である。定家について歌を学んでゐる廿歳やそこらの青年に、この様な時流を抜いた秀歌があるとは、いかにも心得難い事で、詞書に建暦元年とあるのは、或は書き誤りではあるまいか、といふ様な説さへ現れた程だが（斎藤茂吉「金槐集私鈔」）、それよりもまづ実朝自身に、これが時流を抜いた秀歌といふ様なはつきりした自覚があつたかどうかを疑つてみる方が順序でもあり自然でもあると思ふ。勿論、彼は、たゞ、「あめやめ給へ」と一心に念じたのであつて、現代歌人の万葉美学といふ様なものが、彼の念頭にあつた筈はない。当り前の事だ。そして、これをさういふ極く当り前な歌としてそのまゝ受取つて何の差支へがあらうか。何流の歌でも何派の歌でもないのである。又、殊更に独創を狙つて、歌がこの様な姿になる筈もない。不思議は、たゞ作者の天稟《てんぴん》のうちにあるだけだ。いや、この歌がそのまゝ彼の天稟の紛れのない、何一つ隠すところのない形ではないのだらうか。何を訝り、何を疑ふ要があらう。これは単純な考へ方だ。併し、「建暦元年七月、洪水漫天土民愁歎せむ事を思ひて、一人奉向本尊聊致祈念云」といふ詞書と一緒にこの歌を読んでゐると、僕は、自ら、さういふ一番単純な考へに誘はれて行くのである。僕は、それでよいと思つてゐる。

子規はこの歌を評し、「此の如く勢強き恐ろしき歌はまたと有之間敷《これあるまじく》、八大龍王を叱咤する処、龍王も慴伏《せふふく》致すべき勢相現れ申候」（「歌よみに与ふる書」）と言つてゐるが、さういふものであらうか。子規が、世の歌よみに何かを与へようと何かに激してゐる様はわかるが、実朝の歌は少しも激してはをらず、何か沈鬱な色さへ帯びてゐる様に思はれる。僕には、慴伏した龍王なぞ見えて来ない、「一人奉向本尊」作者が見えて来るだけだ。まるで調子の異つた上句と下句とが、一と息のうちに聯結され、含みのある動きをなしてゐる様は、歌の調とか姿とかに関する、作者の異常な鋭敏を語つてゐるものだが、又、それは青年将軍の責任と自負とに揺れ動く悩ましい心を象《かた》つてもゐるのであつて、真実だが、決して素朴な調ではないのである。個々の作歌のきれぎれな鑑賞は、分析の精緻を衒《てら》つて、実朝といふ人間を見失ひ勝ちである。例へば、次の歌を誰も勢強く恐ろしい歌とは言はぬであらう。

ものいはぬ四方の獣すらだにもあはれなるかなや親の子を思ふ

併し、これも亦実朝といふ同じ詩魂が力を傾けた秀歌なる所以に素直に想ひを致すならば、同じ人間の抜差しならぬ骨組が見えて来る筈だ。何やらぶつぶつ自問自答してゐる様な上句と深く強い吐息をした様な下句との均斉のとれた和音、やはり歌は同じ性質の発想に始り、同じ性質の動きに終つてゐる事を感知するであらう。

大海の磯もとゞろによする波われてくだけてさけて散るかも

かういふ分析的な表現が、何が壮快な歌であらうか。大海に向つて心開けた人に、この様な発想の到底不可能な事を思ふなら、青年の殆ど生理的とも言ひたい様な憂悶を感じないであらうか。恐らくこの歌は、子規が驚嘆するまで（真淵はこれを認めなかつた）孤独だつただらうが、以来有名になつたこの歌から、誰も直かに作者の孤独を読まうとはしなかつた。勿論、作者は、新技巧を凝さうとして、この様な緊張した調を得たのではなからう。又、第一、当時の歌壇の誰を目当に、この様な新工夫を案じ得たらうか。自ら成つた歌が詠み捨てられたまでだ。いかにも独創の姿だが、独創は彼の工夫のうちにあつたといふより寧ろ彼の孤独が独創的だつたと言つた方がいゝ様に思ふ。自分の不幸を非常によく知つてゐたこの不幸な人間には、思ひあぐむ種はあり余る程あつた筈だ。これが、ある日悶々として波に見入つてゐた時の彼の心の嵐の形でないならば、たゞの洒落に過ぎまい。さういふ彼を荒磯にひとり置き去りにして、この歌の本歌やら類歌やらを求めるのは、心ないわざと思はれる。

我こゝろいかにせよとか山吹のうつろふ花のあらしたつみん（註）

これは「山吹に風の吹くをみて」と題され、前の「あら磯に浪のよるを見てよめる」とは趣は勿論違つたものだが、やはり僕には、この人の天稟と信ずるものの純粋な形が、そのまゝ伝はつて来る様な歌と思はれる。言葉の非常に特色ある使ひ方が見られるが、これも亦たゞ言葉の上の工夫で得られる様な種類のものではあるまい。よほどはつきりと自分の心を見て摑む事が出来る人でないと、かういふ歌は詠めぬ。人にはわからぬ心の嵐を、独り歌によつて救つてゐる様が、まざまざと見える様だ。

うば玉ややみのくらきにあま雲の八重雲がくれ雁ぞ鳴くなる

「黒」といふ題詠である。恐らく作者は、ひたすら「黒」について想ひを凝したのであらうが、得たものはまさしく彼自身の心に他ならず、題詠の類型を超脱した特色ある形を成してゐる点で興味ある歌と思ふのであげたのであるが、実に暗い歌であるにも拘《かゝは》らず、弱々しいものも陰気なものもなく、正直で純粋で殆ど何か爽やかなものさへ感じられる。暗鬱な気持ちとか憂鬱な心理とかを意識して歌はうとする様な曖昧な不徹底な内省では、到底得る事の出来ぬ音楽が、こゝには鳴つてゐる。言はば、彼が背負つて生れた運命の形といふものが捕へられてゐる様に思ふ。さういふ言ひ方が空想めいて聞える人は、詩とか詩人とかいふものをはじめから信じないでゐる方がいゝ様である。

「古今」「新古今」の体を学んだ実朝が、廿二歳で定家から「相伝私本万葉集」を贈られたのを期とし、「万葉」の決定的な影響の下に想を練り、幾多の万葉ぶりの傑作を得、更に進んで彼独特の歌境を開くに至つたといふ従来一般に行はれてゐた説が、佐佐木信綱氏の「定家所伝本金槐集」の発見によつて覆つたといはれる。この発見が確実に証したところは、要するに、直接には、人口に膾炙《くわいしや》した傑作の殆ど全部を含め、従来実朝の歌と認められて来たものの大部分（六百六十三首）は、それが彼の全製作といふ確証はないが、ともかくすべて彼の廿二歳以前の作であるといふ事、間接には廿二歳を境として、実朝の環境や精神に突然変異が生じたといふ様な事が考へられない以上、その後の彼の作歌の殆どすべては散佚《さんいつ》したと考へるべきだし、従つて、将来新たな彼の歌集の発見も考へられぬわけではないといふ事、さういふ次第であつてみれば、折角の大発見も、実朝の創作の発展とか筋道とかに関する本質的問題を少しも明らかにする処はなく、寧ろ為に問題はいよいよ謎を深めたとも言へるのである。実朝の創作に関する覆された従来の説が、どういふ様なものであつたにせよ、兎も角一つの解釈には相違なかつたわけだが、言はば歌人実朝の廿二歳の横死体が投げ出されて以来、下手人の見当も付かず、詮索は五里霧中といふ有様で、さういふ状態は、合理的解釈とか方法論とかいふ趣味の身についた現代の評家にはまことに厄介なものだらうと推察される。従つて、例へば、次の様な窮余の一策も現れる。定家所伝本の歌が廿二歳までの実朝の全集と仮定すると、現存する其他の彼の歌は、すべて廿二歳以後の作といふ一応好都合な事になる。そこで、これらの歌の数の少い事と質の凡庸なものが多いところから判断して、驚くべき早熟の天才にあり勝ちな驚くべき早老を、実朝に想像してみる（川田順「源実朝」）。併し、努めて古人を僕等に引寄せて考へようとする、さういふ類ひの試みが、果して僕等が古人と本当に親しむに至る道であらうか。必要なのは恐らく逆な手段だ。実朝といふ人が、まさしく七百年前に生きてゐた事を確かめる為に、僕等はどんなに沢山なものを捨ててかゝらねばならぬかを知る道を行くべきではないのだらうか。

「実朝といふ人は三十にも足らで、いざ是からといふ処にてあへなき最期を遂げられ誠に残念致候。あの人をして今十年も活かして置いたならどんなに名歌を沢山残したかも知れ不申候」（「歌よみに与ふる書」）。恐らくさうだつたらう。子規の思ひは、誰の胸中にも湧くのである。恐らく歴史は、僕等のさういふ想ひの中にしか生きてはゐまい。歴史を愛する者にしか、歴史は美しくはあるまいから。たゞ、この種の僕等の嘆息が、歴史の必然といふものに対する僕等の驚嘆の念に発してゐる事を忘れまい。実朝の横死は、歴史といふ巨人の見事な創作になつたどうにもならぬ悲劇である。さうでなければ、どうして「若しも実朝が」といふ様な嘆きが僕等の胸にあり得よう。こゝで、僕等は、因果の世界から意味の世界に飛び移る。彼は殺された。詩人が生きてゐたのも、今も尚生きてゐるのも、さういふ世界の中である。併し彼の詩魂は、自分は自殺したのだと言ふかも知れぬ。一流の詩魂の表現する運命感といふものは、まことに不思議なものである。

僕がこゝに止むを得ずやゝ曖昧な言ひ方で言はうとした処を読者は推察してくれたであらうか。実朝の作歌理論が謎であつたところでそれが何んだらう。謎は、謎を解かうとあせる人しか苦しめやしない。実朝の人物の姿や歌の形が、鮮やかに焼付けられるには、暗室は暗ければ暗い方がいゝ。僕は、そんな風に感ずる。殆ど強い意志表示とも言へる様な形で歌はれた彼の心の嵐が、思付きや気紛れだつた筈があらうか。それは彼の生涯を吹き抜けた嵐に他ならず、恐らく雑然と詠み捨てられた彼の各種各様の歌は、為に舞上つた木の葉であり、その中の幾葉かが、深く彼の心底に沈んだ。

流れ行く木の葉のよどむえにしあれば暮れての後も秋の久しき

秀歌の生れるのは、結局、自然とか歴史とかといふ僕等とは比較を絶した巨匠等との深い定かならぬ「えにし」による。さういふ思想が古風に見えて来るに準じて、歌は命を弱めて行くのではあるまいか。実朝は、決して歌の専門家ではなかつた。歌人としての位置といふ様なものを考へてもみなかつたであらう。将軍としての悩みは、歌人の悩みを遥かに越えてゐたであらう。勿論彼は万葉ぶりの歌人といふ様なものではなかつた。成る程「万葉」の影響は受けた。同じ様に「古今」の影響も精一杯受けた。新旧の思想の衝突する世の大きな変り目に生きて、あらゆる外界の動きに、彼の心が鋭敏に反応した事は、彼の作歌の多様な傾向が示す通りである。影響とは評家にとつては便利な言葉だが、この敏感な柔軟な青年の心には辛い事だつたに相違ない。様々な世の動きが直覚され、感動は呼び覚まされ、彼の心は乱れたであらう。嵐の中に摸索する彼の姿が見える様だ。たゞ純真に習作し摸索し、幾多の凡庸な歌が風とともに去るにまかせ、彼の名を不朽にした幾つかの傑作に、闇夜に光り物に出会ふ様に出会つたが、これに執着して、これを吟味する暇もなく、新たな悩みが彼を捕へる。僕の眼前にチラつく彼のさういふ姿は、定家所伝本の発見といふ様なものとは何んの係はりもない。発見は、あつてもなくても同じ事だ。恰も短命を予知した様な一種言ひ難い彼の歌の調に耳を澄ましてゐれば、実は事足りるのだから。さういふ僕の眼には、歌人の廿二歳の厄介な横死体さへ、好都合な或る象徴的な意味を帯びて見え兼ねないから。廿八で横死したとはいかにも実朝らしい、廿二で歌を紛失して了つたとはいかにも彼らしい、と。空想を逞しくしてゐるわけではない。僕は、たゞ、不思議な事だが今も猶生きてゐる事が疑へぬ彼の歌の力の中に坐つて、実証された単なる一事実が、足下でぐらつく様を眺めてゐるに過ぎないのである。「吾妻鏡」によれば、実朝は十四の時には、既に歌を作つてゐる。彼は蹴鞠《けまり》に熱中する様に歌に熱中したのだらうが、歌は、その本来の性質上、特に天稟ある人にとつては、必ずしも慰めにはならぬ所以に、恐らく彼は思ひ至つたであらう。さういふ漠然とした事は想像出来るとしても、彼が、歌道の一と筋につながり、其処に生活の原理を見出すに至つたといふ風な明確な想像は、先づ難かしい事ではないかと思はれる。彼が歌の上である特定な美学を一貫して信じた形跡が全く見当らぬのは、彼が人生観上、ある思想に固執した形跡の少しも見付からぬのと一般である。而も彼と「万葉」との深いつながりを説く人の絶えぬのは、あらゆる真摯な歌人の故郷としての「万葉」の驚くべき普遍性を語るものと考へていゝ。西行が、青春の悩みを、一挙に解決しようと心を定め、実行の一歩を踏み出した年頃には、実朝は既に歌ふべきものを凡て歌つてゐた事を考へてみるがよい。いや、「金槐集」が彼の幾歳までの作であらうと、この驚くほどの秀作を鏤《ちりば》めた雑然たる集成に、実朝といふ人間に本質的な或る充実した無秩序を、僕が感じ取るのを妨げない。

「紫の雲の林を見わたせば法にあふちの花咲きにけり」(肥後)。「ほのかなる雲のあなたの笛の音も聞けば仏の御法《みのり》なりけり」(俊成)。さういふ紫の雲が、実は暗澹たる嵐を孕《はら》んでゐる事を、非常に早く看破した歌人は西行であつた。と、言つても、それが、彼の遁世《とんせい》の理由だつたとか動機だつたとかと考へたいのではない。さういふ彼の心理や意識は、彼とともに未練気もなく滅び去つたのだし、彼の歌が独り滅びずに残つてゐるのも、さういふものの証しとしてではないのだから。歌はもつと深い処から生れて来る。精緻な彼の意識も、恐らく彼の魂が自ら感じてゐた処まで下つてみはしなかつたのである。

平安末の所謂天下之大乱は、僕等が想ひみるにはあんまり遠過ぎるが、当時の人々にはあんまり近過ぎたとも言へるであらう。「寿永元暦などのころ世のさわぎは、夢ともまぼろしとも哀とも、なにともすべてすべていふべききはにもなかりしかば、よろづいかなりしとだにおもひわかれず。（中略）たゞいはんかたなき夢とのみぞ、ちかくもとほくも見聞く人みなまよはれし」（「建礼門院右京大夫集」）。眼前の事実も、「たゞいはんかたなき夢」と見えた人の文章に、勿論大動乱の姿を見る事は出来ないが、王朝人の見果てぬ夢が、いかに濃密なものであつたかはよく現れてゐる。動乱に夢を覚まされるには、この世を夢ともまぼろしとも観ずる思想はあまり成熟し過ぎてゐたのである。動乱のさ中に「千載集」が成つたといふ様な事にも別に不思議はない。歌人達は、世のさわぎに面を背けてゐたわけではない。そんな事が出来た様な生やさしいさわぎではなかつたであらう。彼等は、恐らく新しい動乱に、古い無常の美学の証明されるのを見たのである。さういふ言はば彼等の精神がわれ知らず採つた自衛策は、幽玄有心の危い理論を辿り、遂に党派と伝授との袋道に堕ちて行つた。夥《おびたゞ》しい気質や才能が、歴史の大きな悲劇の破片を拾ひ上げ、絶望と希望とを経緯とする、めいめいの複雑な心理の綾を織つたことだらうが、さういふものには一顧も与へず、古いものの死と新しいものの生との鮮やかな姿を、驚くほど平静に、行動の世界のうちに描き出してみせたのが「平家物語」であつた。平俗と見える叙述は、実は非常に純粋で、叙事詩としての無私な深い感情は、或る個性とか或る才能とかいふものを超えた歴史の大きな呼吸とともに息づいてゐる。物語の作者のはつきりした名の伝はらぬのも偶然ではないのだ。未曾有の動乱を鳥瞰《てうかん》するには、和歌といふ形式は、無論、適当なものではなかつたのであらうが、この物語が孕んでゐる様な深い歴史感情に独力で堪へた歌人はあつたのである。それが西行だ。彼の歌は成熟するにつれて、いよいよ平明な、親しみ易いものとなり、世の動きに邪念なく随順した素朴な無名人達の嘆きを集めて純化した様なものになつた。彼の出家の直接の動機がどの様なものであつたにせよ、彼は出家によつて世間を狭めようとしたのではあるまい。無常観の雛形の様な生活が、彼の魂には狭過ぎたのである。成る程、西行と実朝とは、大変趣の違つた歌を詠んだが、ともに非凡な歌才に恵まれ乍ら、これに執着せず拘泥せず、これを特権化せず、周囲の騒擾《さうぜう》を透して遠い地鳴りの様な歴史の足音を常に感じてゐた異様に深い詩魂を持つてゐたところに思ひ至ると、二人の間には切れぬ縁がある様に思ふのである。二人は、厭人や独断により、世間に対して孤独だつたのではなく、言はば日常の自分自身に対して孤独だつた様な魂から歌を生んだ稀有な歌人であつた。

西行は、歌人として円熟するに充分な長命を享《う》けた。彼が深く経験した白河院、鳥羽院時代の風雅の生活は、遁世後も永く彼の歌に調和を齎《もたら》す力と変じて、彼のうちに残つただらうし、新たに得た宗教上の教養は、迷ひに満ちた彼の心の好伴侶だつたに相違ない。実朝の生涯には、さういふ好都合な条件は一つも見当らぬ。戦争は終つたが、世相の紛糾と分裂とは、いよいよ悪質な複雑なものとなり、公家と武家との対立の他に教団の勢力があり、その各々は又、党派に分裂し、反目抗争してゐたが、実朝の宰領したものは、最も陰惨な、殆ど百鬼夜行の集団であつた事は、既に書いた通りである。

神といひ仏といふも世の中の人のこゝろのほかのものかは

実朝が、かういふ考へを栄西から得たか、行勇から得たか、その様な事はどうでもよい。それに、これは単なる考へではない。傑作ではないが、いかにも実朝らしい歌と僕は感ずる。煩瑣《はんさ》な混乱した当時の宗教上の教養に足をとられた歌人等の間で、彼はたつた一人でぽつりとこんな歌を詠んでゐるのである。この歌には「心の心をよめる」といふ詞書がある。外界の不安を心の不安と観ずるのは当時の風であつた。併し、心の心を求めて、実朝の歌が、例へば「こはいかにまたこはいかにとにかくにたゞ悲しきは心なりけり」(慈円)といふ風な調には決してならなかつた。彼は、恐らく、慈円の様な歌の生れて来る不安な心理には通暁してゐたのであるが。当時の歌人達に愛好された心を観じて悲しみを得るといふ観想の技術を、彼は他の技術と同列に無邪気に模倣したに相違ないのだが、彼の抒情歌の優れたものが明らかに語つてゐる様に、彼の内省は無技巧で、率直で、低徊《ていくわい》するところがない。これは大事な事である。慈円は、実朝の死を残酷な筆致で描いた後、「ヲロカニ用心ナクテ文ノ方アリケル実朝ハ又大臣大将ケガシテケリ。亦跡モナクウセヌルナリケリ」（「愚管抄」六）と書いてゐる。慈円の政治思想が言はせた言葉とばかりは言ひ切れまい。心を観じて悲しみを得、悲しみを馴致《じゆんち》して思想の一組織を得た彼の様な典型的な教養人の眼には、実朝は凡そ定見といふものを持たぬ「ヲロカニ用心ナキ」人物と見えたかも知れぬ。一方、彼の周囲の頼朝の所謂「清濁を分たざるの武士」達にも実朝は、勿論理解し易い人間ではなかつた。畠山重忠の子が謀叛を企てた時、長沼五郎宗政といふ武士が、命ぜられて生《いけ》虜《どり》に赴いたが、首を斬つて還つた。「楚忽《そこつ》の議、罪業の因たるの由、太《はなは》だ御歎息と云々、仍つて宗政御気色《みけしき》を蒙る、而るに宗政眼を怒らし、仲兼《なかかね》朝臣に盟《ちか》ひて云ふ、件の法師に於ては、叛逆《ほんぎやく》の企其疑無し、又生虜《いけど》るの条は、掌の内に在りと雖も、直に之を具参せしめば、諸の女姓比丘尼《びくに》等の中状に就いて、定めて宥《なだめ》の沙汰有るかの由、兼ねて以て推量するの間、斯の如く誅罰《ちゆうばつ》を加ふる者なり、向後《きやうこう》に於ては、誰《いづれ》の輩《ともがら》か忠節を抽《ぬき》んづ可き乎、是将軍家の御不可なり、（中略）当代は、歌鞠《うたまり》を以て業《わざ》と為し、武芸は廃《すた》るるに似たり、女姓を以て宗《むね》と為し、勇士は之無きが如し、（中略）此外の過言勝《あ》げて計ふ可からず、仲兼一言に及ばず座を起つ、宗政も又退出す」（「吾妻鏡」、建保元年九月廿六日）。実朝は、こんな歌を詠んでゐる。

（二所詣下向後朝《あした》にさぶらひども見えざりしかば）

旅をゆきし跡の宿もりおのおのに私あれや今朝はいまだこぬ

彼は悲しんでも怒つてもゐない様だ。併し、さういふ事はどうでもよい。恐らく、彼自身にとつてもどうでもいゝ事であつた。歌は、写生帖をひらいて写生でもしてゐる様な姿をしてゐて、画家の生き生きとした、純真な眼差しが見える。この画家は極めて孤独であるが、自分の孤独について思ひ患ふ要がない。それは、あまりわかり切つた当り前な事だから。

扨《さ》て、「神といひ仏といふも」の歌も亦、当時として珍重すべき思想といふ様なものではなく、たゞこの純真な眼差しが、見たもの驚いたものではあるまいか。彼は、たゞさういふ風に見たのである。見たものについて考へた歌ではない。彼は確かに鋭敏な内省家であつたが、内省によつて、悩ましさを創り出す様な種類の人ではなかつた。確かに非常に聡明な人物であつたが、その聡明は、教養や理性から来てゐると言ふより寧ろ深い無邪気さから来てゐる。僕にはさういふ様に思はれる。

塔をくみ堂をつくるも人のなげき懺悔《さんげ》にまさる功徳やはある

これは殆ど親鸞の思想だとは言ふまい。作者の天稟が、大変易しい仕事をしたまでだ。彼が敬神崇仏の念に篤かつたのは、「吾妻鏡」の語る通りだつたであらうが、彼には当時の善男善女の宗教感覚を痛切に感得する事で充分だつたであらう。熊谷直実が大往生を遂げたのは、実朝の十七歳の時であつた。「三日、庚子《かのえね》、陰《くもり》、熊谷小次郎直家上洛す、是父入道、来十四日東山の麓に於て執終《しつしゆう》す可きの由示し下すの間、之を見訪《みとぶら》はんが為と云々、進発の後、此事御所中に披露す、珍事の由、其沙汰有り、而るに広元朝臣云ふ、兼ねて死期《しご》を知ること、権化の者に非ずば、疑有るに似たりと雖も、彼の入道世塵《せぢん》を遁《のが》るるの後、浄土を欣求《ごんぐ》し、所願堅固にして、念仏修行の薫修《くんしゆ》を積む、仰ぎて信ず可きかと云々」(承元二年九月)。直実の心も広元の心も、実朝に近かつたとは言へまい。小次郎の「世の中の人のこゝろ」は、彼の心だつたのではあるまいか。彼は、頼朝以来の幕府の宗教上の慣例作法に素直に従つてゐた。和田義盛一党の冥福を祈りつゝ、写した自筆の「円覚経」が、三浦の海に沈み行く時、彼は確かに、夢に現れた亡卒達の得度するのを信じたであらう。併し、それは、彼が「円覚経」の観念論に興味を持つた事にはならない。興味を持つたとも思はれぬ。

　大日の種子よりいでてさまや形《ぎやう》さまやぎやう又尊形となる

実朝の歌を言ふものは、皆この歌を秀歌のうちに選んでゐる様だ。深い宗教上の暗示を読む者もあり、密教の観法の心理が歌はれてゐる処から、作者の密教修行の深さを言ふ者もある。僕は、こゝに無邪気な好奇心に光つた子供の様な正直な作者の眼を見るだけだ。観法も修してみた実朝の無頓着な報告の様に受取れる。確かに大胆な延び延びした姿はある、極端に言へば子供の落書きの様な。併し、この歌人の深い魂はない。彼の詩魂が密教の観法に動かされる様な観念派のものとは考へない。だが、秀作ではないと強くは主張したいとも思はぬ。僕は歌の評釈をしてゐるわけではないのだから。人々が好むところを読みとるに如くはない。彼の性格についても深入りはしまい。それは歴史小説家の任務であらうし、それに、僕は、近代文学によつて誇張された性格とか心理とかいふ実在めいた概念をあまり信用してもゐない。

　ほのほのみ虚空にみてる阿鼻地獄行方もなしといふもはかなし

彼の周囲は、屢々《しばしば》地獄と見えたであらう。といふ様な考へは、恐らく僕等の心に浮ぶ比喩に過ぎず、実朝の信じたものは何処かにある正銘の地獄であつた。僕は、この歌を読む毎に、何とは知れぬが、いかにも純潔な感じのする色や線や旋律が現れて来るのを感じ、僕にはもはや正銘の地獄が信じられぬ為であらうかと自問してみるのだが、空疎な問ひに似て答へがない。僕にしかと感じられるこの同じ美しさを作者も亦見感じてゐなかつた筈はあるまい。美といふものは不思議なものである。いかにも地獄の歌らしいあの陰惨な罪業の深い感じのする西行の地獄の歌に比べると、これは又なんといふ物悲しい優しい美しい地獄の歌だらう。要するに歌の姿は作者の心の鏡なのである。さういふ事を思ふと、例へば、

　吹く風の涼しくもあるかおのづから山の蟬鳴きて秋は来にけり

の名歌からも同じものが見えて来る、抗し難い同じ純潔な美しさが現れ、ほのかに巨きな肉体の温みにでも触れる様に彼の無垢な魂が感じられて来る。彼自身もそんな具合に触れてゐたものとさへ感じられて来る。「金槐集」は、凡庸な歌に充ちてゐるが、その中から十数首の傑作が、驚くほど明確で真率な形と完全な音楽性とを持つて立現れて来る様は、殆ど奇蹟に似てゐる。「君が歌の清き姿はまんまんとみどり湛《たゝ》ふる海の底の玉」、子規には、実朝を讃へた歌はいくつもあるが、僕はこの歌が一番好きである。子規は素直に驚いてゐる。奇蹟と見えたなら、驚いてゐるに越した事はあるまい。実朝は自分の深い無邪気さの底から十余りの玉を得たのだが、恐らく彼の垂鉛が其処までとゞいてゐたわけではなかつたのである。

　世の中は常にもがもな渚こぐあまのを舟の綱手かなしも

この歌にしても、あまり内容にこだはり、そこに微妙で複雑な成熟した大人の逆説

を読みとるよりも、いかにも清潔で優しい殆ど潮の匂ひがする様な歌の姿や調の方に注意するのがよいやうに思はれる。実は、作者には逆説といふ様なものが見えたのではない、といふ方が実は本当かも知れないのである。又、例へば、

散り残る岸の山吹春ふかみ此ひと枝をあはれといはなむ

人々のしやぶり尽した「かなし」も「あはれ」も、作者の若々しさのなかで蘇生する。僕は、浪漫派の好む永遠の青春といふ様なものを言つてゐるのではない。その様な要素は、実朝の秀歌には全くない。青年にさへ成りたがらぬ様な、完全に自足した純潔な少年の心を僕は思ふのである。それは、眼前の彼の歌の美しさから自づと生れて来る彼の歌の観念の様に思はれる。

才能は玩弄する事も出来るが、どんな意識家も天稟には引摺られて行くだけだ。平凡な処世にも適さぬ様な持つて生れた無垢な心が、物心ともに紛糾を極めた乱世の間に、実朝を引摺つて行く様を僕は思ひ描く。彼には、凡そ武装といふものがない。歴史の溷濁《こんだく》した陰気な風が、はだけた儘の彼の胸を吹き抜ける。これに対し彼は何等の術策も空想せず、どの様な思想も案出しなかつた。さういふ人間には、恐らく観察家にも理論家にも行動家にも見えぬ様な歴史の動きが感じられてゐたのではあるまいかとさへ考へる。奇怪な世相が、彼を苦しめ不安にし、不安は、彼が持つて生れた精妙

な音楽のうちに、すばやく捕へられ、地獄の火の上に、涼しげにたゆたふ。

　玉くしげ箱根のみうみけけれあれや二国かけてなかにたゆたふ

彼の歌は、彼の天稟の開放に他ならず、言葉は、殆ど後からそれに追ひ縋《すが》る様に見える。その叫びは悲しいが、訴へるのでもなく求めるのでもない。感傷もなく、邪念を交へず透き通つてゐる。決して世間といふものに馴れ合はうとしない天稟が、同じ形で現れ、又消える。彼の様な歌人の仕事に発展も過程も考へ難い。彼は、常に何かを待ち望み、突然これを得ては、又突然これを失ふ様である。

　山は裂け海はあせなむ世なりとも君にふた心わがあらめやも

「金槐集」は、この有名な歌で終つてゐる。この歌にも何かしら永らへるのに不適当な無垢な魂の沈痛な調べが聞かれるのだが、彼の天稟が、遂に、それを生んだ、巨大な伝統の美しさに出会ひ、その上に眠つた事を信じよう。こゝに在るわが国語の美しい持続といふものに驚嘆するならば、伝統とは現に眼の前に見える形ある物であり、遥かに想ひ見る何かではない事を信じよう。

（註）　引用の歌は、凡て定家所伝本によつたが、この歌のみは貞享本を底本とした斎藤茂吉氏校

訂の岩波文庫、「新訂金槐和歌集」（昭和四年版）によつた。貞享本所載のものの方が、いかにも立派で面白い歌と思はれ、これを捨てる気持ちにどうしてもなれなかつたといふ以外別に理由はない。定家所伝本では、「わか心いかにせよとかやまふきのうつろふはなにあらしたつらん」となつてゐる。

モオツァルト

母上の霊に捧ぐ

1

エッケルマンによれば、ゲエテは、モオツァルトに就いて一風変つた考へ方をしてゐたさうである。如何にも美しく、親しみ易く、誰でも真似したがるが、一人として成功しなかつた。幾時《いつ》か誰かが成功するかも知れぬといふ様な事さへ考へられぬ。元来がさういふ仕組に出来上つてゐる音楽だからだ。はつきり言つて了へば、人間どもをからかふ為に、悪魔が発明した音楽だと言ふのである。ゲエテは決して冗談を言ふ積りではなかつた。その証拠には、かういふ考へ方は、青年時代には出来ぬものだ、と断つてゐる。(エッケルマン、「ゲエテとの対話」——一八二九年)

こゝで、美しいモオツァルトの音楽を聞く毎に、悪魔の罠《わな》を感じて、心乱れた異様な老人を想像してみるのは悪くあるまい。この意見は全く音楽美学といふ様なものではないのだから。それに、「ファウスト」の第二部を苦吟してゐたこの八十歳の大自意識家が、どんな悩みを、人知れず抱いてゐたか知れたものではあるまい。

トルストイは、ベエトオヴェンのクロイツェル・ソナタのプレストをきゝ、ゲエテは、ハ短調シンフォニイの第一楽章をきゝ、それぞれ異常な昂奮を経験したと言ふ。トルストイは、やがて「クロイツェル・ソナタ」を書いて、この奇怪な音楽家に徹底した復讐を行つたが、ゲエテは、ベエトオヴェンに関して、たうとう頑固な沈黙を守り通した。有名になつて逸話なみに扱はれるのは、ちと気味の悪すぎる話である。底の知れない穴が、ポッカリと口を開けてゐて、そこから天才の独断と創造力とが覗いてゐる。

当代一流の音楽、特にベエトオヴェンの音楽に対するゲエテの無理解或は無関心、この通説は、ロマン・ロオランの綿密な研究（Goethe et Beethoven）が現れて以来、もはや通用しなくなつた様であるが、この興味ある研究は、意外なほど凡庸な結論に達してゐる。晩年になつても少しも衰へなかつたゲエテの好奇心は、ベエトオヴェンの音楽を鑑賞する機会を決して逃しはしなかつたし、進歩して止まぬゲエテの頭脳は、驚くべき新音楽の価値を充分に認めた。たゞ残念な事には、嘗て七歳の神童モオツァルトの演奏に酔つたゲエテの耳は、彼の頭ほど速く進歩するわけにはいかなかつた。耳が頭に反抗した。これが、ロオランの結論である。結論が間違つてゐるとは言ふまい、たゞ僕は、この有名な本を読んだ時、そこに集められた豊富な文献から、いろいろと空想をするのが楽しく、さういふ結論は、必ずしも必要だとは思はなかつたのである。

メンデルスゾオンが、ゲエテにベエトオヴェンのハ短調シンフォニイをピアノで弾いてきかせた時、ゲエテは、部屋の暗い片隅に、雷神ユピテルの様に坐つて、メンデルスゾオンが、ベエトオヴェンの話をするのを、いかにも不快さうに聞いてゐたさうであるが、やがて第一楽章が鳴り出すと、異常な昂奮がゲエテを捉へた。「人を驚かすだけだ、感動させるといふものぢやない、実に大袈裟だ」と言ひ、しばらくぶつぶつ口の中で呟いてゐたが、すつかり黙り込んで了つた。長い事たつて、「大変なものだ。気違ひ染みてゐる。まるで家が壊れさうだ。皆が一緒にやつたら、一体どんな事になるだらう」。食卓につき、話が他の事になつても、彼は何やら口の中でぶつぶつ呟いてゐた、と言ふ。

勿論、ぶつぶつと自問自答してゐた事の方が大事だつたのである。今はもう死に切つたと信じた Sturm und Drang の亡霊が、又々新しい意匠を凝して蘇り、抗し難い魅惑で現れて来るのを、彼は見なかつたであらうか。大袈裟な音楽、無論、そんな呪文では悪魔は消えはしなかつた。何はともあれ、これは他人事ではなかつたからである。震駭《しんがい》したのはゲエテといふ不安な魂であつて、彼の耳でもなければ頭でもない。彼の耳が彼の頭の進歩について行けなかつた、さういふ事もどうもありさうもない話だ。ゲエテが聞いたら苦笑したかも知れぬ、昔ながらの無垢な耳を保存するのは、並大抵の苦労ではない、と言つたかも知れない。恐らくゲエテは何も彼も感じ取つたのであるる。少くとも、ベエトオヴェンの和声的器楽の斬新で強烈な展開に熱狂し喝采してゐたベルリンの聴衆の耳より、遥かに深いものを聞き分けてゐた様に思へる。妙な言ひ方をする様だが、聞いてはいけないものまで聞いて了つた様に思へる。ワグネルの「無限旋律」に慄然《りつぜん》としたニイチェが、発狂の前年、「ニイチェ対ワグネル」を書いて最後の自虐の機会を捉へたのは周知の事だが、それとゲエテの場合との間には、何か深いアナロジイがある様に思へてならぬ。それに、「ファウスト」の完成を、自分に納得させる為に、八重の封印の必要を感じてゐたゲエテが、発狂の前年になかつたと誰が言へようか。二人とも鑑賞家の限度を超えて聞いた。もはや音楽なぞ鳴つてはゐなかつた。めいめいがわれとわが心に問ひ、苛立《いらだ》つたのであつた。

大理論家ワグネルの不屈不撓《ふたう》の意志なぞ問題にしなかつたニイチェは、ワグネルの裡《うち》に、ワグネリアンの頽廃を聞き分けた。同じ様な天才の独断により、ゲエテは、壮年期のベエトオヴェンの音楽に、異常な自己主張の危険、人間的な余りに人間的な演劇を聞き分けなかつたであらうか。この音楽が、ゲエテの平静を乱したとは言ふまい。ファウスト博士を連れた彼の心の嵐は死ぬまで止む時はなかつたらうから。併し、彼の嵐には、彼自身の内的な論理があり、他人に掻き立てられる筋のものではなかつた。ベエトオヴェンは、たしかに自分の播《ま》いた種は刈りとつたのだが、彼が晩年、どんな孤独な道に分け入り、どんな具合に己れを救助したかに就いて、恐らくゲエテは全く無関心であつた。ベエトオヴェンといふ沃野に、ゲエテが、浪漫派音楽家達のどの様な花園を予感したか想像に難くない。尤も、浪漫主義を嫌つた古典主義者ゲエテといふ周知の命題を、僕は、こゝで応用する気にはなれぬ。この応用問題は、うまく解かれた例しがない。

ワグネルの「曖昧さ」を一途に嫌つたニイチェは、モオツァルトの「優しい黄金の厳粛」を想つた。ベエトオヴェンを嫌ひ又愛したゲエテも亦モオツァルトを想つたが、彼は、ニイチェより美について遥かに複雑な苦しみを嘗めてゐた。彼が、モオツァルトについて、どんな奇妙な考へを持つてゐたかは、冒頭に述べた通りである。「人間も年をとると、世の中を若い時とは違つた風に考へる様になる」と彼は或る日エッケルマンに言ふ。彼は老い、若い時代が始らうとしてゐた。だが、彼は若い時代とは違つた風に考へてゐた。個性と時代との相関を信じ、自己主張、自己告白の特権を信じて動き出した青年達の群れは、彼の同情を惹くに足らなかつた。歴史の「無限旋律」などに一体何の意味があらうか。「ファウスト」は、どうしても完成されねばならぬ。やがて自ら破り棄てると知りつゝ、八重の封印をしてまでも。彼は、「ファウスト」第二部の音楽化といふ殆ど不可能な夢に憑かれてゐた。彼の詩は、音楽家達の（シュウベルトの、ヴォルフの、シュウマンさへの）罠であつたが、音楽は遂にゲエテの罠だつたのだらうか。それはわからぬ。ともあれ、彼には、「ドン・ジョヴァンニ」の作者以外の音楽家を考へる事が出来なかつた。併し、作者はもうこの世にゐなかつた。この封印は人間の手がしたのではない。或る日、この作者が、ゲエテの耳元で何事かを囁《さゝや》いたと見る間に、それは凡そ音楽史的な意味を剝奪された巨大な音と変じ、彼の五体に鳴り渡る。死の国に還るヘレナを送る音楽を彼は聞いたであらうか。彼の深奥にある或る苦がい思想が、モオツァルトといふ或る本質的な謎に共鳴する。ゲエテは、エッケルマンに話してみようとしたが、うまくいかなかつた。無論、これは僕の空想だ。僕はそんな思想とも音楽ともつかぬものを追つて、幾日も机の前に坐つてゐる。沢山な事が書けさうな気がするが、又何にも書けさうもない気もする。

2

もう二十年も昔の事を、どういふ風に思ひ出したらよいかわからないのであるが、僕の乱脈な放浪時代の或る冬の夜、大阪の道頓堀をうろついてゐた時、突然、このト短調シンフォニイの有名なテエマが頭の中で鳴つたのである。僕がその時、何を考へてゐたか忘れた。いづれ人生だとか文学だとか絶望だとか孤独だとか、さういふ自分でもよく意味のわからぬやくざな言葉で頭を一杯にして、犬の様にうろついてゐたのだらう。兎も角、それは、自分で想像してみたとはどうしても思へなかつた。街の雑《ざつ》沓《たふ》の中を歩く、静まり返つた僕の頭の中で、誰かがはつきりと演奏した様に鳴つた。僕は、脳味噌に手術を受けた様に驚き、感動で慄《ふる》へた。百貨店に馳け込み、レコオドを聞いたが、もはや感動は還つて来なかつた。自分のこんな病的な感覚に意味があるなどと言ふのではない。モオツァルトの事を書かうとして、彼に関する自分の一番痛切な経験が、自ら思ひ出されたに過ぎないのであるが、一体、今、自分は、ト短調シンフォニイを、その頃よりよく理解してゐるのだらうか、といふ考へは、無意味とは思へないのである。

僕は、その頃、モオツァルトの未完成の肖像画の写真を一枚持つてゐて、大事にしてゐた。それは、巧みな絵ではないが、美しい女の様な顔で、何か恐ろしく不幸な感情が現れてゐる奇妙な絵であつた。モオツァルトは、大きな眼を一杯に見開いて、少しうつ向きになつてゐた。人間は、人前で、こんな顔が出来るものではない。彼は、画家が眼の前にゐる事など、全く忘れて了つてゐるに違ひない。二重瞼の大きな眼は何にも見てはゐない。世界はとうに消えてゐる。ある巨きな悩みがあり、彼の心は、それで一杯になつてゐる。眼も口も何んの用もなさぬ。彼は一切を耳に賭けて待つてゐる。耳は動物の耳の様に動いてゐるかも知れぬ。が、頭髪に隠れて見えぬ。ト短調シンフォニイは、時々こんな顔をしなければならない人物から生れたものに間違ひはない、僕はさう信じた。何んといふ沢山な悩みが、何んといふ単純極まる形式を発見してゐるか。内容と形式との見事な一致といふ様な尋常な言葉では、言ひ現し難いものがある。全く相異る二つの精神状態の殆ど奇蹟の様な合一が行はれてゐる様に見える。名付け難い災厄や不幸や苦痛の動きが、そのまゝ同時に、どうしてこんな正確な単純な美しさを現す事が出来るのだらうか。それが即ちモオツァルトといふ天才が追ひ求めた対象の深さとか純粋さとかいふものなのだらうか。ほんたうに悲しい音楽とは、かういふものであらうと僕は思つた。その悲しさは、透明な冷い水の様に、僕の乾いた喉をうるほし、僕を鼓舞する、そんな事を思つた。注意して置き度いが、丁度その頃は、大阪の街は、ネオンサインとジャズとで充満し、低劣な流行小歌は、電波の様に夜空を走り、放浪児の若い肉体の弱点といふ弱点を刺戟して、僕は断腸の想ひがしてゐたのである。

思ひ出してゐるのではない。モオツァルトの音楽を思ひ出すといふ様な事は出来ない。それは、いつも生れた許りの姿で現れ、その時々の僕の思想や感情には全く無頓着に、何んといふか、絶対的な新鮮性とでも言ふべきもので、僕を驚かす。人間は彼の優しさに馴れ合ふ事は出来ない。彼は切れ味のいゝ鋼鉄の様に撓《しな》やかだ。

モオツァルトの音楽に夢中になつてゐたあの頃、僕には既に何も彼も解つてはゐなかつたのか。若しさうでなければ、今でもまだ何一つ知らずにゐるといふ事になる。どちらかである。成る程、あの頃、知らずに大事にしてゐた絵は、ヨゼフ・ランゲが一七八二年に書いた絵だと今では承知してゐるが、そんな事に何の意味があらう。してみると僕が今でも、犬の様に何処かをうろついてゐるといふ事に間違ひないかも知れない。僅かばかりのレコオドに僅かばかりのスコア、それに、決して正確な音を出したがらぬ古びた安物の蓄音機、——何を不服を言ふ事があらう。例へば海が黒くなり、空が茜色《あかねいろ》に染まるごとに、モオツァルトのポリフォニイが威嚇する様に鳴るならば。

3

「——構想は、宛《あたか》も奔流の様に、実に鮮やかに心のなかに姿を現します。然し、それが何処から来るのか、どうして現れるのか私には判らないし、私とてもこれに一指も触れることは出来ません。——後から後から色々な構想は、対位法や様々な楽器の音色にしたがつて私に迫つて来る。丁度パイを作るのに、必要なだけのかけらが要る様なものです。かうして出来上つたものは、邪魔の這入らぬ限り私の魂を昂奮させる。すると、それは益々大きなものになり、私は、それをいよいよ広くはつきりと展開させる。そして、それは、たとへどんなに長いものであらうとも、私の頭の中で実際に殆ど完成される。私は、丁度美しい一幅の絵或は麗はしい人でも見る様に、心のうちで、一目でそれを見渡します。後になれば、無論次々に順を追うて現れるものですが、想像の中では、さういふ具合には現れず、まるで凡てのものが皆一緒になつて聞えるのです。大した御馳走ですよ。美しい夢でも見てゐる様に、凡ての発見や構成が、想像のうちで行はれるのです。――いつたん、かうして出来上つて了ふと、もう私は容易に忘れませぬ、といふ事こそ神様が私に賜つた最上の才能でせう。だから、後で書く段になれば、脳髄といふ袋の中から、今申し上げた様にして蒐集したものを取り出して来るだけです。――周囲で何事が起らうとも、私は構はず書けますし、また書き乍ら、鶏の話家鴨《あひる》の話、或はかれこれ人の噂などして興ずる事も出来ます。然し、仕事をしながら、どうして、私のすることが凡てモオツァルトらしい形式や手法に従ひ、他人の手法に従はぬかといふ事は、私の鼻がどうしてこんなに大きく前に曲つて突き出してゐるか、そして、それがまさしくモオツァルト風で他人風ではないか、といふのと同断でせう。私は別に他人と異つた事をやらうと考へてゐるわけではないのですから。――」

このヤアンによつて保証された有名な手紙は、モオツァルトの天才の極印として、幾多の評家の手で引用された。確かに理由のない事ではない。どんな音楽の天才も、この様な驚くべき経験を語つたものはないのである。併し又、どんな音楽の天才も、自分に一番大切な事柄についてこんなに子供らしく語つた人もゐなかつたのであつて、どちらかと言へば僕は音楽批評家達の注意したがらぬそちらの方に興味を惹かれる。「構想が奔流の様に現れる」人でなければ、あんな短い生涯に、あれほどの仕事は出来なかつただらうし、ノオトもなければヴァリアントもなく、修整の跡もとゞめぬ彼の原譜は、彼が家鴨や鶏の話をし乍ら書いた事を証明してゐる。手紙で語られてゐる事実は恐らく少しも誇張されてはゐまい。何も彼もその通りだつたらうが、どうも手の付け様がない。言はば精神生理学的奇蹟として永久に残るより他はあるまい。併し、これを語るモオツァルトの子供らしさといふ事になると、子供らしさといふ言葉の意味の深さに応じて、いろいろ思案を廻らす余地がありさうに思へる。問題は多岐に分れ、意外に遠い処まで、僕を引張つて行く様に思へるのである。

4

自分は音楽家だから、思想や感情を音を使つてしか表現出来ない、とたどたどしい筆で、モオツァルトは父親に書いてゐる（マインハイム、一七七七年、十一月八日）。処が、このモオツァルトには分り切つた事柄が、次第に分らなくなつて来るといふ風に、音楽の歴史は進んで行つた。彼の死に続く、浪漫主義音楽の時代は音楽家の意識の最重要部は、音で出来上つてゐるといふ、少くとも当人にとつては自明な事柄が、見る見る曖昧になつて行く時代とも定義出来る様に思ふ。音の世界に言葉が侵入して来た結果である。個性や主観の重視は、特殊な心理や感情の発見と意識とを伴ひ、当然、これは又己れの生活経験の独特な解釈や形式を必要とするに至る。そしてかういふ傾向は、言葉といふものの豊富な精緻な使用なくては行はれ難い。従つて、音楽家の戦は、漠然とした音といふ材料を、言葉によつて、如何に分析し計量し限定して、音楽の運動を保証しようかといふ方向を取らざるを得なくなる。和声組織の実験器としてのピアノの多様で自由な表現力の上に、シュウマンといふ分析家が打ち立てた音楽と言葉との合一といふ原理は、彼の狂死が暗に語つてゐる様に、甚だ不安定な危険な原理であつた。ワグネリアンの大管絃楽が口を開けて待つてゐた。この変幻自在な解体した和声組織は、音楽家が、めいめいの特権と信じ込んだ幸福や不幸に関するあらゆる心理学を、平気でそのまゝ呑み込んだ。

音楽の代りに、音楽の観念的解釈で頭を一杯にし、自他の音楽について、いよいよ雄弁に語る術を覚えた人々は、大管絃楽の雲の彼方に、モオツァルトの可愛らしい赤い上着がチラチラするのを眺めた。勿論、それは、彼等が、モオツァルトの為に新調してやつたものであつたが、彼等には、さうとはどうしても思へなかつた。あんまりよく似合つてゐたから。時の勢ひといふものは、皆さういふものだ。上着は、優美、均斉、快活、静穏等々のごく僅かばかりの言葉で出来てゐたが、この失語症の神童には、いかにもしつくりとして見えたのである。其処に、「永遠の小児モオツァルト」といふ伝説が出来上る。彼が、驚くべき神童だつた事は疑ふ余地がなく、従つて、いろいろな伝説もこれに付き纏《まと》ふわけだが、その中で最大のもの、一番真面目臭つたものは、恐らく彼が死ぬまで神童だつたといふ伝説ではあるまいか。

浪漫派音楽が独創と新奇とを追ふのに疲れ、その野心的な意図が要求する形式の複雑さや感受性の濫用に堪へ兼ねて、自壊作用を起す様になると、純粋な旋律や単純な形式を懐しむ様になる。恐らく現代の音楽家の間には、バッハに還れとか、モオツァルトに還れといふ様な説も行はれてゐるであらう。だが、僕は容易には信じない。と言ふよりも、さういふ事にあまり興味がない。反動といふものには、いつも相応の真実はあるのだらうが、僕には音楽史家の同情心が不足してゐるらしい。純粋さとか自然さとかいふ元来が惑はしに充ちた言葉が、新古典派音楽家の計量や分析に疲れた意識のなかで、どんな観念の極限を語るに至つてゐるか、それは難かしい事である。例へば、ストラヴィンスキイの復古主義は、凡そ徹底したものだらうが、彼のカノンは決してバッハのカノンではない。無用な装飾を棄て、重い衣裳を脱いだところで、裸になれるとは限らない。何も彼も余り沢山なものを持ち過ぎたと気が付く人も、はじめから持つてゐなかつたものには気が付かぬかも知れない。ともあれ、現代音楽家の窮余の一策としてのモオツァルトといふものは、僕には徒らな難題に思はれる。雄弁術を覚え込んで了つた音楽家達の失語症たらんとする試み。——こゝに現れる純粋さとか自然さとかいふものは、若しかしたら人間にも自然にも関係のない一種の仮構物かも知れぬ。

5

美は人を沈黙させるとはよく言はれる事だが、この事を徹底して考へてゐる人は、意外に少いものである。優れた芸術作品は、必ず言ふに言はれぬ或るものを表現してゐて、これに対しては学問上の言語も、実生活上の言葉も為す処を知らず、僕等は止むなく口を噤《つぐ》むのであるが、一方、この沈黙は空虚ではなく感動に充ちてゐるから、何かを語らうとする衝動を抑へ難く、而も、口を開けば嘘になるといふ意識を眠らせてはならぬ。さういふ沈黙を創り出すには大手腕を要し、さういふ沈黙に堪へるには作品に対する痛切な愛情を必要とする。美といふものは、現実にある一つの抗し難い力であつて、妙な言ひ方をする様だが、普通一般に考へられてゐるよりも実は遥かに美しくもなく愉快でもないものである。

美と呼ばうが思想と呼ばうが、要するに優れた芸術作品が表現する一種言ひ難い或るものは、その作品固有の様式と離す事が出来ない。これも亦凡そ芸術を語るものの常識であり、あらゆる芸術に通ずる原理だとさへ言へるのだが、この原理が、現代に於いて、どの様な危険に曝《さら》されてゐるかに注意する人も意外に少い。注意しても無駄だといふ事になつて了つたのかも知れない。

明確な形もなく意味もない音の組合せの上に建てられた音楽といふ建築は、この原理を明示するに最適な、殆ど模範的な芸術と言へるのだが、この芸術も、今日では、和声組織といふ骨組の解体により、群がる思想や感情や心理の干渉を受けて、無数の風穴を開けられ、僅かに、感官を麻痺させる様な効果の上に揺いでゐる有様である。人々は音楽についてあらゆる事を喋る。音を正当に語るものは音しかないといふ真理はもはや単純すぎて（実は深すぎるのだが）人々を立止まらせる力がない。音楽さへもう沈黙を表現するのに失敗してゐる今日、他の芸術について何を言はうか。

例へば、風俗を描写しようと心理を告白しようと或は何を主張し何を批判しようと、さういふ解り切つた事は、それだけでは何んの事でもない、ほんの手段に過ぎない、さういふものが相寄り、相集り、要するに数十万語を費して、一つの沈黙を表現するのが自分の目的だ、と覚悟した小説家、又、例へば、実証とか論証とかいふ言葉に引摺られては編み出す、あれこれの思想、言ひ代へれば相手を論破し説得する事によつて僅かに生を保つ様な思想に倦《あ》き果てて、思想そのものの表現を目指すに至つた思想家、さういふ怪物達は、現代にはもはやゐないのである。真らしいものが美しいものに取つて代つた、詮ずるところさういふ事の結果であらうか。それにしても、真理というものは、確実なものの正確なものとはもともと何んの関係もないものかも知れないのだ。美は真の母かも知れないのだ。然しそれはもう晦渋な深い思想となり了つた。

6

モオツァルトに関する最近の名著と言はれるウィゼワの研究（T. de Wyzewa et G. de Saint-Foix ; W.-A. Mozart.）が、モオツァルトの廿一歳の時で中絶してゐるのは残念な事だが、もつと残念なのは、著者達の恐らく驚く程の辛労の結果、分析され解説されてゐるモオツァルトの初期作品が、僕等の環境ではまるで聞く機会がない事である。けれども、音楽家の正体を摑む為には、何を置いても先づ耳を信ずる事であつて、その伝記的事実の如きは、邪魔にこそなれ、助けにはならぬ、といふはつきりした考へを実行してゐる点で、少くともモオツァルトに関する限り、恐らく唯一の著書である事、又、さういふ仕事がどんな勇気と忍耐とを要するかといふ事は、僕の様な素人にも充分合点がいき、多くの啓示を得たのであつた。次の様な文句に出会つた。

「この多産な時期に於ける器楽形式に関する幾多の問題の、どれを取上げてみても、次の様な考へに落着かざるを得ない。即ち、円熟し発展した形で後の作品に現れる殆ど凡ての新機軸は、一七七二年の作品に、芽生えとして存する、と。彼にしてみれば、これは、不思議な深さと広さとを持つた精神の危機である。彼は、生れて始めて、自分の作品の審美上の大問題に、はつきり意識してぶつかつたと思はれる」(Vol. 1. page 418.)

一七七二年と言へば、モオツァルトの十六歳の時である。この精神の危機が、当時の姉への手紙で、駄洒落を飛ばしてゐるモオツァルトとも、又、「ヴォルフガングは元気だ、退屈しのぎに四重奏を書いてゐる」(レオポルドより妻へ、一七七二年、十月廿八日)といふ様な父親の観察した息子とも何んの関係もないのは、見易い事だが、更に六つでメニュエットを作つたとか「ドン・ジョヴァンニ」の序曲を一夜で書いたとかいふ類の伝記作家達のどんな証言とも関係がないとさへ僕は言ひたい。ウィゼワの証言には、伝説なぞ付き纏ふ余地はない。はつきりしてゐる。天賦の才といふものが、モオツァルトにはどんな重荷であつたかを明示してゐる。才能がある御蔭で仕事が楽なのは凡才に限るのである。十六歳で、既に、創作方法上の意識の限界に達したとは一体どういふ事か。「作曲のどんな種類でも、どんな様式でも考へられるし、真似出来る」と彼は父親に書く(一七七八年、二月七日)。併し、さういふ次第になつたといふその事こそ、実は何にも増して辛い事だ、とは書かない。書いても無駄だからである。彼は彼なりに大自意識家であつた。若し彼に詩才があつたなら、マラルメの様に「すべての書は読まれたり、肉は悲し」と嘆けただらう。少しも唐突な比較ではない。彼は、楽才の赴くがまゝに、一七七二年の一群のシンフォニイで同じ苦しみを語つてゐる筈だ。

天才とは努力し得る才だ、といふゲエテの有名な言葉は、殆ど理解されてゐない。努力は凡才でもするからである。然し、努力を要せず成功する場合には努力はしまい。彼には、いつもさうあつて欲しいのである。天才は寧ろ努力を発明する。凡才が容易と見る処に、何故、天才は難問を見るといふ事が屢々《しばしば》起るのか。詮ずるところ、強い精神は、容易な事を嫌ふからだといふ事にならう。自由な創造、たゞそんな風に見えるだけだ。制約も障碍《しやうがい》もない処で、精神はどうしてその力を試す機会を摑むか。何処にも困難がなければ、当然進んで困難を発明する必要を覚えるだらう。それが凡才には適はぬ。抵抗物のないところに創造といふ行為はない。これが、芸術に於ける形式の必然性の意味でもある。あり余る才能も頼むに足らぬ、隅々まで意識され、何んの秘密も困難もなくなつて了つた世界であつてみれば、――天才には天才さへ容易とみえる時期が到来するかも知れぬ。モオツァルトには非常に早く来た。ウィゼワの言ふ「モオツァルトの精神の危機」とは、さういふものではなかつたか。もはや五里霧中の努力しか残されてはゐない。努力は五里霧中のものでなければならぬ。努力は計算ではないのだから。これは、困難や障碍の発明による自己改変の長い道だ。いつも与へられた困難だけを、どうにか切り抜けて来た、所謂《いはゆる》世の経験家や苦労人は、一見意外に思はれるほど発育不全な自己を持つてゐるものである。

一七八二年から八五年にかけて、モオツァルトは、六つの絃楽四重奏曲を作り、これをハイドンに捧げた。献辞のなかで、「これらの子供達が、私の長い間の刻苦精励による結実である事を信じて戴きたい」と言ひ、「今日から貴方の御世話になる以上、父親の権利も、そつくり貴方にお委ねする。親の慾目で見えなかつた欠点もあらうが、大目に見てやつて戴きたい」と言つてゐる。刻苦精励による借財の返却、努力し得る才、他にどんな道があつたらうか。音楽上の借財に比べれば、彼が実生活の上で苦しんだ借財の如きは言ふに足りなかつたのである。

この六つのクワルテットは、凡そクワルテット史上の最大事件の一つと言へるのだが、モオツァルト自身の仕事の上でも、殆ど当時の聴衆なぞ眼中にない様な、極めて内的なこれらの作品は、続いて起つた「フィガロの結婚」の出現より遥かに大事な事件に思はれる。僕はその最初のもの（K. 387）を聞くごとに、モオツァルトの円熟した肉体が現れ、血が流れ、彼の真の伝説、彼の黄金伝説は、こゝにはじまるといふ想ひに感動を覚えるのである。

7

プロドンムが、モオツァルトに面識あつた人々の記録を沢山集めてゐるが（J.-G. Prod'homme ; Mozart raconté par ceux qui l'ont vu.）、そのなかで、特に僕の注意をひいた話が二つある。義妹のゾフィイ・ハイベルはこんな事を言つてゐる。

「彼はいつも機嫌がよかつた。併し、一番上機嫌な時でも、心はまるで他処にあるといふ風であつた。仕事をしながら、全く他の事に気を取られてゐるていで、刺す様な眼付きでじつと眼を据ゑてゐながら、どんな事にも、詰らぬ事にも面白い事にも、彼の口はきちんと応答するのである。朝、顔を洗つてゐる時でさへ、部屋を行つたり来たり、両足の踵《かゝと》をコツコツぶつけてみたり、少しもじつとしてゐない、そしていつも何か考へてゐる。食卓につくと、ナプキンの端をつかみ、ギリギリ捩《ねぢ》つて、鼻の下を行つたり来たりさせるのだが、考へ事をしてゐるから、当人は何をしてゐるか知らぬ様子だ。そんな事をしながら、さも人を馬鹿にした様な口付きをよくする。馬だとか玉突だとか、何か新しい遊び事があれば、何にでも忽ち夢中になつた。細君は夫にいかゞはしい附合をさせまいとあらゆる手を尽すのであつた。彼はいつも手や足を動かしてゐた。いつも何かを、例へば帽子とかポケットとか時計の鎖だとか椅子だとかをピアノの様に弄《もてあそ》んでゐた」

もう一つは、義兄のヨゼフ・ランゲの書いたもので、彼の絵については既に触れたが、この素人画家が、モオツァルトの肖像を描かうとした動機は、恐らくこゝにあつただらう。彼はかう言つてゐる。

「この偉人の奇癖については、既に多くの事が書かれてゐるが、私はこゝで次の一事を思ひ出すだけで充分だとして置かう。彼はどう見ても大人物とは見えなかつたが、特に大事な仕事に没頭してゐる時の言行はひどいものであつた。あれやこれや前後もなく喋り散らすのみならず、この人の口からとあきれる様なあらゆる種類の冗談を言ふ。思ひ切つてふざけた無作法な態度をする。自分の事はおろか、凡そ何にも考へてはゐないといふ風に見えた。或は理由はわからぬが、さういふ軽薄な外見の裏に、わざと内心の苦痛を隠してゐるのかもしれない。或は又、その音楽の高貴な思想と日常生活の俗悪さとを乱暴に対照させて悦に入り、内心、一種のアイロニイを楽しんでゐたのかも知れぬ。私としては、かういふ卓絶した芸術家が、自分の芸術を崇めるあまり、自分といふ人間の方は取るに足らぬと見限つて、果てはまるで馬鹿者の様にして了ふ、さういふ事もあり得ぬ事ではあるまいと考へた」

二つともなかなか面白い話であるが、僕が特にこゝに引用したのは、モオツァルトの伝記は、この二つの話に要約されてゐるとさへ思はれたからだ。ベエトオヴェンも、仕事に熱中してゐる時には、自ら「ラプトゥス」と呼んでゐた一種の狂気状態に落入つた。これはモオツァルトの白痴状態とは、趣きが変つてゐて、怒鳴つたり喚いたりの人騒がせだつたさうである。一人であばれてゐるベエトオヴェンからは、逃げ出せば済んだだらうが、逃げ出すには上機嫌過ぎたモオツァルトとなると、これは、ランゲの様な正直な友達にはよほど厄介な事だつたらうと察せられる。彼等のラプトゥスが彼等の天才と無関係とは考へられぬ以上、これは又評家にとつても込入つた厄介な問題とならう。僕は、何も天才狂人説などを説かうとするのではない。人間は、皆それぞれのラプトゥスを持つてゐると簡単明瞭に考へてゐるだけである。要するに数の問題だ。気違ひと言はれない為には、同類をふやせばよいだらう。

それは兎も角、モオツァルトの伝記作者達は、皆手こずつてゐる。確実と思はれる彼の生活記録をどう配列してみても、彼の生涯に関する統一ある観念は得られないからである。妹の観察した「少しもじつとしてゐないモオツァルト」は彼の生涯のあらゆる場所に現れて、ナプキンを捩る。六つの時から、父親の野心と監視の下に、ヨオロッパ中を引摺り廻され、作曲と演奏とに寧日のない彼の姿は、殆ど旅興行の曲馬団ででも酷使されてゐる神童と言つた様なものにしか見えない。イタリイの自然も歴史も、彼の大きな鼻と睡さうな眼をどうする事も出来ない。機械に故障のない限り動いてゐるこの自動人形の何処にモオツァルトといふ人間を捜したらよいか。やがて、恋愛、結婚、生活の独立といふ事になるのだが、僕等は、其処に、この非凡な人間にふさはしい何物も見付け出す事は出来ない。彼にとつて生活の独立とは、気紛れな註文を、次から次へと凡そ無造作に引受けては、あらゆる日常生活の偶然事に殆ど無抵抗に屈従し、その日暮しをする事であつた。

成る程、芸術史家に言はせれば、モオツァルトは、芸術家が己れの個人生活に関心を持つ様な時代の人ではなかつた。芸術は生活体験の表現だといふ信仰は次の時代に属しただらうが、そんな事を言つてみても、彼の統一のない殆ど愚劣とも評したい生涯と彼の完璧な芸術との驚くべき不調和をどう仕様もない。例へば、バッハの忍耐強い健全な生涯は、喜びにも悲しみにも筋金の通つた様な彼の音楽と釣合つて見える。では、伝記作者達が、多くの文献を渉猟して選択する確実な彼の生活記録といふのも、実はモオツァルトのラプトゥスの発作とまでは行かぬ様々な症例に過ぎなかつた、といふ実も蓋もない事になるか。それならベエトオヴェンの場合、彼のラプトゥスにもかゝはらず、と言ふよりも寧ろその故に、彼の生涯と彼の芸術との間に独特な調和が現れて来るのはどうしたわけか。併し、さういふ事では話は進みもしないし纏《まとま》りもしまい。

ヴァレリイはうまい事を言つた。自分の作品を眺めてゐる作者とは、或る時は家鴨を孵《かへ》した白鳥、或る時は、白鳥を孵した家鴨。間違ひない事だらう。作者のどんな綿密な意識計量も制作といふ一行為を覆ふに足りぬ、たゞそればかりではない、作者はそこにどうしても滑り込む未知や偶然に、進んで確乎たる信頼を持たねばなるまい。それでなければ創造といふ行為が不可解になる。してみると家鴨は家鴨の子しか孵せないといふ仮説の下に、人と作品との因果的連続を説く評家達の仕事は、到底作品生成の秘義には触れ得まい。彼等の仕事は、芸術史といふ便覧に止まらう。ヴァレリイが、芸術史家を極度に軽蔑したのも尤もな事だ。

併しヴァレリイにはヴァレリイのラプトゥスがあつたであらう。要は便覧を巧みに使ふ事だ。巧みに使つて確かに有効ならば、便覧もこの世の生きた真実と何処かで繋《つな》つてゐるに相違ない。創造する者も創造しない者も、僕等は皆いづれは造化の戯れのなかに居る。ラプラスの魔を信ずるのもよい。但し、この理論上の魔も、よくよく見れば、生命と同じ様に未知であらう。

批評の方法が進歩したからと言つて、批評といふ仕事が容易になつたわけではない。批評の世界に自然科学の方法が導入された事は、見掛けほどの大事件ではない。それは批評能力が或る新しい形式を得たといふに止まり、批評も亦一種の文学である限り、その点では、他の諸芸術と同様に、表現様式の変化を経験しただけの事である。批評の方法も創作の方法と本質上異るところはあるまい。例へば、テエヌの方法を借用する人と自分の方法を発明するテエヌとは違つた世界の人だ。借用した人にとつては、仕事は方法の結果であらうが、発明者には、必ずしもさうではなかつたらう。寧ろ逆だつたかも知れぬ。テエヌがバルザックを捉へたのか、バルザックがテエヌを捉へたのか、これは難かしい問題である。少くとも彼の有名な faculté maîtresse の方法は、彼自身の天才を捉へ損なつた事は確かだらう。この大批評家の裡には芸術家が同居してゐた。彼の方法が何処で成功し、何処で失敗するかは既に周知の事だ。さういふ口をきかない事だ。何物も過ぎ去りはしない。人間の為た事なら何事も他人事ではない。

モオツァルトといふ最上の音楽を聞き、モオツァルトといふ馬鹿者と附合はねばならなかつたランゲの苦衷を努めて想像してみよう。必要とあれば、其処に既に評家のあらゆる難問が見付かる。と言ふより評家が口づけに呑まねばならぬ批評の源泉が見つかる。ランゲが出会つたのは、決して例外的な一問題といふ様なものではなく、深く自然な一つの事件なのであり、彼が、この取付く島もない事件に固執して逃れる術を知らなかつたのは、たゞ友人の音楽が彼を捉へて離さなかつたといふ単純な絶対的な理由による。一番大切なものは一番慎重に隠されてゐる、自然に於いても人間に於いても。生活と芸術との一番真実な連続が、両者の驚くべき不連続として現れないと誰が言はうか。

この素人画家は絵筆をとる。そして、モオツァルトの楽しんでゐる一種のアイロニイ云々といふ様な類ひの曖昧な判断を一切捨てて了ふ。さういふ心理的判断がもはや何んの役にも立たぬ、正しい良心ある肖像画家の世界に、彼は這入つて行く。絵は未完成だし、決して上手とは言へぬが、真面目で、無駄がなく、見てゐると何んとも言へぬ魅力を感じて来る。原画はザルツブルグにあるのださうだが、一生見られさうもないものなど、見たいとも思はぬ。写真版から、こちらの勝手で、適当な色彩を想像してゐるのに、向うの勝手で色など塗られてはかなはぬといふ気さへもして来る。ともあれ、僕の空想の許す限り、これは肖像画の一傑作である。画家の友情がモオツァルトの正体と信ずるものを創り出してゐる。深い内的なある感情が現れてゐて、それは、ランゲのものでもモオツァルトのものでもある様に見え、人間が一人で生きて死なねばならぬ或る定かならぬ理由に触れてゐる様に見える。モデルは確かにモオツァルトに相違ないが、彼は実生活上強制されるあらゆる偶然な表情を放棄してゐる。言はばこの世に生きる為に必要な最少限度の表情をしてゐる。ランゲは、恐らく、こんな自分の孤独を知らぬ子供の様な顔が、モオツァルトに時々現れるのを見て、忘れられなかつたに相違ない。どうして絵が未完成に終つたか、勿論わからないが、惟《おも》ふに画家の力の不足によるのだらう。

もう一つ僕の好きなモオツァルトの肖像がある。それはロダンのものだ。こゝには一見して解る様なものは何一つない。言はれてみなければ、誰もこれがモオツァルトの首だとは思ふまい。恐らくバルザックやボオドレエルの肖像に見られると同様に、これは作者の強い批評と判断との結実であり、さういふ能力を見る者に強要してゐる。

僕は、はじめてこの写真を友人の許で見せられた時、このプルタアクの不幸な登場人物の様に見えるかと思へば、数学とか電気とかに関する発明家の様にも見える顔から、モオツァルトに関する世間の通説俗説を凡そ見事に黙殺した一思想を読みとるのに、よほど手間がかゝつたのである。もはやモオツァルトといふモデルは問題ではない。嘗てあつたモオツァルトは微塵となつて四散し、大理石の粒子となり了り、彫刻家の断乎たる判断に順じて、あるべきモオツァルトが石のなかから生れて来る。頑丈な頭蓋は、音楽を包む防壁の様に見える。痩せた顔も、音楽の為に痩せてゐる様に見える。ロダンの考へによれば、モオツァルトの精髄は、表現しようとする意志そのもの、苦痛そのものとでも呼ぶより仕方のない様な、一つの純粋な観念に行きついてゐる様に思はれる。

8

スタンダアルが、モオツァルトの最初の心酔者、理解者の一人であつたといふ事は、なかなか興味ある事だと思ふ。スタンダアルがモオツァルトに関して書き遺した処は、「ハイドン・モオツァルト・メタスタシオ伝」だけであり、それも剽窃《へうせつ》問題で喧《やか》ましい本で、スタンダリアンが納得する作者の真筆といふ事になると、ほんの僅かばかりの雑然とした印象記になつて了ふのであるが、この走り書きめいた短文の中には、「全イタリイの輿論《よろん》に抗する」余人の追従を許さぬ彼の洞察がばら撒かれてゐる。結末は、取つてつけた様な奇妙な文句で終つてゐる。

「哲学上の観点から考へれば、モオツァルトには、単に至上の作品の作家といふよりも、更に驚くべきものがある。偶然が、これほどまでに、天才を言はば裸形にしてみせた事はなかつた。この嘗てはモオツァルトと名付けられ、今日ではイタリイ人が怪物的天才と呼んでゐる驚くべき結合に於いて、肉体の占める分量は、能《あた》ふる限り少かつた」

僕には、この文章が既に裸形に見える。この文句は、長い間、僕の心のうちにあつて、あたかも、無用なものを何一つ纏はぬ、純潔なモオツァルトの主題の様に鳴り、様々な共鳴を呼覚ました。果てはモオツァルトとスタンダアルとの不思議な和音さへ空想するに到つた。僕は間違つてゐるかも知れない。それとも、精神界の諸事件が、何処で結ばれ、何処で解けて離れるか、さういふ事柄、要するに、「裸形になつた天才」といふ様な言葉が生れる所以《ゆゑん》のものは、観察するよりも空想するに適するのかも知れぬ。

多くの読者が喝采するスタンダアルの容赦のない侮蔑嘲笑の才を、僕はあまり大事なものと見ない。それは彼の天賦の才といふより寧ろ大革命後の虚偽と誇張とに充ちた社会風景が彼に強ひた衣裳である。必要以上に磨きをかけられた彼の利剣である。

彼はもつと内部の宝を持つて生れた。これは言ふ迄もなく、自我たらんとする極めて意識的な強烈な努力なのであるが、こゝにもエゴティスムといふ有名な衣裳が、彼の手といふより寧ろ後世のスタンダリアンの手によつて発明され、真相は恐らく覆はれたのである。何故かと言ふと、生涯に百二十乃至《ないし》百三十の偽名を必要としたエゴティストといふものを理解するのは、容易な業ではなかつたからだ。虚偽から逃れようとする彼の努力は凡そ徹底したものであり、この努力の極まるところ、彼は、未だ世の制度や習慣や風俗の嘘と汚れとに染まぬ、と言はば生れたばかりの状態で持続する命を夢想するに到つた。極度に明敏な人は夢想するに到る。限度を越えて疑ふものは信ずるに到る。こゝに生れた、名付け難いものを、彼は、時と場合に応じて「幸福」とも「精力」とも「情熱」とも呼んだ。(これらが「原理」と呼ばれたのは、彼の理論癖が認めた便宜に過ぎない。)確かに、時と場合とに応じてである。この生活力の旺盛な徹底した懐疑家は、自ら得たこれらの行動に関する諸原理を、一つ一つ実地に応用してみて、確かめる必要を感じてゐたから。彼は、当然、失敗した、情熱人になる事にも、幸福人になる事にも、精力人になる事にも。世間で成功するとは、世間に成功させて貰ふ事に他ならなかつたから。併し、又、当然、この失敗は、一方、彼に、これらの観念に固有の純潔さと強さとを確かめさせた事になる。そこで、凡そ行為は、無償であればある程美しく、無用であればある程真実であるといふパラドックスの上に、彼は平然と身を横たへ、月並みな懐疑派たる事を止める。

彼は、この行為の無償性無用性の原理から、言ひ代へれば、この大真面目な気紛れから、幾多の人間の生れるのを見、めいめいに名前を与へて、これを生きる必要に迫られた。本人はどうなつたか。無論、これは悪魔に食はれた。気紛れな本人などといふものはない。本人であるとは、即ち世間から確かに本人だと認められる事だ。そんな本人には、スタンダアルは(断つて置くが、この偽名が一番後世の発明臭い)我慢が出来なかつたとすれば、致し方のない事である。彼が演じたエゴティスムといふ大芝居は、喜劇とも見られ、悲劇とも見られようが、確かな事は、この芝居には、当然、順序も統一も筋さへないといふ事である。こんなに伝記作者が手こずる生涯はあるまい。嘗てベイルと名付けられた人物と、スタンダアルを初めとする一群の偽名を擁した怪物的天才との驚くべき結合に於いて、肉体の占める分量は、能ふる限り少かつたと云へようか。

この精神の舞台には、兵士や恋人とともに作家も登場してゐた事を忘れまい。無論、これが一番難かしい役ではあつたが。彼は当時の文学を殆ど信用してゐなかつた。一番評判な文学を一番信用しなかつた。誰も彼もが、浪漫派文学の華々しい誕生に心を跳らせてゐた時、彼は殆ど憎悪を以つて、その不自然さと誇張との終末する時を希つた。さうかと言つて、既に過ぎ去つたものは、この全く先入見のない精神には、確実に過ぎ去つたものと見えた。古典的調和の世界は、出来るだけ自由に夢み、新鮮に感じ、敏捷に動かうとするこの人間を捉へる事は出来なかつた。作家に扮した俳優は、自力で演技の型を発明しなければならなかつたばかりでなく、観客さへ発明しなければならなかつた。演技は、ナポレオンの民法の様に、裸な様式でなければならず、観客は一八八〇年以後に現れる筈であつた。役者は、この難かしい役を、ともかくやり遂《おほ》せた。文学は、何はともあれ、この人物の一番真面目な気紛れだつたから。だが、若し彼が何処かで恋愛に成功してゐたら、或は、ナポレオンの帝国が成功してゐたなら、彼は小説など書かなかつたかも知れぬ事を忘れまい。この純潔すぎた精神の演じた超時代的な、異様な芝居を、若し或る驚くほど炯眼《けいがん》な観客があつて、序幕から大詰に至るまで、その細部に渉《わた》つて鑑賞する事が出来たとすれば、偶然が、これほどまでに、天才を裸形にしてみせた事はなかつたと嘆じなかつただらうか。

　芝居は永久に過ぎ去り、僕等は、遺されたスタンダアルといふ一俳優の演技で満足しなければならないのであるが、かういふ人の文学については、文学史家の常識となつてゐるところさへ、疑つてかゝつても、差支へないとまで思ふ。世の所謂彼の代表作も、案外見掛けだけのものかも知れぬ。数頁のモオツァルト論も、数百頁の「赤と黒」に釣合つてゐないとも限るまい。僕は、この人物の裡に棲んでゐた一音楽愛好者の事を言ふのではない。この複雑な理智の人は、又優しい素朴な感情を持ち、不幸な時には、音楽が彼を慰めた、といふ風な事が言ひたいのではない。音楽の霊は、己れ以外のものは、何物も表現しないといふその本来の性質から、この徹底したエゴティストの奥深い処に食ひ入つてゐたと思へてならないのである。彼が、人生の門出に際して、モオツァルトに対して抱いた全幅の信頼を現した短文は、洞察と陶酔との不思議な合一を示して、いかにも美しく、この自己告白の達人が書いた一番無意識な告白の傑作とさへ思はれる。「パルムの僧院」のファブリスの様な、凡そモデルといふものを超脱した人間典型を、発明しなければならぬ予覚は、既に、モオツァルトに関する短文のうちにありはしないか。かういふ大胆で柔順で、優しく又孤独な、凡そ他人の意見にも自分自身の意見にも躓《つまづ》かず、自分の魂の感ずるまゝに自由に行動して誤たぬ人間、無思想無性格と見えるほど透明な人間の作者に、音楽の実際の素材と技術とを欠いた音楽家スタンダアルの名を空想してみる事は、差支へあるまい。心理学者スタンダアルの名を口にするよりは増しであらう。他人の偽瞞と愚劣とを食つて生きたこの奇怪な俳優の名は、ニイチェ以来濫用されてゐる。

扨《さ》て、スタンダアルには、何が欠けてゐたか。――彼が若し、モオツァルトの様に、若年の頃から一つの技術の習練を強制され、意識の最重要部が、その裡に形成される様な運命に生きたなら、彼はどうなつたであらうか。――併し、空想はあまり遠くまで走つてはよくあるまい。

9

現在、僕等が読む事が出来るモオツァルトの正確な書簡集が現れるまでに、考証家達が払つた労苦は並大抵のものではあるまい。僅か三百数十通の手紙のフランス語訳の仕事に生涯を賭した人さへある。而も得たところは、気高い心と猥褻な冗談、繊細な感受性と道化染みた気紛れ、高慢ちきな毒舌と諦め切つた様な優しさ、自在な直覚と愚かしい意見、さういふものが雑然と現れ、要するにこの大芸術家には凡そ似合はしからぬ得体の知れぬ一人物の手になる乱雑幼稚な表現であつた。彼等の労を犒《ねぎら》ふものは、これと異様な対照を示すあの美しい音楽だけだとしてみると、彼等も又悪魔にからかはれた組か、とさへ思ひたい。併し、音楽の方に上手にからかはれてゐさへすれば、手紙にからかはれずに済むのではあるまいか。手紙から音楽に行き着く道はないとしても音楽の方から手紙に下りて来る小径は見付かるだらう。スタンダアルが看破した様に、この天才に於いて、能ふる限り少かつた肉体の部分の表現として、モオツァルトの書簡集を受取る事。読み方はあまり易しくはない。が、要するに頭髪に覆はれた彼の異様な耳が、手紙の行間から現れて来るまで待つてゐればよい。例は一つで足りるであらう。

一七七七年、廿一歳のモオツァルトは、一家の希望を負ひ、音楽による名声獲得の為に、母親と二人で、大旅行の途につく。翌年の夏、パリ滞在中母親が死ぬ。不幸のあつた夜、モオツァルトは、同時に二通の手紙を故郷に書き送つた。一通は父親宛、一通は友人のブルリンガア宛である。友人に宛てた手紙では、「自分と一緒に泣いて貰ひたい。一生で一番悲しい日が来た」といふ書出しで、母親の死を伝へ、母親はいづれ死ぬ運命であつた、神様がさうお望みになつたのだから致し方はない、と繰返し述べ、さて、臨終は夜の十時過ぎであつたが、今は夜中の二時である。君への手紙と同封で父親宛の手紙も送るのだが、これには母親の死を隠してある、突然、悲しい知らせで父や姉を驚かすに忍びない、君から何んとなく匂はせて予め《あらかじ》心構へをさせてやつて置いてほしい、と結んでゐる。父宛の手紙では、母が重態だといふ事、若しもの事があつても気を落さぬ様に、だが、病人はやがて元通り元気になるであらう、さう神様にお祈りをしてゐる、いづれにせよ、神様のお計ひは人間にはどう仕様もない、平常使ひ慣れてゐる楽器にしてもさういふものである、云々、といふ主題が済むと、「さて、他の事をお話しする事にしませう」と筆は一転し、パリに於ける自分のシンフォニイの大成功とその後で食つた氷菓子のうまかつた事、ヴォルテエルといふぺてん師が犬の様にくたばつた、因果応報である、因果応報と言へば、家の女中が、給金の払ひが二ケ月も遅れてゐると書いてよこしましたよ、と言つた具合で、恋人の事やオペラの事や凡そ母親の死とは関係のない長話しが続くのである。数日後、父親宛に、前便に嘘を書いた事を詫び、私は心から苦しみ、はげしく泣いた、父上もお姉様も、泣きたいだけお泣きになるがよい、しかしその後では、凡ては神様の思召しとお考へ願ひたい、さういふ文句が続くと、急に調子が変り、今、この手紙を書いてゐるのは、グリム氏の家で気持ちのいゝ、綺麗な部屋だ、私は大変幸福です、それから何や彼やと雑然とした身辺の報告になる。

　これらの凡庸で退屈な長文の手紙を引用するわけにはいかなかつたのであるが、書簡集につき、全文を注意深く読んだ人は、そこにモオツァルトの音楽に独特な、あの唐突に見えていかにも自然な転調を聞く想ひがするであらう。音楽家の魂が紙背から現れてくるのを感ずるだらう。死んだ許りの母親の死体の傍で、深夜、たゞ一人、虚偽の報告と余計なおしやべりを長々と書いてゐるモオツァルトを、僕は努めて想像してみようとする。そこに坐つてゐるのは、大人振つた子供でもなければ、子供染みた大人でもない。さういふ観察は、もはや、彼が閉ぢ籠つた夢のなかには這入つて行けない。父親に嘘をつかうといふ気紛れな思ひ付きが、あたかも音楽の主題の様に彼の心中で鮮やかに鳴つてゐるのである。当然、それは彼の音楽の手法に従つて転調するのであるが、彼のペンは、音符の代りに、ヴォルテエルだとか氷菓子だとかと書かねばならず、従つてその効果については、彼は何事も知らない。郵便屋は、確かに手紙を父親の許まで届けたが、彼の不思議な愛情の徴《しる》しが、一緒に届けられたかどうかは、甚だ疑はしい。恐らくそんなものは誰の手にも届くまい。空に上り、鳥にでもなるより他はなかつたかも知れぬ。たゞ、モオツァルト自身は、届いた事を堅く信じてゐた事だけが確かである。僕には、彼の裸で孤独な魂が見える様だ。それは、人生の無常迅速よりいつも少しばかり無常迅速でなければならなかつたとでも言ひたげな形をしてゐる。母親を看病しながら、彼の素早い感性は、母親の屍臭を嗅《か》いで悩んだであらう。彼の悩みにとつては、母親の死は遅く来すぎたであらうし、又、来てみれば、それはあまり単純すぎたものだつたかも知れぬ。彼は泣く。併し人々が泣き始める頃には彼は笑つてゐる。

スタンダアルは、モオツァルトの音楽の根柢は tristesse（かなしさ）といふものだ、と言つた。定義としてはうまくないが、無論定義ではない。正直な耳にはよくわかる感じである。浪漫派音楽が tristesse を濫用して以来、スタンダアルの言葉は忘れられた。tristesse を味ふ為に涙を流す必要がある人々には、モオツァルトの tristesse は縁がない様である。それは、凡そ次の様な音を立てる、アレグロで。（ト短調クインテット、K. 516.）

ゲオンがこれを tristesse allante と呼んでゐるのを、読んだ時、僕は自分の感じを一と言で言はれた様に思ひ驚いた（Henri Ghéon ; Promenades avec Mozart.）。確かに、モオツァルトのかなしさは疾走する。涙は追ひつけない。涙の裡《うち》に玩弄するには美しすぎる。空の青さや海の匂ひの様に、「万葉」の歌人が、その使用法をよく知つてゐた「かなし」といふ言葉の様にかなしい。こんなアレグロを書いた音楽家は、モオツァルトの後にも先きにもない。まるで歌声の様に、低音部のない彼の短い生涯を駈け抜ける。彼はあせつてもゐないし急いでもゐない。彼の足どりは正確で健康である。彼は手ぶらで、裸で、余計な重荷を引摺つてゐないだけだ。彼は悲しんではゐない。たゞ孤独なだけだ。孤独は、至極当り前な、ありのまゝの命であり、でつち上げた孤独に伴ふ嘲笑や皮肉の影さへない。

モオツァルトの音楽の深さと彼の手紙の浅薄さとの異様な対照を説明しようとして、——彼は人に自分の心の奥底は決して覗かせなかつた、又、さういふ相手にも生涯出会はなかつた、父親に対する敬愛の情も、どこまで本気なのか知れたものではない、とゞのつまり、結婚事件では、見事に父親は背負ひ投げをくつてゐるではないか、その最愛の妻にも、愚かな冗談口しかきいてゐないではないか、つまるところ彼は、自分の芸術に関する強い自負と結び付いた人生への軽蔑の念を、人知れず秘めてゐたのではあるまいか、——さういふ風な見方をする評家も少くない様である。

併し、僕はさういふ見方を好まぬ。さういふ尤もらしい観察には何か弱々しい趣味が混入してゐる様に思はれる。十九世紀文学が、充分に注入した毒に当つた告白病者、反省病者、心理解剖病者等の臭ひがする。彼等にモオツァルトのアレグロが聞えて来るとは思へない。彼等の孤独は、極めて巧妙に仮構された観念に過ぎず、時と場合に応じて、自己防衛の手段、或は自己嫌悪の口実の為に使用されてゐる。ある者はこれを得たと信じてあたりを睥睨《へいげい》し、ある者はこれに捉へられたと思ひ込んで苦しむ。

成る程、モオツァルトには、心の底を吐露する様な友は一人もなかつたのは確かだらうが、若し、心の底などといふものが、そもそもモオツァルトにはなかつたとしたら、どういふ事になるか。心の底といふものがあつたとする。そこには何かしら或る和音が鳴つてゐただらう。それは例へば恋人の眼差しに或る楽句が鳴つてゐるのと同断であり、二つながらあの広大な音楽の建築の一部をなしてゐる点で甲乙はない。さういふ音楽を世間にばら撒きながら生きて行く人にとつて、語るべき友がゐるとかゐないとかいふ事が何だらう。といふ事は、たとへ知己があつたとしてもモオツァルトは同じ様な手紙しか遺さなかつただらうといふ事だ。彼は、手紙で、恐らく何一つ隠してはゐまい。不器用さは隠すといふ事ではあるまい。要はこの自己告白の不能者から、どんな知己も大した事を引出し得まいといふ事だ。

自己自身たらんとする意識的な努力が、スタンダアルの様に、自己勦滅《さうめつ》の強い力となつて働く場合は稀有な事であり、先づ大抵の場合は、自分の裡に自分自身といふ他人を同居させるといふ不思議な遊戯となつて終る。孤独と名付けられる舞台で、自己との対話といふ劇が演じられる。例へばシュウマンの音楽は、さういふ劇の伴奏をしたかもしれないが、モオツァルトの音楽には、これは縁のない芝居である。モオツァルトの孤独は、彼の深い無邪気さが、その上に坐るある充実した確かな物であつた。彼は両親の留守に遊んでゐる子供の様に孤独であつた。彼の即興は、音楽のなかで光り輝く。彼の気紛れも亦世間に衝突して光り輝く筈であつたが、政治と社交の技術を欠いたこの野人には、それが恐らく巧くいかなかつただけなのである。メエリケが、彼の有名な「プラアグへ旅するモオツァルト」のなかで、或る貴族の客間で、自分の音楽について巧みな話題を操るモオツァルトの姿を描いてゐるが、お伽話に過ぎまい。それよりも、玉突屋の亭主と酒を呑み、どんな独創的な冗談話を彼がしこたま発明したか、記録に遺されてゐないのが残念である。

　誰でも自分の眼を通してしか人生を見やしない。自分を一つぺんも疑つたり侮蔑したりした事のない人に、どうして人生を疑つたり侮蔑したりする事が出来ただらうか。彼には、利己心の持ち合はせが、まるで無かつたから、父親の冷い利己心は見えなかつた。彼は父親を心から敬愛した。だが、したい事がしたい時には、父親の意見なぞ存在しなかつた。彼の妻は、死後再婚し、はじめて前の夫が天才だつたと聞かされ、驚いた。それほど彼女は幸福であつた。彼の妻への愚劣な冗談が誠意と愛情とに充ちてゐたからである。この十八世紀人の単純な心の深さに比べれば、現代人の心の複雑さは殆ど底が知れてゐるとも言へようか。彼の音楽に関する自負は、――これはもう、手紙など書いてゐるモオツァルトとは、大して関係のない世界になる。

10

モオツァルトは、ピアニストの試金石だとはよく言はれる事だ。彼のピアノ曲の様な単純で純粋な音の持続に於いては、演奏者の腕の不正確は直ぐ露顕せざるを得ない。曖昧なタッチが身を隠す場所がないからであらう。だが、浪漫派以後の音楽が僕等に提供して来た誇張された昂奮や緊張、過度な複雑、無用な装飾は、僕等の曖昧で空虚な精神に、どれほど好都合な隠所を用意してくれたかを考へると、モオツァルトの単純で真実な音楽は、僕等の音楽鑑賞上の大きな試金石でもあると言へる。モオツァルトの美しさなどわかり切つてゐる、といふ人は、自分の精神を、冷い石にこすり付けてみて驚くであらう。

単純で真実な音楽、これはもはや単なる耳の問題ではあるまいが、正直な耳、正直な故に鋭敏な耳を持つだけでも、容易ならぬ事である。例へば、モオツァルトと言へば、誰でも直ぐハイドンの名を口にする。二人が互に影響し合つた事は周知の事だが、非常によく似た二人の器楽に耳を澄まし、二人の個性の相違に、今更の様に驚くのはよい事である。モオツァルトの歌劇の美しさに心を奪はれるよりも、さういふ処に、モオツァルトの世界の本当の美しさに這入る鍵があるかも知れないからである。

ワグネルは、モオツァルトのシンフォニイの恐らく最初の大解説者であり、いろいろ興味ある意見を述べてゐるが、モオツァルトのシンフォニイがハイドンのシンフォニイと異る決定的なところは、その「器楽主題の異常に感情の豊かな歌ふ様な性質にある」とする。この意見は、今日では定説となつてゐる様だ。さうに違ひない。「シンフォニイの父」には歌声の魅力を、うまく扱へなかつた。併し、そのモオツァルトの歌ふ様な主題が、実はどんなに短いものであるかといふ事には、あまり人々は注意したがらぬ。誰でもモオツァルトの美しいメロディイを言ふが、実は、メロディイは一と息で終るほど短いのである。或る短いメロディイが、作者の素晴しい転調によつて、魔術の様に引延ばされ、精妙な和音と混り合ひ、聞く者の耳を酔はせるのだ。そして、まさにその故に、それは肉声が歌ふ様に聞えるのである。モオツァルトの器楽主題は、ハイドンより短い。ベエトオヴェンは短い主題を好んで使つたが、モオツァルトに比べれば余程長いのである。言葉を代へれば、モオツァルトに比べて、まだまだメロディイを頼りにして書いてゐるとも言へるのである。

モオツァルトは、主題として、一と息の吐息、一と息の笑ひしか必要としなかつた。

彼は、大自然の広大な雑音のなかから、何んとも言へぬ嫋《たを》やかな素速い手付きで、最少の楽音を拾ふ。彼は何もわざわざ主題を短くしたわけではない。自然は長い主題を提供する事が稀れだからに過ぎない。長い主題は工夫された観念の産物であるのが普通である。彼に必要だつたのは主題といふ様な曖昧なものではなく、寧ろ最初の実際の楽音だ。或る女の肉声でもいゝし、偶然鳴らされたクラヴサンの音でもいゝ。これらの声帯や金属の振動を内容とする或る美しい形式が鳴り響くと、モオツァルトの異常な耳は、そのあらゆる共鳴を聞き分ける。凡庸な耳には沈黙しかない空間は、彼にはあらゆる自由な和音で満たされるだらう。ほんの僅かな美しい主題が鳴れば足りるのだ。その共鳴は全世界を満たすから。言ひ代へれば、彼は、或る主題が鳴るところに、それを主題とする全作品を予感するのではなからうか。想像のなかでは、音楽は次々に順を追うて演奏されるのではない、一幅の絵を見る様に完成した姿で現れると、彼が手紙のなかで言つてゐる事は、さういふ事なのではなからうか。かういふ事が可能な為には、無論、作曲の方法を工夫したり案出したりする様な遅鈍な事では駄目なのであるが、モオツァルトは、その点では達人であつた。三歳の時から受けた厳格な不断の訓練は、彼の作曲上のあらゆる手段の使用を、殆どクラヴサン上の指の運動の如きものに化してゐた。

僕はハイドンの音楽もなかなか好きだ。形式の完備整頓、表現の清らかさといふ点では無類である。併し、モオツァルトを聞いた後で、ハイドンを聞くと、個性の相違といふものを感ずるより、何かしら大切なものが欠けた人間を感ずる。外的な虚飾を平気で楽しんでゐる空虚な人の好さと言つたものを感ずる。この感じは恐らく正当ではあるまい。だが、モオツァルトがさういふ感じを僕に目覚ますといふ事は、間違ひない事で、彼の音楽にはハイドンの繊細ささへ外的に聞える程の驚くべき繊細さが確かにある。心が耳と化して聞き入らねば、ついて行けぬやうなニュアンスの細やかさがある。一と度この内的な感覚を呼び覚まされ、魂のゆらぐのを覚えた者は、もうモオツァルトを離れられぬ。

今、これを書いてゐる部屋の窓から、明け方の空に、赤く染つた小さな雲のきれぎれが、動いてゐるのが見える。まるで、

の様な形をしてゐる、とふと思つた。三十九番シンフォニイの最後の全楽章が、このさゝやかな十六分音符の不安定な集りを支点とした梃子《てこ》の上で、奇蹟の様にゆらめく様は、モオツァルトが好きな人なら誰でも知つてゐる。主題的器楽形式の完成者としてのハイドンにとつては、形式の必然の規約が主題の明確性を要求したのであるが、

モオツァルトにあつては事情は寧ろ逆になつてゐる。捕へたばかりの小鳥の、野生のまゝの言ひ様もなく不安定な美しい命を、籠のなかでどういふ具合に見事に生かすか、といふところに、彼の全努力は集中されてゐる様に見える。生れた許りの不安定な主題は、不安に堪へ切れず動かうとする、まるで己れを明らかにしたいと希ふ心の動きに似てゐる。だが、出来ない。それは本能的に転調する。若し、主題が明確になつたら死んで了ふ。或る特定の観念なり感情なりと馴れ合つて了ふから。これが、モオツァルトの守り通した作曲上の信条であるらしい。これは何も彼の主題的器楽に限つた事ではない。もつと自由な形式、例へば divertimento などによく聞かれる様に、幾つかの短い主題が、矢継早やに現れて来る、耳が一つのものを、しつかり捕へ切らぬうちに、新しいものが鳴る、又、新しいものが現れる、と思ふ間には僕等の心は、はやこの運動に捕へられ、何処へとも知らず、空とか海とか何んの手懸りもない所を横切つて攫《さら》はれて行く。僕等は、もはや自分等の魂の他何一つ持つてはゐない。あの tristesse が現れる。――

tristesse allante――モオツァルトの主題を形容しようとして、かういふ互に矛盾する二重の観念を同時に思ひ浮べるのは、極めて自然な様に思はれる。或るものは残酷な優しさであり、あるものは真面目臭つた諧謔である、といふ風なものだ。ベエトオヴェンは、好んで、対立する観念を現す二つの主題を選び、作品構成の上で、強烈な力感を表現したが、その点ではモオツァルトの力学は、遥かに自然であり、その故に隠れてゐると言へよう。一つの主題自身が、まさに破れんとする平衡の上に慄《ふる》へてゐる。例へば、四十一番シンフォニイのフィナアレは、モオツァルトのシンフォニイのなかで最も力学的な構成を持つたものとして有名であるが、この複雑な構成の秘密は、既に最初の主題の性質の裡にある。

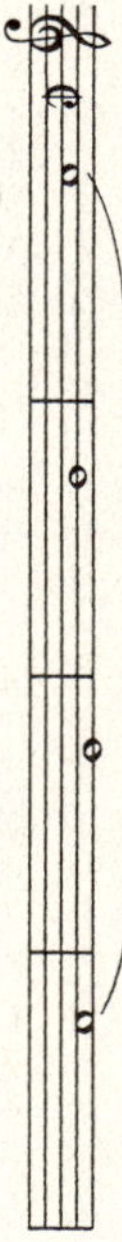

第一ヴァイオリンのピアノで始るこの甘美な同じ旋律が、やがて全楽器の嵐のなかで、どの様な厳しい表情をとるか。

主題が直接に予覚させる自らな音の発展の他、一切の音を無用な附加物と断じて誤らぬ事、而も、主題の生れたばかりの不安定な水々しい命が、和声の組織のなかで転調しつゝ、その固有な時間、固有の持続を保存して行く事。これにはどれほどの意志の緊張を必要としたか。併し、さう考へる前に、さういふ僕等の考へ方について反省してみる方がよくはないか。言ひ度い事しか言はぬ為に、意志の緊張を必要とするとは、どういふ事なのか。僕等が落ち込んだ奇妙な地獄ではあるまいか。要するに何が本当に言ひたい事なのか僕等にはもうよく判らなくなつて来てゐるのではあるまいか。

例へば、僕は、ハ調クワルテット（K. 465）の第一楽章を聞いてゐて、モオツァルトの持つてゐた表現せんとする意志の驚くべき純粋さが現れて来る様を、一種の困惑を覚えながら眺めるのである。若し、これが真実な人間のカンタアビレなら、もうこの先き何処に行く処があらうか。例へばチャイコフスキイのカンタアビレまで堕落する必要が何処にあつたのだらう。明澄な意志と敬虔な愛情とのユニッソン、極度の注意力が、果しない優しさに溶けて流れる。この手法の簡潔さの限度に現れる表情の豊かさを辿る為には、耳を持つてゐるだけでは足りぬ。これは殆ど祈りであるが、もし明らかな良心を持つて、千万無量の想ひを託するとするなら、恐らくこんな音楽しかあるまい、僕はそんな事を想ふ。

ハイドンの器楽的旋律に、モオツァルトは歌声の性質を導入した。これは、モオツァルトが、偶々《たまたま》そんな事を思ひ付き、試みて成功したといふ筋のものではない。又、彼の成功が、音楽技術史上の一段階を劃したとも、僕は考へない。僕には、モオツァルトといふ古今独歩の音楽家に課せられた或る単純で深刻な行為の問題だけが見える。彼の音楽に、古典派から浪漫派に通ずる橋を見る人が誤つてゐるとは言はぬ。彼の豊富な世界には、もし望むなら、ベエトオヴェンの激情もワグネルの肉感性も聞き分けられよう。ドビュッシイやフォオレの味ひさへ感知出来よう。併し、さういふ解釈を好む者が、モオツァルトが熟練と自然さとの異様な親和のうちに表現し得た彼の精神の自由を痛切に感得するかどうかを、僕は疑ふ。大音楽は、たゞ耳の為にあるのではない。大シンフォニイも、もし望むなら、さゝやきと聞えよう、沈黙もしよう。誰も、モオツァルトの音楽の形式の均整を言ふが、正直に彼の音を追ふものは、彼の均整が、どんなに多くの均整を破つて得られたものかに容易に気付く筈だ。彼は、自由に大胆に限度を踏み越えては、素早く新しい均衡を作り出す。到る処で唐突な変化が起るが、彼があわててゐるわけではない。方々に思ひ切つて切られた傷口が口を開けてゐる。独特の治癒法を発明する為だ。彼は、決してハイドンの様な音楽形式の完成者ではない。寧ろ最初の最大の形式破壊者である。彼の音楽の極めて高級な意味での形式の完璧は、彼以後のいかなる音楽家にも影響を与へなかつた、与へ得なかつた。

扨《さ》て、モオツァルトの歌劇について書かねばならぬ時となつた様だが、多分、もう読者は、僕の言ひたい事を、ほゞ推察してくれてゐるだらう。モオツァルトは、当時の風潮に従ひ、音楽家としての最大の成功を歌劇に賭けた。そして、確かに、彼の生前にも死後にも、最も成功したものは歌劇であつたが、何もその事が、歌劇作者モオツァルトの名を濫用してゐゝ理由とはならぬ。わが国では、モオツァルトの歌劇の上演に接する機会がないが、僕は別段不服にも思はない。上演されても眼をつぶつて聞くだらうから。僕は、それで間違ひないと思つてゐる。彼の歌劇には、歌劇作者よりも寧ろシンフォニイ作者が立つてゐる、と言つても強《あなが》ち過言ではないと思ふ。ワグネルは、モオツァルトのシンフォニイを見事に解説したが、結局、シンフォニイ形式は、この天才の活動範囲を狭めたと断ぜざるを得なかつた。狭めた事は深めた事ではなかつたか。いや、源泉は、下流の様に拡つてゐないのが当然ではあるまいか。シンフォニイ作者モオツァルトは、オペラ作者モオツァルトから何物も教へられる処はなかつた様に思はれる。彼の歌劇は器楽的である。更に言へば、彼の音楽は、声帯による振動も木管による振動も、等価と感ずるところで発想されてゐる。彼の室内楽でヴァイオリンとヴィオラとが対話する様に、「フィガロ」のスザンナが演技しない時には、ヴァイオリンが代りに歌ふのである。

　この歌劇の大家の天資には、ワグネルといふ大家が性格的に劇的であつた様なものはないのである。モオツァルトのシンフォニイが、劇的動機を欠いてゐるが為に、作者は其処では巧妙な対位法家以上に出られなかつたと、ワグネルが論ずる時、ワグネルは明らかに自分の理論のうちに閉ぢ籠つてゐる。実を言へば、モオツァルトは、その歌劇に於いても、劇的動機を欠いてゐる。劇的効果は劇的動機を必ずしも必要としない。モオツァルトといふ源泉が溢れ、水は劇といふ河床を流れる。海に注ぐまで、この河は濁りを知らぬ。罪もなく悔恨もない精神の放蕩である。ワグネルは、音楽の運動は、そのまゝ形ある劇の演技でなければならぬと信じたが、勿論、モオツァルトは、そんな理論を信じてゐない。彼の音楽は、決して芝居をしない。芝居の方でこれに追ひ縋《すが》る。従つて、台本の愚劣さなぞ問題ではなかつた。ダ・ポンテは、モオツァルトに不思議なシンフォニイを書く機会を与へた。と言ふのは、こゝに肉声といふ素晴しい楽器が加へられたといふ事であり、何も「ドン・ジョヴァンニ」といふ標題を有し、「ドン・ジョヴァンニ」といふ劇的思想を表現した音楽が現れたといふわけではない。

歌劇の台本がどんなに多様な複雑な表現を要求しようと、モオツァルトが音楽を組上げる基本となる簡単な材料は、器楽の場合と少しも変らなかつた。それは依然として音階であり、少数のハアモニイ形式であり、僅か許りの和音の連繋であつた。かういふ単純な材料が、単純さの故に、驚くべき組合せの自由を許した事は、彼の器楽が証する通りであるが、まさしくその同じ事情が、新たに加はつた肉声といふ極めて精妙な楽器の音色を、この別種のシンフォニイの構成の中に他の楽器との見事な調和を保つて持続させたのではあるまいか。

モオツァルトが歌声を扱ふ手法は器楽的主題を扱ふ時と同様に、極めて慎重である。登場の男女によつて歌はれる詠唱は、美しいメロディイに満ちてゐるが、ワグネル以後、多くの作者によつて、シンフォニイの中に織り込まれた所謂《いはゆる》メロディストのメロディイは一つも見当らぬといふ事は、余程大事な事なのである。モオツァルトに捕へられた歌は、単なる美しい形の旋律ではない。人間の声である。それはやはり、あの明け方の空の切れ切れな雲だ。ヴァイオリンが結局ヴァイオリンしか語らぬ様に、歌はとゞのつまり人間しか語らぬ、モオツァルトは、殆どさう言ひたかつたかも知れぬ。旋律の形もなさぬ人間の日常の肉声の持つ極めて複雑なニュアンスが、しつかりと歌の旋律のうちに織り込まれ、旋律は、これから離れて浮足立つ事は出来ない。

彼の歌劇に登場する人物達の性格描写或は心理描写の絶妙さについては、既にあまり沢山な事が言はれた様だ。確かにさう思はれる人にはさう思はれる。充分に文学化した十九世紀の音楽によつて養はれた僕等の耳の聯想に過ぎぬとは言ふまい。その点にかけては音楽は万能なのである。モオツァルトもよく承知してゐた筈である。大事なのは、モオツァルトの音楽の最も深い魔術は、さういふ聯想といふ様な空漠たるものを相手に戯れた処にはなかつた、彼の音楽は、自然の堅い岩に、人間の柔らかい肉に、しつかりと間違ひなく密着してゐたといふ事だ。若し、さうでなければ、性格もなければ心理も持ち合はさぬ様な「コシ・ファン・トゥッテ」の男女の群れから、何故、あの様に鮮明な人間の歌が響き鳴るのだらうか。誰のものでもない様な微笑、誰のものでもない様な涙が、音楽のうちに肉体を持つ。

彼にとつてほんたうに肉体を持つとは、大きな鼻や不器用な挙動を持つ事ではなかつた。その為に恋愛に失敗するといふ様な事では、更になかつた。尤も、彼は、何事も避けたわけではない。彼は、さういふ肉体を提げ、人並みに出来るだけの事はやつてみた。併し、大きな鼻と不器用な挙動では大した事は出来なかつただけである。彼は、人間の肉体のなかで、一番裸の部分は、肉声である事をよく知つてゐた。彼は声で人を占ふ事さへ出来ただらう。だが、残念な事には、裸の肉声は、いつも惑はしに充ちた言葉といふ着物を着てゐる。人生をうろつき廻り、幅を利かせるのも、偏《ひとへ》に、この纏つた衣裳の御蔭である。肉声は、音楽のうちに救助され、其処で生きるより他はない。実を言へば、僕は、モオツァルトを、音楽家中の最大のリアリストと呼びたいのである。もし誤解される恐れがないならば。だが、誤解は、恐らく避け難からう。近代の所謂リアリスト小説家達が、人生から文学のうちに、どれだけの人間を、本当に救助し得たであらうか。彼等の自負する人間観察技術が、果して人間の着物を脱がせる事に成功したか。この技術は、寧ろそれに似合はしい新しい衣裳を、人間の為に、案出してやる事に終らなかつたか。彼等の道は、遂に、「われわれは、お互に誤解し合ふ程度に理解し合へば沢山だ」といふヴァレリイの嘆きに行き着かなかつたであらうか。奇怪な悪夢である。いづれ、夢から醒める機は到来するであらう。併し、夢は夢の力によつては覚めまい。

人生の浮沈は、まさしく人生の浮沈であつて、劇ではない、恐らくモオツァルトにはさう見えた。劇と観ずる人にだけ劇である。どう違ふか。これは難かしい事である。

モオツァルトとワグネルとのクロマチスムの使用法は、形式の上では酷似してゐる。耳を澄まして聞くより他はない。

11

三十五年の短い一生にも拘《かかは》らず、モオツァルトの作品の量は莫大なもので、彼に関するどの様な専門家も、彼の作品の半分も実際に聞いた事は恐らくないだらう。併し、更に驚くべき事は、一般に知られてゐる作品を聞いただけでも、凡そ比類のない質の多様性に出会ふ事である。スタンダアルは、「ドン・ジョヴァンニ」を聞いて、「耳に於けるシェクスピアの恐怖」と言つたが、さう言はれゝば、モオツァルトの多様性も、シェクスピアの多様性に似てゐるかも知れない。プラアグの人々は、未だ誰もつい先日聞いた「フィガロ」の華やかな陽気な夢から醒め切らなかつた。突然、ジョヴァンニの剣が抜かれ、筋金入りの様な無情な音楽に引摺られ、人々は、彼とともに最後の破滅まで転落して行く。作者は、宴会の場面で「フィガロ」の旋律を聞かせて観客の御機嫌をとらねばならなかつた。何んの脈絡もなく、小場面が次々と目まぐるしく変つて行く台本の愚劣さは、まるでモオツァルトがさう望んだ様だ。彼のキイの魔術は、この煌《きら》めく様な生と死の戯れのうちに、人間の情熱のあらゆる形を累々と重ね上げ、それぞれに誰憚《はゞか》らず真率な歌を歌はせる。だが、誰も、叙事詩の魂の様に平静に歩いて行くモオツァルトの音楽の運命の様な力を逃れられぬ。トロンボオンが鳴り、地獄の火が燃え上るまで。ニッセンの伝へるところによれば、モオツァルトは、この歌劇の序曲を書き乍らポンチを飲み、妻に、シンデレラやアラディンのランプの話をさせて、涙が出るほど笑つてゐたといふ。誰も、彼の無邪気さの奥底を覗いて見る事は出来ない。だが、其処に彼のアラディンのランプは、点つてゐたかも知れぬ。と、するならば、やがて、最後の三つのシンフォニイが書かれ、劇はおろか、人間も消え、事物も消えた世界に、僕等が連れて行かれるのも致し方がない。

モオツァルトは、ヨオロッパの北部と南部、ゲルマンの血とラテンの血との交流する地点に生を享《う》けたばかりではなく、又、二つの時代が、交代しようとする過渡期の真中に生きた。シンフォニイは形成の途にあり、歌劇は悲劇と軽歌劇の中途をさまよひ、聖歌さへ教会に行かうか劇場に行かうか迷つてゐた。若し、彼が、何等かの成案を提げて、この十字路に立つたなら、彼は途方に暮れたであらうが、彼の使命は、自らこの十字路と化する事にあつた。彼が強ひられた大旅行は、彼の一物も蓄へぬ心を当代のあらゆる音楽形式の影響の下に曝《さら》した。どの様な音楽の流れも、何んの障碍《しやうがい》にも出会はず、この柔軟な精神に滲透した。而も、彼の不断の創造力は、彼を、すべてを呑み込んで空しさを感ずる懐疑派にも、相反するものを妥協させる折衷派にもさせなかつた。彼は、音楽のあらゆる流れに素直に随順し、逆にその上に、悠々と棹《さを》さすに至つた。音楽とは、あれこれの音楽を言ふのではない、あらゆる音楽こそ音楽である。さういふ確信がない処に、どうして彼の音楽の多様性が現れようか。多様性とは、無理に歪められぬ音楽自体の必然の運動であるといふ確信は、彼の心の柔らかさと素直さのうちに生れ、育ち、言はば、ハイドンも几帳面過ぎバッハさへドグマティックに見える様な普遍性に達する。音楽から非音楽的要素を出来るだけ剝《は》ぎとつて純粋たらんと努める現代の純粋音楽家達は、モオツァルトの純粋な音楽が触発する驚くほど多様な感情や観念を、どう扱つたらよいか。それは幻であるか。残念乍ら、相手は彼等の様な子供でもなかつたし、不信者でもなかつた。

こゝで、もう一つ序でに驚いて置くのが有益である。それは、モオツァルトの作品の、殆どすべてのものは、世間の愚劣な偶然な或は不正な要求に応じ、あわたゞしい心労のうちに成つたものだといふ事である。制作とは、その場その場の取引であり、予め一定の目的を定め、計画を案じ、一つの作品について熟慮専念するといふ様な時間は、彼の生涯には絶えて無かつたのである。而も、彼は、さういふ事について一片の不平らしい言葉も遺してはゐない。

これは、不平家には難かしい、殆ど解き得ぬ真理であるが、不平家とは、自分自身と決して折合はぬ人種を言ふのである。不平家は、折合はぬのは、いつも他人であり環境であると信じ込んでゐるが。環境と戦ひ環境に打勝つといふ言葉も殆ど理解されてはゐない。ベエトオヴェンは己れと戦ひ己れに打勝つたのである。言葉を代へて言へば、強い精神にとつては、悪い環境も、やはり在るが儘の環境であつて、そこに何一つ欠けてゐる処も、不足してゐるものもありはしない。不足な相手と戦へるわけがない。好もしい敵と戦つて勝たぬ理由はない。命の力には、外的偶然をやがて内的必然と観ずる能力が備はつてゐるものだ。この思想は宗教的である。だが、空想的ではない。これは、社会改良家といふ大仰な不平家には大変難かしい真理である。彼は、人間の本当の幸不幸の在処《ありか》を尋ねようとした事は、決してない。

モオツァルトの環境が、若しもつと善かつたらといふ疑問は、若し彼自身の精神がもつと善かつたらと言ふ愚問に終る。これは、凡そ大芸術家の生涯を調査するに際して、僕等を驚かす例外のない事実である。ニイチェの様な意識家は、その生涯の労作を終るに当つて、この事実を記して置くのを忘れなかつた、Amor fati——これが、自分の奥底の天性である、と。モオツァルトにとつて制作とは、その場その場の取引であつた。彼がさう望んだからである。贓品《ざうひん》を切り売りしたわけではない。彼の多才がいかなる註文にも応じ得たといふ風なものでもない。彼は、自分の音楽といふ大組織の真只中に坐つてゐる、その重心に身を置いてゐる。外部からの要求に応じようと、彼がいさゝかでも身じろぎすれば、この大組織の全体が揺いだのである。彼は、その場その場の取引に一切を賭けた。即興は彼の命であつたといふ事は、偶然のもの、未知のもの、予め用意した論理ではどうにも扱へぬ外部からの不意打ち、さういふものに面接する毎に、己れを根柢から新たにする決意が目覚めたといふ事なのであつた。単なる即興的才の応用問題を解いたのではなかつた。恐らく、それは、深く、彼のこの世に処する覚悟に通じてゐた。

彼の提出するものは、何んでも、悪魔であれ天使であれ、僕等は信ぜざるを得ぬ。そんな事は御免だと言つても駄目である。彼は、到る処で彼自身を現すから。あらゆるものが、彼の眼に見据ゑられ、誤たず信じられて、骨抜きにされる。或は逆に、彼は、音楽の世界で、スタンダアルの様に、沢山の偽名を持つてゐたとも言へようか。モオツァルトといふ傀儡師《くぐつし》を捜しても無駄だ。偽名は本名よりも確かであらう。徹底して疑つた人と徹底して信じた人とが相会する。あらゆる意見や思想が、外的な偶然な形式に見えた時、スタンダアルは、自力で判断する喜びのうちに思想の命の甦るのを覚えた。モオツァルトは、どの様な種類の音楽も生きてゐると信じた時、音楽の根柢的な厳しい形式が自ら定るのを覚えた。

モオツァルトは、何を狙つたのだらうか。恐らく、何も狙ひはしなかつた。現代の芸術家、のみならず多くの思想家さへ毒してゐる目的とか企図とかいふものを、彼は知らなかつた。芸術や思想の世界では、目的や企図は、科学の世界に於ける仮定の様に有益なものでも有効なものでもない。それは当人の目を眩《くら》ます。或る事を成就したいといふ野心や虚栄、いや真率な希望さへ、実際に成就した実際の仕事について、人を盲目にするものである。大切なのは目的地ではない、現に歩いてゐるその歩き方である。現代のジャアナリストは、殆ど毎月の様に、目的地を新たにするが、歩き方は決して代へない。そして実際に成就した論文は先月の論文とはたしかに違つてゐると盲信してゐる。

　モオツァルトは、歩き方の達人であつた。現代の芸術家には、殆ど信じられない位の達人であつた。これは、彼の天賦と結んだ深刻な音楽的教養の賜物だつたのであるが、彼の教養とは、又、現代人には甚だ理解し難い意味を持つてゐた。それは、殆ど筋肉の訓練と同じ様な精神上の訓練に他ならなかつた。或る他人の音楽の手法を理解するとは、その手法を、実際の制作の上で模倣してみるといふ一行為を意味した。彼は、当代のあらゆる音楽的手法を知り尽した、とは言はぬ。手紙の中で言つてゐる様に、今はもうどんな音楽でも真似出来る、と豪語する。彼は、作曲上でも訓練と模倣とを教養の根幹とする演奏家であつたと言へる。彼が大即興家だつたのは、たゞクラヴサンの前に坐つた時ばかりではないのである。独創家たらんとする空虚で陥穽《かんせい》に充ちた企図などに、彼は悩まされた事はなかつた。模倣は独創の母である。唯一人のほんたうの母親である。二人を引離して了つたのは、ほんの近代の趣味に過ぎない。模倣してみないで、どうして模倣出来ぬものに出会へようか。僕は他人の歌を模倣する。

他人の歌は僕の肉声の上に乗る他はあるまい。してみれば、僕が他人の歌を上手に模倣すればするほど、僕は僕自身の掛けがへのない歌を模倣するに至る。これは、日常社会のあらゆる日常行為の、何の変哲もない原則である。だが、今日の芸術の世界では、かういふ言葉も逆説めいて聞える程、独創といふ観念を化物染みたものにして了つた。僕等は、今日でもなほ、モオツァルトの芸術の独創性に驚く事が出来る。そして、彼の見事な模倣術の方は陳腐としか思へないとは、不思議な事ではあるまいか。

モオツァルトは、目的地なぞ定めない。歩き方が目的地を作り出した。彼はいつも意外な処に連れて行かれたが、それがまさしく目的を貫いたといふ事であつた。彼の自意識の最重要部が音で出来てゐた事を思ひ出さう。彼の精神の自由自在な運動は、いかなる場合でも、音といふ自然の材質の紆《う》余曲折した隠秘な必然性を辿る事によつて保証されてゐた。アラディンのランプは物語の伝へる通り、宙に浮いてはゐなかつた。この様な自由を、所謂自由思想家達の頭脳に棲んでゐる自由と取違へまい。彼等の自由には棲みつく家がない。自由の観念を保証してくれるものは自由の観念しかない、といふ半ば自覚された不安が、彼等の懐疑主義の温床となる。モオツァルトにとつて、自由とは、さういふ少し許り芥子《からし》を利かせた趣味ではなかつたし、まして、自由の名の下に身を守らねばならぬ様な、更に言へば、自分自身と争つてまで、頭上にかゝげねばならぬ様な、代償を求めて止まぬ、自由の仮面ではなかつた。

ベエトオヴェンといふ男性的な音楽家に対して、モオツァルトといふ女性的な音楽家、といふ幾度となく繰返されて来た通俗な伝説を、僕は真面目には受取らないが、モオツァルトの世界にはベエトオヴェンの一生を貫いた「フィデリオ」の思想はない、カタルシスの観念はないと言へる。キリストの歌が、モノスタトスの歌と一緒に歌はれるを書きながら書けた人である。モオツァルトは「アヴェ・ヴェルム」が「魔笛」世界である。其処に遍満する争ふ余地のない美しさが、僕等を、否応なく説得しないならば、僕等は、恐らくこの世界について、統一ある観念に至るどの様な端緒も摑み得まい、さういふ世界である。ベエトオヴェンは、「ドン・ジョヴァンニ」の暗い逸楽の世界を許す事が出来なかつたが、彼の賞讃した「魔笛」は、果して実際に、彼の好みの人生観を表現してゐただらうか。そこに地上の力と天上の力との争闘を読みとる解説者が、この劇に、フリイメイソンの戦と勝利とを見た当時の観客からどれ程進歩してゐるであらうか。疑はしい事である。シカネダアの出現は、一つの偶然に過ぎなかつた。ウィン人の好奇心を当てこんだ彼の着想は、全く荒唐無稽なものであつた。結構だ。人生に荒唐無稽でない様なものが何処にある。よろしい、真面目臭つたタミノも救つてやる、ふざけ散らすパパゲノも救つてやる。讃美歌より崇高な流行歌が現れても驚くまい。星空も歌ふ。太陽も歌ふではないか。人間達は、昼と夜、伝説とお伽話との間に挟まつて、日頃の無意味な表情を見失ふ。

彼の音楽の大建築が、自然のどの様な眼に見えぬ層の上に、人間のどの様な奥底の上に建てられてゐるのか、或は、両者の間にどの様な親和があつたのか、そんな事が僕に解らう筈はない。だが、彼が屢々《しばしば》口にする「神」とは、彼には大変易しい解り切つた或るものだつたに相違ない、と僕は信ずる。彼には、教義も信条も、いや、信仰さへも要らなかつたかも知れない。彼の聖歌は、不思議な力で僕を頷《うなづ》かせる。それは、彼が登りつめたシナイの山の頂ではない。それはバッハがやつた事だ。モオツァルトといふ或る憐れな男が、紛《まが》ふ事ない天上の歌に酔ひ、気を失つて仆《たふ》れるのである。而も、なんといふ確かさだ、この気を失つた男の音楽は。

「二年来、死は人間達の最上の真実な友だといふ考へにすつかり慣れてをります。――僕は未だ若いが、恐らく明日はもうこの世にはゐまいと考へずに床に這入つた事はありませぬ。而も、僕を知つてゐるものは、誰も、僕が付合ひの上で、陰気だとか悲し気だとか言へるものはない筈です。僕は、この幸福を神に感謝してをります」。これは、「ドン・ジョヴァンニ」を構想する前に、父親に送つた手紙の一節である。

何故、死は最上の友なのか。死が一切の終りである生を抜け出て、彼は、死が生を照し出すもう一つの世界からものを言ふ。こゝで語つてゐるのは、もはやモオツァルトといふ人間ではなく、寧ろ音楽といふ霊ではあるまいか。最初のどの様な主題の動きも、既に最後のカデンツの静止のうちに保証されてゐる、さういふ音楽世界は、彼には、少年の日から親しかつた筈である。彼は、この音楽に固有な時間のうちに、強く迅速に夢み、僕等の日常の時間が、これと逆に進行する様を眺める。太陽が廻るのではない。地球が廻つてゐるのだ。だが、これは、かなしく辛く、又、不思議な事ではあるまいか。彼は、其処にじつとしてゐる様に見える。何物も拒絶しないのが自分の意志だ、とでも言ひたげな姿で――奔流の様に押寄せる楽想に堪へながら――それは、又、無心の力によつて支へられた巨きな不安の様にも見える。彼は、時間といふものの謎の中心で身体の平均を保つ。謎は解いてはいけないし、解けるものは謎ではない。自然は、彼の膚に触れるほど近く、傍に在るが、何事も語りはしない。黙契は既に成立つてゐる、自然は、自分の自在な夢の確実な揺籃たる事を止めない、と。自然とは何者か。何者かといふ様なものではない。友は、たゞ在るがまゝに在るだけではないのか。彼の音楽は、その驚くほど直かな証明である。それは、罪業の思想に侵されぬ一種の輪廻を告げてゐる様に見える。僕等の人生は過ぎて行く。だが、何に対して過ぎて行くと言ふのか。過ぎて行く者に、過ぎて行く物が見えようか。生は、果して生を知るであらうか。恐らくモオツァルトは正しい。彼の言ふ方が正しい。併し、彼が神である理由が何処にあらう。やがて、音楽の霊は、彼を食ひ殺すであらう。明らかな事である。

一七九一年の七月の或る日、恐ろしく厳粛な顔をした、鼠色の服を着けた背の高い痩せた男が、モオツァルトの許に、署名のない鄭重な依頼状を持つて現れ、鎮魂曲の作曲を註文した。モオツァルトは承諾し、完成の期日は約束し兼ねる旨断つて、五十ダカットを要求した。数日後、同じ男は、金を持参し、作曲完成の際は更に五十ダカットを支払ふ事を約し、但し、註文者が誰であるか知らうとしても無駄であると言ひ残し、立ち去つた。モオツァルトは、この男が冥土の使者である事を堅く信じて、早速作曲にとりかゝつた。冥土の使者は、モオツァルトの死後、ある貴族の家令に過ぎなかつた事が判明したが、実を言へば、何が判明したわけでもない。何も彼も、モオツァルトの方がよく知つてゐたのである。驚くことはない。死は、多年、彼の最上の友であつた。彼は、毎晩、床につく度に死んでゐた筈である。彼の作品は、その都度、彼の鎮魂曲であり、彼は、その都度、決意を新たにして来た。最上の友が、今更、使者となつて現れる筈はあるまい。では、使者は何処からやつて来たか。これが、モオツァルトを見舞つた最後の最大の偶然であつた。

彼は、作曲の完成まで生きてゐられなかつた。作曲は弟子のジュッスマイヤアが完成した。だが、確実に彼の手になる最初の部分を聞いた人には、音楽が音楽に袂別《べいべつ》する異様な辛い音を聞き分けるであらう。そして、それが壊滅して行くモオツァルトの肉体を模倣してゐる様をまざまざと見るであらう。

鉄斎 I

鉄斎は、竹田を尊敬してゐたらしいが、鉄斎の絵の美しさは、たうてい竹田なぞの比ではない様である。竹田は、いはゆる文人画の典型として長く残るであらうが、それ以上のものではない様に思はれる。軽蔑して見てゐると意外な美しさを感ずるし、美しいと思つて見てゐると突然通俗で感傷的で堪《たま》らぬ気がして来る。なるほど文人画の典型に違ひないと思ふ。向うにこちらを確《し》かと捕へてくれる力がないから、鑑賞が不安定になる。そんな絵だ。大雅の方がずつとよい。先日、川端康成さんの処で、大雅の馬市の絵を見てゐて、非常に面白かつた。

馬が千匹ゐるといふ。そんなに居るかどうか知らないが、何しろ大変な馬の数だと思つたが、当の画家も山間の馬市に行つてみて、大変な馬の数だと呆《あき》れ返つたに相違なく、その無邪気な驚きが実によく出てゐる。馬と博労とが同じ様な顔をしてひしめき合ひ、前景の大きい馬から、だんだんと上の方に向つて小さな馬を描いて行き（そんな風に見える）遥か海上の島の上にも、こゝにも空地があつた、序でに描いて置け、と言つた具合で、馬が居る。

これが鑑賞家を迷はせる事のない大雅の力量なのであるが、そんな芸当は、竹田には出来なかつた。玉堂にも文人画家としては破格な芸当があるが、画技に豊かなものを持つてをらぬから、含蓄がありさうに見えて実はない。単純だ。彼は、決して絵の中で自己を完成した人ではない。酒を呑み、琴を弾きながら何処かへ行つて了つた人である。

鉄斎の気質は、疑ひなくわが国の文人画家の気質なのであるが、時代の影響といふものは争はれぬもので、壮年期に明治維新の革命を経験したこの人の気質には、先輩達とはよほど違つた、神経の鋭い、性急な、緊張したものがあつた様に思はれ、四十歳頃の写生帖は、さういふ気質そのまゝのデッサンに充ちてゐるといふ気がする。

文人画家気質から脱しようとする彼の芸当は、七十歳以後に始ると凡そ見当をつけてよささうであるが、彼の芸当は、大雅や玉堂の芸当とはまるで違ひ、外部の影響に動かされ易い気質を征服し、真の性格を発見しようとする極めて意識的な戦ひであつた様に、絵を見てゐると受け取れる。

そして勝利は八十台になつてから来た様に思はれるが、これは、僕の貧弱な知識を土台として言ふ事で、鉄斎の画を沢山見てゐる専門家はどういふか知らない。

僕は、嘗て、「陸羽品水」といふ七十八歳の作と「菊齢人寿」と題する八十一歳の作を持つてゐて、よく比べてみた事がある。両方とも、渓谷に人物を配したもので、一方は茶をたて一方は菊を摘んでゐるだけの相違で、殆ど同じ構図の淡彩の紙本であるが、趣はまるで違ふ。前者から後者に移ると、急に渓谷に奥行が出て来て、水音がはつきり聞え、菊の匂ひまでして来る。言葉では言ひ現し難いが、見てゐると戦ひと勝利といつた風な考へが自ら浮び、どうもその辺りに鉄斎の晩年の画業の大きな飛躍がある様に思はれてならない。それは兎も角、もつと晩年の絵になると、もう疑ひ様もないはつきりした相違が現れて来る。

八十七歳の時に描かれた山水図を、部屋に掛けて毎日眺めてゐるが、日本の南画家で此処まで行つた人は一人もないと思はざるを得ない。文人画家気質は愚か、凡そ努力しないでも人間が抱き得る様な気質は、もう一つも現れてはゐない。鍛錬に鍛錬を重ねて創り出した形容を絶したある純一な性格を象徴する自然だけがある。

讃には大丈夫の襟懐といふものはどうのかうのとあるが、そんなものは、もうどうでもいゝ様子である。画と詩文との馴合ひといふ様な境地は、全く捨てられて、正面切つて自然といふものを独特に体得した近代的意味での風景画家が立つてゐる。

現代の洋画家で、鉄斎の画が好きな人が、非常に多い様である。この間も、鉄斎の大津絵と梅原さんのその自由模写とを並べて見てゐたが、どちらの色彩も強く鋭敏で、逸格で、複雑で、全体として聞えて来る和音のどちらが近代的であるかといふ様な事は、なかなか言ひ難いと思つた。

前に言つた八十七歳の山水図にしても、大丈夫の襟懐などといふ古風な観念には凡そ似合しからぬ鋭敏複雑な近代水彩画の touch が現れてゐる。潑墨法とか賦彩法とかいふより、確かに touch と言つた方がい丶のである。多くの touch は、明らかに、パレットナイフでやる様に、筆を捨て墨の面や角でなされてゐる。

さういふ硬い線が柔らかい潑墨に皺をつけて、両者は不思議な均衡を現じ、山は静かに揺れてゐる様に見える。墨の微妙な濃淡の裡《うち》から、様々な色が見えて来る。在るか無きかほど薄い緑を一と刷毛《はけ》ひいた畠らしい空地から、青々とした麦が生え、茶色の点々を乱暴につけた桃林らしいところに、本当の桃色の花が咲いて来る様に見える。この奇妙な線と色との協和には、何かしら殆ど予言めいたものがある。

内藤湖南は、鉄斎を激賞する文を書いてゐるが、側近者には、鉄斎の絵は騒がしいと評したさうである。これは友人から聞いた話だが、その友人は、鉄斎の絵の騒がしさは、鉄斎の聾と大いに関係があるといふ論をなしてゐた。それはともかく、騒がしいとは動きがあり音がある様な近代的な形を創り出したといふ事になるのだが、鉄斎にしてみれば、近代的表現といふ様なものを狙つたわけのものではなく、彼が自分の絵は「ぬすみ絵」だと言つてゐるくらゐ、それはあらゆる東洋画の技法を我がものにしたある独創的な精神のおのづからなる所産であるはずだ。彼の画の騒がしさに洋画家達が共鳴しようがしまいが、無論鉄斎の問題だつたわけがあるまいし、第一彼の頭に日本画と西洋画の区別などがてんであつたかどうかも疑はしい。晩年の彼は、ルノアールの絵を見て「この絵かきはイケる」と言つたといふ話がある。

鉄斎の絵の効果は確かに新風であるが、彼の絵の動機は、きはめて古風である。恐らく彼は、「万巻の書を読み千里の道を行かずんば画祖となるべからず」といふ有名な董其昌《とうきしやう》の戒律を脇眼もふらず遵奉した人である。この動機の側から考へると、彼の絵の効果の近代性といふ様な問題は洒落に過ぎない。彼は暇さへあれば、読書し旅行した。これは大事な事だが、彼の写生帖はデッサンの練習帖ではないのである。彼の歴史の知識の証明書である。歴史を精読する事によつて養はれた祖国に関する愛情を、実物を見る事によつて確かめずにはゐられなかつた人の記録である。歴史の知識すなはち眼前の生機といふのが、彼の写生の精神である。

したがつて、写生術についても、その秘密を決して自然から直かに盗まうとする道をとらず、厄介な伝統的写生術に通暁し、その秘密の更生を待つといふ勤勉と忍耐の要る迂路《うろ》をとつた。かういふ写生の精神も術も、ひたすら人間のゐない自然に推参しようとする近代風景画家の忘れ果てたものである。

岩の間から仙人がきのこの様に生えてゐる。向う鉢巻の屈強な猟師に船を漕がせて、観音様が蓮池を渡る――かくのごときが、人間と自然との真実唯一の会合点である、とこの偉大なる風景画家は語る。

鉄斎 II

鉄斎に、富士を描いた六曲一双の有名な大作がある。以前、展覧会で見た事があつたが、先日、所蔵家坂本光浄氏の御好意で、心行くまで眺める機会を得た。

これは六十三歳の時の画である。鉄斎のものは晩年がいゝと言はれてゐるが、何しろ八十九まで元気旺盛に仕事をした人だから、たゞ晩年のものでは言葉が足らず、最晩年のものはどうのかうのなどといふ。実際、八十四、五から又画が変つて来てゐる様である。鉄斎の息謙蔵が死んだのは、鉄斎が八十二の時であつた。これは富岡益太郎さんから聞いた話だが、謙蔵さんがなくなつた時、鉄斎は、謙蔵に死なれては、わしも画がうまくなつたなどと言つてをれん、と言つて、その頃少し弱つた風であつたのが、元気を取戻し、又仕事が始つたさうである。さういふ次第であるから、六十三歳の画を、画商達に、ワカガキと呼ばれても仕方がない。それにしても、晩年のものとワカガキとの市価は、どうも違ひ過ぎる様だ。はゝあ、これはワカガキですな、などと侮蔑的に仔細らしい顔はしてみせるが、実を言へば、ワカガキを扱ふ機会は、晩年のニセモノを平気で扱ふ夥《おびただ》しい機会に比べれば言ふに足りないのである。鉄斎の画を調べてゐる専門家ででもないと、鉄斎のワカガキを仔細に見る機会は殆どないと言つてよい。今度、坂本氏の許で拝見したもののうちワカガキだけでも、よく覚えぬが、殆ど二百点近くあつたらう。早朝から坐り通し、夜はヘトヘトになり、酒を食らつて熟睡した。何一つ考へず、四日間たゞ見て見て、茫然としてゐた。折角の好機を、専門家から見れば、まるで馬鹿の様なものだが、私は上機嫌であつた。

鉄斎のワカガキを沢山見てゐると、実のところ、何が何やら解らなくなる。いろいろな流儀を試みてゐるのだが、企図された筋道といふ様なものはてんで辿れない。それかと言つて、苦しい暗中模索とも受取れず、気紛れで、のん気でゐて、性根を失はずと言つた風なもので、要するに、この将来の大画家は、大器晩成といふ朦朧たる概念を実演してゐる様なもので、当人も志は画にはないと言つてゐるのだから致し方がない。ところが、画は年とともに立派になつて行く。鉄斎といふ人間が何処からともなく現れて来る。不思議な想ひである。

私は、富士の大屏風を、三時間以上も眺めてゐた。これはもう紛《まが》ふ事のない鉄斎である。言はば鉄斎の誕生の様な絵だ。画は、自分の志でないと言ひたければ、言はせて置くがよいが、志などから嘗て何かが生れた例しはない。屏風の註文がなかつたなら、鉄斎は自分に何が出来たかわからなかつた筈である。

富士は、六曲いつぱいに描かれてゐるのだが、富士の遠望でもなければ、麓から見上げた富士でもない。何処から見ても決してこんな風に見る事は不可能な富士である。麓の方は、原始林に覆れてゐるのだが、これは群青色の大きな点苔《てんたい》で、ベタベタと一面に塗られて、俵藤太のむかでではないが、富士を一と巻きしてゐる怪獣の鱗の様である。望遠鏡を持つて愛鷹山《あしたかやま》にでも登つたら、富士を取巻く原始林は、こんな風に見えないとも限らない。ところが、よく見ると、その中に浅間神社がある、赤い鳥居があり、参道があり、御土産屋があり、参詣人が歩いてをり、これはどうしたつてお参りしなければ見えない光景である。原始林の上には、金泥を交へた白雲が走り、その辺りから、富士は、北斎風に、グッと勾配を高め、鉄斎は、異様な線条を用ひて、山肌を描く。これは東洋画の伝統の如何なる流派の線でもない。何んであれ、円錐体を描かうとする時、子供が本能的に引く線に似てゐる。薄墨にや、茶色をさした色合ひで、筆にたつぷり含ませたのが、大胆に、或は、慎重を極めて運動する。富士に限らず、高山に登つた経験ある人なら誰でも知つてゐる、あの山頂近くで感ずる圧倒される様な山肌の感じである。あれにそつくりだ。私は屛風を眺め乍ら、八合目辺りまで登つた気である。すると驚いた事には、頂上に通ずるジグザグの道が、ちやんと描いてある。途中の小屋まで描いてある。頂上の背景は、金泥の空だ。純白の富士の頂を、紺碧の空の中に見据ゑてゐると、屢々《しばしば》、紺碧の空を金泥と感ずることがあるものだ。或は、真つ白に輝いてゐる頂から、雲とも雪煙りともわからぬものが、静かに晴れ渡つた空に棚引くのを眺め、頂上には異常な強風が吹いてゐるのを感ずると、白煙のなかに金粉が躍る様に思はれる事もある。鉄斎の用ひたのは、さういふ金色であつて、琳派の金泥とは関係がない。頂上の辺りの描き方は実に美しい。鋸歯のアウトラインは異様に乱れてゐて、まるで空の金色に襲はれてゐる様だ。背景に空があるのではない。山は大気に抗して立つてゐる。

片方の六曲は、山頂之図で、これも飛行機からでも見下さないと、とてもかうは見られぬと言つた図である。青緑白緑をふんだんに使ひ、巨岩怪石が、白雲の上でひしめき合つてゐる。まことに破格な造型で、富士といふ山の構造に関する一種の感覚と言つた様なダイナミックな美しさがよく現れてゐる。この方には讃があつて、かういふ意味の事が書かれてゐる。大雅は富士によく登り、立派な富士の画を遺した。たまたま、韓大年と高芙蓉と三人相会した折、富士の話が出て、激論となつた。論より証拠登つてみればいゝではないか、と三人連れで、その場から富士登山の旅に出た。世人伝へて雅談となした。富士に登つて、ふとこの話を思ひ出したから、書き附けて置く、と言ふのである。見ると四人の男が、のん気さうにお鉢めぐりをやつてゐる。三人は大雅一行に違ひないが、もう一人は誰だらうと思ひ、なるほど鉄斎、あれは自分の積りで描いたのだと納得すると、見てゐていかにも楽しかつた。

見て写した形なのでなく、登つて案出した形である。日本人は、何と遠い昔から富士を愛して来たかといふ感慨なしに、恐らく鉄斎は、富士山といふ自然に対する事が出来なかつたのである。彼は、この態度を率直に表現した。讃嘆の長い歴史を吸つて生きてゐる、この不思議な生き物に到る前人未到の道を、彼は発見した様に思はれる。自然と人間とが応和する喜びである。この思想は古い。嘗て宋の優れた画人等の心で、この思想は既に成熟し切つてゐた。鉄斎は、独特な手法で、これを再生させた。彼は、生涯この喜びを追ひ、喜びは彼の欲するまゝに深まつた様である。悲しみも苦しみも、彼の生活を見舞つた筈であるが、さやうなものは画材とするに足りぬ、と彼は固く信じてゐた。

絵かきとして名声を得た後も、鉄斎は、自分は儒者だ、絵かきではない、と始終言つてゐたさうだが、そんな言葉では、一体何が言ひたかつたのやら解らない。絵かきでないといくら言つても、本当に言ひたかつた事は絵にしか現れなかつた人なのだから、絵の方を見た方がはつきりするのである。鉄斎は晩年、釈迦やら観音やら孔子老子達磨など、仲良く一緒に舟に乗つてゐる図を好んで描いてゐる。鉄斎自身儒者といふ言葉で何か言ひたかつたにせよ、この乗合舟は、彼の思想に関して大切なものを語つてゐるらしく思はれる。相乗りしてゐる大思想家達の思想体系を結ぶどんな論理の糸が、思想家鉄斎の頭に隠れてゐたか。さやうな事は想像してみるのも愚かである。乗合舟は、鉄斎の画家の手が、彼の儒者の頭を尻目にかけて、創り出した彼の思想の形である。裏返して見ても何があるわけではない。そして、それはあの富士の形の延長なのである。乗合舟のこれらの達人こそ、扁舟を操つて、悠々たる大河と応和出来る人間である。学者鉄斎でなく、画家鉄斎の方が讃をしたら、そんな具合に言ふかもしれない。自然の唯中で労働し、酒を飲んで哄笑する農夫や漁夫が、次々に描かれる。君達だけが見込みがある。せいぜい勉強して達人になれ。出来たら仙人になつて霞を食ふ様にしろ。やがて、腰の周りに、化け物の様な桃をぶらさげて、五色の蝙蝠《かうもり》を招く寿老人こそ、本物の人間だと悟るだらう、云々。

先日、三好達治君に会つた折、鉄斎といふ人は、画より書の方が、いつも一歩進んでゐる様に思はれるといふ意見を聞いた。さういふ感じが確かにするのだが、説明し難い、と彼は言つた。さう言はれてみれば書道の美学なぞには一向不案内な私にもさういふ感じがして来るのである。鉄斎の讃は、文章ではなく書道である事に間違ひはない。今度気附いた事だが、鉄斎の画業を順序を追つて眺めてみると、色が線を次第に消して行く、色が線を食べて次第に肥つて来る様が見られるのである。晩年、それも絹本を嫌ひ、好んで紙本を用ひる時期になると殊に明らかなのであるが、線は全く色に屈従し、水墨であれ、淡彩であれ、色彩感情の完全な勝利を語つてゐる（最晩年の作に、たまたま不思議な予言めいた線が現れてゐるものがあるが、これは例外だ)。これはもう全然南画といふものではない。讃がくつついてゐるといふ処に、南画の名残りがあるだけである。それは恐らくかういふ事だ、色に捉つて食はれなかつた線が、讃の中に脱出し、いよいよ美しい独立国を形成してゐるのである、と。実は、三好君に会つた時、私は漠然とそんな事を考へてゐたのであつた。

鉄斎は非常な読書家であつた。併し、若し彼に画道といふ芸当がなかつたなら、彼の雑然たる知識は、その表現の端緒を摑み得ず、雲散霧消したのではあるまいか。こゝでも亦鉄斎の頭より眼が、眼より手が、ものを言ふ。死語は線によつて生きたのである。頭に様々な観念を満載したこの理想主義者の企図、その知的努力の先端は、先づ書といふ一種のデッサンに現れたに違ひない。線は色より、書は画より、余程知的な形である。この休むことを知らぬ頭は、自分の画を、企図の側からしか見なかつた。言はば逆様に見てゐたのである。彼は、自分は儒者だといふよりも、自分は書家だと言つてゐた方が正確だつたかも知れない。

鉄斎は画家を信じなかつたが、画家の方で鉄斎を信じた。これは或る高邁《かうまい》な意志が演じた運命なのであつて、詮ずるところ、私達は、其処に何の誤りも見附け出す事は出来ないのである。画は余技だ、わしは儒者だ、みんな本当である。鉄斎は行儀の大変やかましい人で、家人が膝でも崩すと、恐ろしい眼で睨んだ。当人は、客の前でも平気で膝小僧を出してゐたさうである。

蘇我馬子の墓

岡寺から多武峰《たふのみね》へ通ずる街道のほとりに、石舞台と呼ばれてゐる大規模な古墳がある。この辺りを島の庄と言ふ。島の大臣馬子の墓であらうといふ説も学者の間にはあるさうだ。私は、その説に賛成である。無論、学問上の根拠があつて言ふのではないので、たゞ感情の上から賛成して置くのである。この辺りの風光は朝鮮の慶州辺りにいかにもよく似た趣があると思ひ乍ら、うろつき廻つてゐると、どうもこの墓は、馬子の墓といふ事にして貰はないと具合が悪い気持ちになつて来たのである。

＊＊＊

馬子の先祖武内宿禰《たけうちのすくね》は、国史を信ずるなら、景行以来引続き六朝に仕へ、齢三百歳を越えた不思議な政治家であるが、私は予《かね》てから、「古事記」「日本書紀」に記された人で、こんな気味の悪い人間は他に一人もゐないと思つてゐる。それと言ふのも、国史の扱ひ方が異様だからでもある。常に国家の枢機を握る人物として現れてゐ乍ら、何をやつてゐたのやら殆どわからぬ様に書かれてゐるからである。

景行時代の国家の大事は、内乱の鎮圧にあつたが、身を挺して事に当つたのは、日本武尊《やまとたけるのみこと》であつた。打続く征戦に疲れ、尊は能褒野《のぼの》に死に、「独り曠野に臥して誰にも語ること無し」といふその愁《かな》しみは、白鳥と化《な》つて、天に翔《かけ》つたと史は言ふ。武内宿禰が、この間何をしてゐたかわからない。やがて次帝成務となる稚足彦尊《わかたらしひこのみこと》と結び、栄進して総理大臣になつた事だけが明らかだ。次帝仲哀は日本武尊の第二皇子である。「冀《ねがは》くは白鳥を獲て、陵の域《めぐり》の池に養《か》はん――。則ち諸国《くにぐに》に令《のりご》ちて白鳥を貢《たてまつ》らしむ」、これは解り切つた事だ。処が白鳥の間に争が起つた。これが当時の国家の大事である。越の人、白鳥四隻《よつ》を貢らうと、はるばる来て宇治川の辺《ほと》りに宿る。或る人白鳥を見て「白鳥と雖《いへど》も、焼かば則ち黒鳥に為らん」と嘲《あざけ》り、奪つて去つた。天皇は怒り、これを誅《ちゆう》した。掠奪者は天皇の異母弟であつた。この時武内は何をしてゐたか解らぬが、神功皇后の寵を得た彼が間もなく皇后の三韓征戦に先立ち、史上最も奇怪な白鳥の死の立会人となつて現れるのは、誰も知る処である。所謂《いはゆる》胎中天皇は、征戦終つて筑紫で生れた。次に武内のとつた行動は、かなりはつきりしてゐる。京にあつた皇子、麛坂《かごさか》王忍熊《おしくま》王が、兄を以つて弟に従ふ理由なしと、凱旋軍を迎へ撃つた。武内は幼主を懐いて戦つたが、宇治川を挟んで苦戦であつた。彼は軍に命じ、替弦を結髪《たぎふさ》の中に隠し、弓弦を断ち、真刀を河に投じて木太刀を佩《は》かせ、巧言を用ひ、偽つて和を媾じ、敵軍がこれに倣ふに乗じ、突然、装ひを脱して襲撃した。忍熊王は逃れる術なく、五十狭茅宿禰《いさちのすくね》と相抱いて、瀬田に投身自殺した。辞世に曰く「いざ吾君《あぎ》 五十狭茅宿禰 たまきはる 内の朝臣《あそ》が 頭槌《くぶつち》の 痛手負はずば 鳰鳥《にほとり》の 潜《かづき》せな」。処が、この時、武内は「近江の海 瀬田の済《わたり》に 潜く鳥 目にし見えねば 悒愁《いきどほ》ろしも」と歌つたといふ。数日を経て死体が河に浮んだ。すると、彼は「淡海の海 勢田の済に 潜く鳥 田上《たなかみ》過ぎて 菟道《うぢ》に捕へつ」と歌つたといふ。歌の形にこしらへてゐるが歌とは言へまい。感情がないからである。「記紀」に現れた歌で恐らく一番無情な歌であらう。

応神の九年夏、妙な事件が起つた。天皇の命によつて当時、監察使として筑紫にあつた武内が、殺されたのである。筑紫を裂き、三韓を招いて、天下を有《たも》たんとする野望を抱いたといふのがその理由であつた。武内の弟甘美内宿禰《うましうちのすくね》の讒言《ざんげん》であつたと史は言ふが、天皇はこれを信じ、敢へて歴代の元勲を廃《す》てようと決意し、事を断行したといふ事実から、当時の武内の社会的地位を推察すべきである。時に、壱岐の人に真根《まね》子《こ》といふ者があり、人品骨柄武内に酷似してゐるところから、大臣に代つて自殺し、武内は天皇の眼を晦《くらま》して、ひそかに京に還つた。武内兄弟は、天皇の推問に会つたが、是非定め難く、遂に探湯《くがたち》によつて弟の方が負けたといふ。弟は、天皇の憐れみにより、僅かに死を逃れた。

応神朝が終ると、三皇子の政争が始る。先帝の希望によつて、末弟菟道稚郎子《うぢのわきいらつこ》が、名目上の太子であつたが、事実は、大山守命《おほやまもりのみこと》は大和にあり、大鷦鷯尊《おほさゞきのみこと》は難波にあり、太子は宇治にあつて、三権鼎立《ていりつ》の形であつた。大鷦鷯尊と菟道稚郎子とは、皇位を譲り合ひ、菟道稚郎子が解決の道を自殺に選んだ事は、周知の美談となつてゐるが、この美談は痛ましい。先づ長兄の大山守命が、太子を殺さうと企んだ。太子は大鷦鷯尊の密告によつて、これを知り、兵を備へて待つた。太子は粗衣を着け、船頭に変装し、大山守命を載せ、檝櫓《かぢ》をとり、宇治川を渡つて、河中に至り、舟を傾けて、兄を堕《おと》した。彼は流れて岸に著かうとしたが、伏兵が起りかなはず、河に沈んだ。兄の屍を前にして、弟の詠んだといふ歌「霊速人《ちはやびと》　宇治の済に　渡頭《わたりで》に　植《た》てる　梓弓真弓　射切らむと　心は思へど　射捕らんと　心は思へど　本辺《もとへ》は　父尊《きみ》を思ひ出　末辺《すゑへ》は　妹を思ひ出　苛歎《いらなげ》く　其処に思ひ　悲しけく　此処に思ひ　射切らずぞ帰来《くる》　梓弓真弓」。

その後、残つた兄弟の陰鬱な対立は、三年に及んだ。武内が、先帝在世の頃から、大鷦鷯尊と結んでゐた事は、国史の何気ない記録から、充分に推察出来るのである。

＊＊＊

武内宿禰の姿は、たゞの政治的権力や謀略の姿ではない。それは、日本文明の黎明《れいめい》に現れた無気味な朝焼の様な大陸文明の色合ひの中に溶け込んでもゐる。彼の血は、稲目、馬子、蝦夷《えみし》、入鹿《いるか》と流れた。

百済から、学問と宗教とが渡来した時の日本人の驚き、そんなものを私達はもう想像する事も出来ないのだが、考へてみれば、歴史といふものは何処も彼処《かしこ》も、そんな事だらけである。仕方がない。生きた人が死んで了つた人について、その無気《なけ》なしの想像力をはたく。だから歴史がある。文字に、いや活字にさへ慣れ切つて了つた私達には、「貴賤老少、口々相伝、前言往行、存して忘れず」などといふのは、人間の暮しとは思へない。一民族のこの様な状態に於ける生活意識が、どれほど強い純一な文明を築き上げてゐたか、さういふ事を想像するには、本居宣長の想像力を要したのである。動揺は、先づ政治や経済の面に起る。思想の嵐が来るまでには、手間がかゝるが、来るものはやがて来る。聖徳太子の姿がそれである。歴史の筆は「夢殿」の嵐を描くに適してゐなかつただけだ。

菟道稚郎子の美談が、古めかしく見えるのも、外見に過ぎまい。それは、外来思想を我がものとするに、どれほどの価を払はねばならなかつたかを、私達に語つてゐる。思想は、政争と同じ様な残酷な力で彼を追ひ詰めた。これは、さながら今日の私達の間の事件である。私達の文明の苦しい特徴は、千六百年も前から現れてゐるのであらうか。聖徳太子の様な非凡な人が現れる為に、どれほどの無名の稚郎子を要したか。

馬子の権勢は、叔父穴穂部《あなほべ》皇子を殺し、物部守屋を滅して定つた。この辺りの戦の記録は、「書紀」のうちでも非常に魅力ある文章であるが、未開人達が、ぶざまな兇器を手にして、乱闘してゐる様が眼に浮ぶ想ひがして、夢の様である。廐戸《うまやど》皇子は、馬子軍に加はり参戦した。参戦といふのも大袈裟な様なもので、敵の総大将守屋は朴《えのき》に登つて、枝に股がり、射ること雨の如しと言つた風なものだ。ついで起つた馬子の崇峻《すしゆん》弑逆《しぎやく》事件は、「愚管抄」の昔から大義名分論のやかましいもので、論難は馬子を優遇した聖徳太子にまで及んでゐる。議論はやかましいが、「書紀」の記すところは、凡常な殺人記事を扱ふに似てゐて、政治上の大事件たる姿は少しも見えぬ。大伴妃は、天皇の寵衰へて、蘇我嬪《そがのみめ》に移つたのを恨み、馬子に密告して、天皇、馬子を嫌《そね》む由を伝へた。馬子は驚き、東国の調《みつき》を進《たてまつ》るといつはり、東漢直駒《やまとのあやのあたひこま》を使して、天皇を弑せしめた。処が、駒は、騒動にまぎれ、蘇我嬪を偸《ぬす》み、隠して妻とした。馬子は、娘が死んだと思つてゐたが、事が露顕するに及んで、大いに怒り、駒を惨殺した。東漢直は、当時の帰化姓中の強族である。駒には、天皇は勿論馬子も眼中になかつたらう。「聖徳太子実録」の著者は、すべては蘇我嬪を得ようとする駒の計略であり、先づ大伴妃に嫉妬させ、馬子に密書を送らせ、自衛の弑逆を唆動し、即日帝を葬つて、嬪の殉死の態を装つた。天皇が馬子の傀儡《くわいらい》だつた様に、馬子は駒に操られた、と推断してゐる。

そんな風にも見える。

　歴史は元来、告白を欠いてゐる。歴史のこの性質を極端に誇張してみたところに唯物史観といふ考へが現れた。奇妙な事だが、どんな史観も歴史を覆ふ事は出来ないもので、歴史から告白を悉《ことごと》く抹殺したといふ考へが通用する為には、一方、告白なら何んでも引受けた文学が発達してゐなければならぬ。歴史はいつもそんな具合に動く。といふ事は、読み様によつては、唯物史観ほど、人間の消え去つた精神について、私達の好奇心を挑発するものはないといふ事にもならう。それは兎も角、歴史にその痕跡を止め難い精神といふものをそれと気附かずにでも信じてゐなければ、誰にも歴史を読む興味なぞある筈がないのである。

　何を置いても先づ精神としての聖徳太子といふものに、異常な関心を寄せて書かれてゐる点で、亀井勝一郎氏の「聖徳太子」伝は特色ある著書である。私には亀井氏の様な信念を以つて、この人物を語る事が出来ないが、嘗て、仏典の解釈書としては、何を選ぶべきかを亀井氏に訊ね、言下に、太子の「経疏」だと言はれて、それを読んだ時、異様な感に襲はれた。あんな未開な時代の一体何処に、この様に高度な思想をはめ込んだらいゝのか。それは、私が勝手に作り上げてゐた漠然たる歴史感覚の平衡を、突然狂はせる様子であつた。歴史に、逆に光を当てて見なければ、いや、少くとも、「経疏」といふ視点から、この人物を眺めてみなければ、そんな事をしきりに思つた。伝説は悉く嘘だといふのも理窟に合はぬ話である。伝説といふ思想は本当だからさういふ視点から見ないと、太子に宿つた思想の、現実的な烈しさといふものが想像し難い。ほど早熟で聡明な人が、若い頃から、到る処に見たものは、血で血を洗ふ、たゞもう何んとも言ひ様のない野蛮といふものであつたに相違ない。物部守屋と戦はうとして、十六歳の彼は、白膠木《ぬりでのき》を切り、四天王の像を速製し、頂髪に置いて勝利を誓つた。馬子も、これに倣《なら》つたが、太子の手は、馬子などの想像も及ばぬ憤怒と理想とで慄《ふる》へてゐたであらう、と私は推察する。

仏教といふものが、文化のほんの一つの分野となつた現代にゐて、仏教即ち文化であつた時代を見る遠近法は大変難かしい。仏教といふ同じ言葉を使つてゐる事さへ奇妙なくらゐのものだ。「経疏」に、どれほどの太子独創の解釈があるかといふ様な事は、私には解らないし、解らなくてもよい様にも思はれる。彼が、仏典の一解釈などを試みようとした筈はないからである。仏典を齎《もたら》したものは僧であるが、これを受取つたものは、日本最初の思想家なのであり、彼の裡《うち》で、仏典は、精神の普遍性に関する明瞭な自覚となつて燃えた、さういふ事だつただらうと思はれる。燃え上つた彼の精神はたゞ偏《ひと》へに正しく徹底的に考へようと努めたに相違ない。夢に金人が現れて不解の義を告げたといふ伝説は、不稽なものではない。太子の信じた思弁の力は太子自身のものであつたが、又、万人のものでもあつた筈である。「人皆党有り、亦達《さと》れる者は少し」、思想の力が、彼をさういふ者に仕立て上げる。そして、「我必ずしも聖にあらず、彼必ずしも愚に非ず——相共に賢愚なること、環の端なきが如し」といふ困難な地点まで連れて行く。さういふ次第なのであつて、十七条憲法の思想が儒教的であるか仏教的であるかといふ様な事とは、これは別事である。人間は自分の能力にも環境にも丁度都合のいゝ様な思想を求める事も、現す事も出来ない。ジャアナリストが、そんな事をやつてゐる様に見えるだけだ。つまり、人皆党有りといふ事に過ぎない。強い思想家といふものは、達《さと》らんとする力に、言はば鬼にでも食はれる様に、捕へられ、自らどうにもならぬ者なのだらうと思はれる。十七条の訓戒なぞ、誰も聞くものはない、守るものはない、それを一番よく知つてゐるのは、これを発表した当人である。どうしてそんな始末になつたか当人も知らない。彼の悲しみは、彼の思想の色だ。

本当によく自覚された孤独とは、世間との、他人との、自分以外の凡てとの、一種微妙な平衡運動の如きものであらうと思はれるが、聖徳太子にとつては、任那《みまな》問題も、隋との外交も寺院建立等の文化政策も、さういふ気味合ひのものではなかつたらうか、そして晩年に至り、思想が全く彼を夢殿に閉ぢ込めて了つたのではなからうかと推察される。「書紀」は、有名な「旅人あはれ」の不思議な物語を記して後七年間、太子について殆ど何事も記さず、突然の死を報告してゐる。やがて、斑鳩宮《いかるがのみや》は焼け、蘇我氏は太子一族を亡ぼす。夢殿の秘仏を最初に見た者は、親鸞であつて、フェノロサではない。太子の思想を、その動機から、その喜びと悲しみとから、想像しようとすると、どうしても、人間と名附けるより他はない一つの内的世界の、最初の冒険者といふ様なものが思はれてならぬ。この人が演じた様に見える、言はば、思想の古典劇で、外来思想などといふものが、どういふ意味を持ち得たらう。

***

馬子の墓の天井石の上で、弁当を食ひながら、私はしきりと懐古の情に耽《ふけ》つた。実《を》を言へば、以上書いて来た事は、この時、頭の中を極めて迅速に往来した想念に、尾鰭《ひれ》を附けてみたまでの事だ。

巨きな花崗《くわかう》の切石を畳んだ古墳の羨道《えんだう》を行くと、これも亦御影造りの長方形の玄室に出る。八畳二間は優にとれるであらうか。石棺はない。天井は、二枚の大磐石である。死人の家は、排水溝なぞしつらへ、風通しよく乾き、何一つ装飾らしいものもなく、清潔だ。岩の隙間から、青い空が見え、野菊めいた白い花が、しきりに揺れてゐる。私は、室内を徘徊しながら、強い感動を覚えた。どうもよく解らない。何が美しいのだらうか。何も眼を惹くものもない。永続する記念物を創らうとした古代人の心が、何やらしきりに語りかけてゐるのか。彼等の心は、こんな途轍もない花崗岩を、切つては組み上げる事によつてしか語れなかつた、まさにさういふ心だつたに相違ない。いや、現に私は、それを目のあたり見てゐる、触る事も出来る。歴史の重みなどといふ忌ま忌ましいものはない。そんなものは、知識が作り出す虚像かもしれない。私は、現在、この頑丈な建物が、重力に抗して立つてゐるのを感じてゐるだけではないか。

私は、芸術の始原とでもいふべきものに、立会つてゐる様な気もしたし、建築の美しさといふものの、全く純粋な観念の、たゞ中にゐる様にも感じた。この美しさには、少しも惑はしいものがない。美しさに関する工夫なぞまるでないからだ。これを作つた建築家達には美は予定された調和だつただらう。彼等は、たゞ出来るだけ堅牢な、出来るだけ巨大な家を、慎重に重力の法則を考へて作らうとしただけであらう。外的条件の如何によつては、彼等の手でピラミッドも作れた筈だ。何故出来なかつたのだらう。不意に浮んだ子供らしい質問に、私は躓《つまづ》いて了ふ。

若し飛鳥や天平の寺々が、堂々たる石造建築だつたとしたら、今日の大和地方は、何んといふ壮観だらう。みんな荒れ果てて廃墟と化しても、その廃墟は、修理に修理を重ねて、保存された、法隆寺といふ一とかけらの標本よりは、素晴しいだらう。私は、ギリシアの神殿もローマの城も見た事がないが、いつか古北口で万里長城を見た時の強い感情を忘れる事が出来ない。私は、廃墟といふものを生れて初めて見たと思つた。日本の建築は、廃墟さへ、死人にとつて最適の住居さへ作る事が出来ぬ。馬子の墓を作つた石工達が、土台で仕事を止めて、あとは大工にまかせて了つたとは、どういふ事だつたのだらう。残念な事である。かう地震が多過ぎ、湿度が高過ぎては、石屋ではどうにも手がつけられなかつたのかも知れない。それにいゝ材木が、やたらにころがつてゐた国だつたせゐもあらう。それよりも、仏教渡来とともにやつて来た建築家の幹部が大工だつたといふ事の方が、重大かも知れぬ。では、どうして中国でも、石屋はやたらに大きな岩窟を掘つたが、建築の方では駄目だつたのだらう。建築史家は、金堂の柱のエンタシスは教へるが、さういふ子供らしい質問には答へてくれない。だが、素人が考へると、金堂を作つた大工にとつて、エンタシスとは、重力の必然性などといふ建築家の動機を全く欠いたものだつたかも知れない。金堂の柱は、パルテノンの柱よりも、遥かに日本の檜木の大木に似てゐる。先年、金堂が半焼けになり大騒ぎであつた。文部省ばかり攻めても仕方がない。もともと短命に生れついてゐるのである。特別保護建造物といふ見窄《みすぼ》らしい棒杭を傍に打たれ、継ぎ接ぎだらけで生きながらへてゐる古寺院の美しさには、何かしら傷ましい夢の様なものがある。わが国の、滅び易い優しいあらゆる芸術は、先づ滅び易く優しく作られた建築といふ基本芸術の子供であらう。堅く、重く、人間に強く抵抗する石は、頑丈な手を作り出すだらう。軽い従順な木が作り出す繊細な手は、やがて組織力を欠いた思想を作り出すだらう。兼好は大工の思想を見事に表現してゐる。
「すべて何も皆、事の調ほりたるはあしき事なり。為残したるをさてうち置きたるは、おもしろく、生き延ぶるわざなり。内裏造らるゝも、かならず作り果てぬ所をのこす事なりと、或る人申し侍りしなり。先賢のつくれる内外の文にも、章段の欠けたる事のみぞ侍る」

***

併し、そんな考へは間違つた考へだらう。結局は冗談なのだ。さう、私は何度も自分に言ひきかせる。歴史といふものほど、私達にとつて、大きな躓きの石はない。近代の歴史思想といふものは、思想界に於ける産業革命の如きものではあるまいかと、私はいつも思つてゐる。私達は、歴史に悩んでゐるよりも、寧ろ歴史工場の夥《おびただ》しい生産品に苦しめられてゐるのではなからうか。例へば、ヘーゲル工場で出来る部分品は、ヘーゲルといふ自動車を組立てる事が出来るだけだ。而もこれを本当に走らせたのはヘーゲルといふ人間だけだ。さうはつきりした次第ならばよいが、この架空の車は、マルクスが乗れば、逆様でも走るのだ。私達は、思ひ出といふ手仕事で、めいめい歴史を織つてゐる。部分品なぞ要りはしないし、そんなものでは間に合ひもしない。世界史といふ理念の製造には、これによつて完全に合理的に規定された部分品が要るだらう。それはそれで、少しも間違つた事ではないだらう。たゞ、この歴史といふ観念的機械をいぢる事はずゐ分私達を疲らせるものであり、この疲労は、肉体の疲労の様に睡眠によつて回復するものではない様に思ふのである。歴史の論理といふ言はば喜びも悲しみもない回顧の情を抱いて、私達は、疲れを知らず疲れてゐる。疲れは、設計図通りに、現在を一挙に改変しようとする焦躁となつて、未来に投影されてゐるのではあるまいか。争つて日本人の美点を言つた時期の後には、争つてその弱点を言ふ時がつゞく。かやうな歴史意識といふ見かけ上の力学のなかでは、日本人は、美点と弱点とを併せ持つもの、即ち人間には決してなれないといふわけである。そして、美点も弱点も人間を作る部分品ではない事を、誰でも日常の経験から承知してゐる。弱点の御蔭を蒙らない美点といふものはあるまい。

伝統の擁護だとか破壊だとか言はれるが、伝統とはどうも私には、こちらの都合次第で擁護したり破壊したり出来かねるものの様に思はれる。もともと偶像でもないものを、叩きこはす事も出来まい。私達は、在つても誤解されるし、無くても不便と言つた風な言葉を沢山持つてゐるが、これも、さういふ言葉の一つだらう。間違ひは、この言葉を、たゞ狭い意味の歴史的概念と思ひ込むところから来るのではあるまいか。伝統といふ言葉は、習慣といふ言葉よりも、遥かに古典といふ言葉に近いと私は考へたい。そして古典とは、この言葉の歴史からみても、反歴史的概念である。優れた人間がいつも優れた作品のなかに居る、といふ考へほど、近代の歴史学に邪魔になる考へはない。近代歴史思想も亦人間の作品には違ひなからうが、これは人間的原理を内在させまいとする一種不思議な作品だとも言へよう。

若し古典といふ具体的な形に、現在確かにめぐり合つてゐるといふ驚きや喜びがなければ、歴史とは、決して在りもしないのに、目方は増えて行く不可解な品物であらう。それとも、豚にも歴史は在ると言ふべきであらう。封建的道徳を否定するものが、民主的自由といふ褒美を貰ふ。併し、褒美をくれるのは歴史といふ悪魔かも知れないのである。封建時代にも、驚くべき道徳の古典的形が、見ようと思へばいくつでも見られるだらう。強い精神は、それぞれの時代により、それぞれの国により、各自の盃を命の酒で一つぱいにしてゐたであらう。そして、人間の持つ盃に、途轍もない盃なぞあらう筈はないのである。かはらけ焼か玉盃か、気にするよりも、先づ呑み方を覚えたはうがよいのではないか。

私は、バスを求めて、田舎道を歩いて行く。大和三山が美しい。それは、どの様な歴史の設計図をもつてしても、要約の出来ぬ美しさの様に見える。「万葉」の歌人等は、あの山の線や色合ひや質量に従つて、自分達の感覚や思想を調整したであらう。取り止めもない空想の危険を、僅かに抽象的論理によつて、支へてゐる私達現代人にとつて、それは大きな教訓に思はれる。伝統主義も反伝統主義も、歴史といふ観念学が作り上げる、根のない空想に過ぎまい。山が美しいと思つた時、私は其処に健全な古代人を見附けただけだ。それだけである。ある種の記憶を持つた一人の男が生きて行く音調を聞いただけである。

古典をめぐりて　対談

折口信夫
小林秀雄

編輯部　今度国学院大学の方で折口先生編輯の許に綜合雑誌を出すことになりましたので、古典を守るということについて話を進めて頂きたいと思います。この古典は文化ばかりでなく、広い意味で生活の総てに亘る古典をば、国学院あたりが守って行かなければならないと思いますが、――そういう意味で、折口先生と小林先生とからおきかせ願いたいと思います。

古典と歴史

折口　いろいろ伺いたいことはあるのですが、私は口不調法だから、うまい話が出来ますか、どうですか。

鎌倉に文学者が非常に殖えましたが、やはり鎌倉の土地の影響というのがありましょうな。何かくらしっくな気持というか……。

小林　ありますね。

折口　鎌倉を軽蔑する気風が昔はありました。「鎌倉は小き夢のあとどころ。また頼朝の肩うつな。君」、鉄幹の歌ですが、そんな風に。私なども、鎌倉を一向よい処とも考えなかったのですが、二十年この方、ちょいちょいと訪ねて来たりして、何か段々古めかしさが加って来るという感じがして来ました。その点やっぱり、世間の考える古典の時代がさがって来たのじゃありませんかね。その影響を我々もうけるといった……。「古事記」「源氏」「宇津保」なんという時代までは、我々若者として育った頃は、国学院でも扱っていたが、鎌倉時代以降は扱うことは避けていた。学科には、和歌はあっても、俳句なんかはいけなかったのです。芝居なんか見に行くことすら、褒められなかった。だから江戸文学などはとても話になりませんでした。ですが、今は「無常といふ事」の時代になりましたので。(笑声)

編輯部　芭蕉とか、西鶴とか、あの辺はどういうふうにお考えでしょうか、やはり古典というと芭蕉、西鶴以前のところまで……。

小林　私はそんなふうに時代というものははっきり考えた事はありません。僕なんか日本の歴史とか、文学なんかを実に読まなかったのです。私はやはりフランス語でしたから、若いころはずっと外国文学ばかり読んでいた、中年になってから、これではいかんと思って読み出したのです。

編輯部　最初に取り憑かれたのはどういう動機からですか。

小林　動機はまあ偶然なのです。私は初め明治（大学）でフランス語を教えていたのですが、やってますと、だんだん詰らなくなったのです。僕は教育者には不適任な男だから、なにか学校で自分の得になる様な教え方をしなければ詰らないと思いだしたのです。丁度その頃学校で歴史も教えなくてはならぬという話が出て、僕がその役を買って出たのです。勉強し乍ら教えても構わぬだろう、そうすれば学生はどうだかわからんが、自分には大変為になる事だと考えたのです。当時の文学部長は尾佐竹（猛）博士でした。先生の処へ行って文化史を講義するから講座をもたせて欲しいと言うと、尾佐竹さんが、日本人で日本文化史という講義のできる先生はいない筈だから、一つ日本文化史研究としてはどうか、（笑声）で研究という科目を貰いまして自分で本を読みながら講義をやったのです。

編輯部　やはり中世が一番面白かったのでしょうか。

小林　私はどこが面白いなんというほどそんなに詳しく勉強したことはありません。気まぐれなんです。いろいろ好きなものを読んで、書きたいというアイディアは直ぐ浮ぶのですが、アイディアだけではどうにもなりませんから。例えば定家の歌集を読むと、書くアイディアは直ぐ浮ぶ。併し「明月記」を読まなければ書く気になれない。

「明月記」を読んでも何に面白くはあるまいとわかっている、それをやらなければ、なんとなるとうんざりして了うのです。なまけ者は困ります。

折口 貴方は本が好きだから、どんどんそんな風に先に行くのでしょうね。其は私などにもよくわかります。準備ばかりで倒れてしまいますものね。お読みになっても、読みの深さが加って来ているから、従来の人の研究だとか解釈なんというものに対して、疑問や反感がむらむらと起って来るでしょうな。小林さんの、日本のくらしっくを扱われたものを見ると、それればかりだと思います。その点、若い者が非常に影響を受けたがるわけなんでしょうが。

小林 私は勝手に感じを書いているだけで……。

編輯部 奈良や京都は大部お歩きになりましたか、読む代りに歩くということ。

小林 暫く向うに住んでいたことがあります。

編輯部 そうですか、その時ですか、日本の古典というものに対してくらしっくな感じを持たれたのは。

小林 その頃じゃありません。その頃は仏教美術の話なぞきかされると閉口していました。

編輯部　いつ頃から日本のものに関心をお持ちになったのですか。

小林　十二、三年前です。今言ったように偶然のことです。僕は、歴史を勉強した時にいい本がなくて困りましたな。折口さんに文化史を書いて頂けるといいですが。

折口　私はとてもずぼらだし、そんな方は殊に駄目ですよ。荒っぽい組織にばかり手をつけて来ましたから。

小林　美術史の本なんかもないですね。

折口　美術は、小林さんは好きだから、その方のいい話が私にできるといいのだけれども。（笑声）

小林　外国には、美術史を読むと文化変遷が実によくわかるという風なものが多い様ですが、日本にはない。若い人に聞かれると、やはりフェノロサの美術史をすすめるより外はないのです。僕は美術なんというものに興味を持ってから国文学を読む読み方が非常に違って来ました。

折口　それは、そういうものだね。国文学を以て国文学を知ろうという行き方では、もう行きづまってしまいました。

小林　どうも美術品の方が端的に時代をわからせてくれるところがありますね。「源氏物語」だけではなかなかわからん、どうも頭から這入ってくるものばかりで判断するので。

折口　我々は「源氏」を読んでも、なにを読んでも、貴方から言われるように、着物の色目だとか、為立方《したてかた》だとか、そんなことばかり注意して来た先輩の恩義を、その方面ばかりから受けて、後へ伝えようとしている。その座敷に何が飾ってあるか、庭はどういう風景になっていたかということなどは、頭に入れずに読んでいます。その背景のないやり方です。貴方の話を聞いていると、こたえますね。

小林　ああいうふうなものが綜合できる歴史を書いてくれると助かると思いますがね。

折口　柳田（国男）先生のなさって居られる為事――あれともう少し領域の違う方面にやっぱりあれだけ大知識人が、二、三人でもあると、余程よくなるのだと思いますがね。

小林　ああいう博学な人が二、三人といっても大へんな事だ。やはり金と組織が要りますなあ。いつか「枕草紙」を読んでいましてふとこんな事を考えた事があります。清少納言が行成をからかっている処がある。普通の評釈を見ると清少納言の観察の鋭さがどうのこうのと書いております。併しよく読んでみると行成の方が女を馬鹿にしていて、女にはそれがわからぬという事がわかる。現代の評釈者がどうしてそういう処に気がつかぬかというと、行成という人の偉さは、もうわからなくなっているからだと思うのです。清少納言の文章の面白さは僕等にもすぐわかるが、行成の字の美しさはもうわれわれからは遠い処にある。若し行成という人の全人格は字で表現されているという事であれば、もうそれはわれわれには大変難かしい問題になります。要するに書道というものの文化史的な価値というものがわからなくなって来た事は、文学の鑑賞の上でも大変違った事になるでしょう。「古今集」の詩人は字の美しさと歌の美しさと恋愛行為と皆一緒にして歌というものを考えていた。今では岩波文庫で「古今集」を読みます。全然違ったものを読んでおる事になる……。

折口 そうは考えないでもないが、分解してふれて行くのが安易な道なので……綜合して感受する筈の人でも、やっぱり切り放して言をいう……。

編輯部 平安朝時代も相当なものの歌はやはり綺麗な色紙に書いたようですね。

折口 当時の文学というより歌は、実用的のものだったから、その目的を完全に果す為に、文字や絵様いろいろ心を尽して、効果を盛り上げようとしたでしょう。

編輯部 どういう紙でよこしたかということを非常に気にしていましたね。

小林 僕はやっぱり古典というものは理解するのに苦労する処に面白味がある様に考えます。古典の現代訳というものは成功しませんね。どうもあれは妙な事だ。新訳何々というものは……。

折口 文体がどうしても変ってしまうからです。古典を口訳することになると、江戸時代の語だと、我々の語彙に残っているのですからてにをはや、副詞や又それぞれの省略した言い方まで訳しても実にたのしく、わりにぴったりと訳せられた気がするのですが、明治・大正・昭和の語になると、訳する言葉が非常に少くなるのですね、少い筈はないのだと思うけれど、事実は事実なのです。一つは我々の思考の対象が変って来ている。情緒的な表現ならば、大して気にかけなくなった。そういうところがあります。

小林　温古知新という事は難かしいですね。どうも逆に知新温古という具合になりたがる。現代の方から歴史を観念的に解釈する傾向があります。その方が易しいですからね。しかしこれは本当の利益にはなるまいと思うのです。文学も美術も時代の日常生活の裡《うち》に溶け込んでいる、その溶け込んでいるところを直覚するという事が大事だと思うのです。そういう直覚を養う労をとらず、ある時代の文学的観念、美的観念を作り上げて了うという傾向が非常に多いのではありますまいか。例えば、昔の人にとって瀬戸物の美しさとは、それを日常生活で使用することの中にあった。利休の美学は、そこから生れております。現代では瀬戸物の美しさを硝子《ガラス》越しに眺めている。それで十九世紀西洋美学には抵触しないのですよ。瀬戸物の美しさが観念だけのものになって了っている事に、気がついていないのです。茶器屋さんは、これを鑑賞陶器と皮肉っています。

折口　書物の方の古典と、鑑賞陶器とは又ちょっと違うでしょうね。

まあそういう相違も承りたいものです。古典的な喜びというのは、比喩的な意味で触れているだけで嬉しいと謂《い》ったことがありますね。美術品を眺めているように、その本の内容まで入りこまなくても、文学の光輪みたいなものに触れるということもあろうというものです。

小林　余程古い時代の文学は、そういう傾きがありますね。「古事記」だとか、「万葉」の古い傾向の人の歌などというものは、鑑賞陶器ですね。「大君は神にしませば天雲の雷のうへにいほりせるかも」などは、文学味が分解されてしまって、鑑賞陶器みたいな味いが残っていますね。支那から渡った紫色の皿ですが、此などはちょっといい気持ちでひきつけられるのです。今日持って来て見て頂いたらよかったな。（笑声）

小林　はあ、それは残念です。

伝統について

編輯部　やっぱり現代文学でも空廻りしている感じのものが近頃特に多い気がします。そういう意味でこの日本の作品の古いものを――今の人が取上げなければならないようなものを――ぶつかってやれば相当びっくりするものがあると思います。室町とか、江戸の初期のものを……。

小林　僕は伝統主義者ではないので、文学はやはり西洋ものを尊敬しております。自分の為になるもの、読んで栄養がつくものはどうしても西洋人のものなんです。若い人でやっぱり西洋文学をどんどんやるのが正しいと思います。何と言っても近代文学は西洋の方が偉いです。併し物を見る眼、頭ではない、視力です。これを養うのは西洋のものじゃだめ、西洋の文学でも、美術でも、眼の本当の修練にはならない。日本人は日本で作られたものを見る修練をしないと眼の力がなくなります。頭ばかり発達しまして。例えば短歌なんかやっている方は、日本の自然というものを実によく見ている。眼の働かせ方の修練が出来ているという感じを受けますが、西洋風な詩を作る詩人のものを読むと、みな眼が駄目です。頭だけがいい。

編輯部　映画なんかでもそうだし、とにかく動いているものを見る機会が随分ありますね。画を書く人は又それとは別ですけれども、川端康成さんなんかはお会いしただけでも、目を見るとこわくなるが、作品にもそういうことが感じられます。詰り見るという修練が積まれているからですね、自ら記して、日本文学の伝統というものを守るのだということを言っております。

小林　僕は伝統というものを観念的に考えてはいかぬという考えです。伝統は物なのです。形なのです。妙な言い方になりますが、伝統というものは観念的なものじゃないので、物的に見えて来るのじゃないかと思うのです。本居宣長の「古事記伝」など読んでいて感ずるのですが、あの人には「古事記」というものが、古い茶碗とか、古いお寺とかいう様に、非常に物的に見えている感じですな、「古事記」の思想というものを考えているのではなくて、「古事記」という形が見えているという感じがします。

折口　宣長のしたところを見ると、漠然と出来ている「古事記」の線を彫って具体化しようとして努力している。私等とても、そういう努力の痕を慕い乍ら、彫りつづけている。だが刀もへらも変って来た気がする。も一度初めから彫りなおしてもよいのではないかという気もします。

編輯部　やっぱり今の作家は古典というものを作り過ぎていますね、宣長先生は誇張がなくてすなおに入っている。

折口　日本では、古代に対しては、もっと考えねばならぬ方法を棄て、安易な方面だけについているという気がします。考古学で行くような形で、古典がわかると思っているのでしょう。考古学は、資料のある程度までの出揃いということを基礎として、概論を出すのです。此の方法では、だから古典研究は成り立たないのです。其を考えていますか知らん。又、考古学そのものについても、平安、鎌倉などの文学の背景になる平安朝とか、中世以後のものに対する考古学は割合に発達して居ないから、此の方面から、よい背景の供給を望むことが出来ません。此は何と言っても、偏り過ぎています。金のかからぬ学問、異論の出ることの少い学問へと進んで行って、後へ戻って来ないのは、よくありません。考古学はえすのろじいに留るものではないのですから。

批評について

編輯部　批評の問題ですが、批評の時代が来たという話をちょっと伺ったのでありますがね。――批評は小説より優位にあるということを伺ったのでありますがね。

小林　いやそういう意味じゃないのです。想像力が衰えたから批評的にならなければならないという意味であります。

編輯部　先程の、ものを見る眼と関連がありますね。

小林　いやそうじゃない。やっぱりものよりも意見の方が、解釈の方がそういうものの方が、尊重されて来たのですね。黙って見ているものから生れてくるというようなものがなくて……。

編輯部　幸田露伴の「連環記」を読みましたが、保胤《やすたね》等のことを書いておりますが、保胤が当時の詩人の作品の批評をやっておるように、これは戦場を颯爽《さっそう》として馬を走らせたような作品だとか、盲目の姿とか、そういうような姿で形作っておる。それならどういうことになるのだというと、我々には分りにくいが、ああいう姿で性格が描かれてくるのでしょうね。それは今でも何でも何々主義とか、何々式とかいう――批評にならないがね。兼好あたり、「徒然」あたりになると、はっきりして来ますね。

今のものに近い批評がありますね。兼好なんかあの時代をどういうふうに見ておったか。とにかく神道もやり、そうして仏教をやり、道教をやり、相当思想的にはひろくわたっておりますね。

小林 あの人の生活、よく分っていないのですが。

折口 「無常といふ事」を拝見しても、あれに関連したものにしても、ああいうあなたの書き物は鎌倉のあなたの生活が土台になって居りますね。兼好だって、内部に十分鎌倉生活がありますね。併し兼好は自分の同感できる鎌倉というものを探して居る。だからつっぱなされたような感じがしませんね。自分たちも兼好に導かれて鎌倉を見物しているのだから、兼好のは歴史として見た鎌倉なのであるから……。

編輯部 批評をするのでも、もう少し小説家のスタイルで批評できないかと思いますがね。そういう点では泉鏡花とか、石川淳とかは小説家のスタイルでもって、近代的な批評をやっておると思いますがね。あれを戯作者といって切りすてる人がありますが、とにかく浮世というものを実に鋭く批評しておりますね。本人はどうであるか分りませんが、キリスト教なんかでも褒めるでもけなすでもなく、何かの形で批判しておりますね。坂口(安吾)氏や田村(泰次郎)氏あたりのを読むと、肉体ということが非常にみにくくあさましく感じられますが、石川さんのは肉体というものは綺麗に浄化されておりますね。

折口　坂口君のものは、底に違ったものがある。其が出よう出ようとしているが、坂口君がも一つ努力をしない。あの人は、表面から見ている安易な作家ではない。本音が出ないのだと思うのです。

小林　この頃実に読んでいないのですよ。

折口　戦争の峠に達した頃からの癖で、むちゃくちゃに読みますが、こんなのは読まないのとかわりません。作家の名前を見ないで読んで居るという結果になります。誰も彼も境目もなくて、唯読むのです。作家が悪いのじゃないでしょうが、其れでも、印象深い作に出あいそうなものです。ずっと前の古い小説も、そんなわけで随分今になって読みとおしました。「八犬伝」なども、とうとう最後までよみあげましたよ。一つお暇なときに、何か解釈に堪える力のある、豊かな作物の、何か古いものの研究を聞かして頂きたいと思います。どうか、もう一遍都合をつけて頂きたいものです。今まで誰も考えたことのない新しい註釈事業が出来そうなものだと思うのです。

小林　飛んでもない。私の方から折口先生のお話を伺いたいのです。

編輯部　芭蕉や西鶴はだめでしょうか。

小林　まだ勉強が足りないからだめですよ。やりたいことが沢山ありますが、出来ませぬ。僕はとても気まぐれで何でも興味があるので困ります。

折口　新しい雑誌「本流」は、元の「国学院雑誌」の愛読者を継承して知識の水準を上げるという目的も一方にあるのですから、今の小説家についてでも適切な批評でも聞かして頂きたいと思います。

小林　僕は実に読んでいないのです。

編輯部　ちょうど小林さんが批評界に出て来られたときは、川端さんとか、横光（利一）さんなんかと同じですか。

小林　僕は後輩です。

編輯部　そうすると批評の対象にしたのですね。横光さんとか、堀（辰雄）さんとか、川端さんを……。

小林　僕は批評家になるとは思っていなかったのです。

編輯部　作家としては、「Xへの手紙」などがあるのですね。

小林　僕なんか自分でも考えておりますが、こういうごたごたした時代の本当の子供ですね。何も纏《まとま》らないでしょう。

編輯部　何か新しい文学運動なんかをやるという気持はございませんか。

小林　ありませんね。自分のことだけ考えておりまして……。

演劇について

編輯部　日本の演劇なんか見る機会がございますか。

小林　僕はよく歌舞伎を見ました、学生のときに。その後は余り行きません。

編輯部　歌舞伎ではどういう方が御ひいきですか。

小林　そんなものは……。折口さんは今でも歌舞伎を御覧になりますか。

折口　私は若い時から無駄に見て居るだけです。今でも、若い仲間が行きますから、つい誘惑せられまして。だから結果は、何十年見ていても、何一つ見ていないのと同じことです。

編輯部　芝居は時代物の方が好きですか。それとも世話物の方が好きですか。

小林　何でも好きでしたね。あの頃は築地小劇場のあった頃です、私は新劇の方はあまり見ませんでした。僕は歌舞伎ばかり見ておりまして。新劇の方は芝居を見るより書物を読んでいた方がいい様に思いましてね。この間、随分久し振りで真船（豊）君の「黄色い部屋」を見て面白かったです。日本の新劇もやっとのん気に見ていて面白い処まで来た、という様な気がしました。観衆もいろいろで、新劇ファンという様なものではなかった様です。いつまでも新劇ファンを相手にしていて、新劇が発達するわけはないと思います。中国の新劇も日本の翻訳劇からもともと発達したのですが、どんどん大衆化しております。向うの方が現実派です。日本人は理想派です。

折口　支那に行ってあちらの舞台を見ると、新劇もなかなか盛んなようですが、構成を改めたりしたことはありませんか。……古典的なものから新劇までみんなありますか。

小林　みんなあります。いろいろのものをやっております。

折口　技術や工夫は、そのまま出て来ますか。

小林　僕は、上海で洋画の展覧会を見ていましてね。日本人が実に理想主義者だという事を痛感しました。中国には西洋の技術だけがはいっているのです。日本の洋画運動は技術がはいったというよりも、新しい思想がはいった、思想運動だった。ゴッホが耳を切ったと聞けば、鼻を切る画家が出て来るという調子なのです。新劇だってそうなのですよ。西洋の第一流の近代劇の忠実な再現でなければ承知しない。芝居が経済的に成りたたなくても、それでなければ承知しない……。

平安朝の時代

編輯部　平安朝時代も詩や漢詩文の方は或る意味でよいが、物語のように新しいものが出て来ない、だから尊重するとすれば歌のあたりが一番だと思いますね。

小林　平安朝時代の漢詩には立派なものは全くないのですか。

折口　やっぱり伝説上の偉人になるだけあって、道真は漢文学の上では、立派な人です。唯前型を追うというのが、道徳だった時代ですから、概して誰も彼も独立したものを持っていませんね。模倣という事実になって現れます。技術などみすぼらしくても、奈良朝以前の方が、作物も少いが、生活力は出ているようですね。平安時代の類型尊重の習慣——というより伝統——を考えないでは、意味のない文学史になります。尤も、日本どころか、本家の支那の文学だって、伝統々々で、類型を追っていたのです。

編輯部　女の方が偉かったんじゃないのでしょうかね。

小林　どうも僕はそういう所がよく分らないのです。やっぱり男が偉かったのでしょうが、あの頃の男の偉さということが今は分らなくなって了ったのじゃないかと思います。女の偉さというものは、今の人から見ても分りやすいというに過ぎないのではないかと思います。

折口　本当はあの頃の一流の人というのは、文学に行かなかったのです。だからその人の天稟《てんぴん》で文学にかかりあうというだけでも、第一等の貴族のすることではないと思っていたのです。だから、道真は才能以下に侮辱せられたのです。大貴族と言われた人々は古い自由の生活をそのまま続けており、共に新しい才学もとり入れて来るが、此は装飾だと思っている。だから装飾を身につける必要はあるが、装身具専門家になっては駄目だった。学者芸術家は装身具の製作者で、生活力のある人は、そんな才学者の階級にあるとは思わなかった。実際、当時第一流の人物の人間としての生活力というものは、素晴らしかったと思いますね。「色好み」という語が、此を表していました。女の作家が勢いを持っていた時代ですが、これも結局は装身具業者みたいなものですね。一流の人たちに親近している。其で男性の才学を持った人たちを見るのに、自分の主人のするような見方で対していた訳です。だから事務官よりも下に博士級の人がいる。其等は女性たちの軽蔑の的です。そうして才学を根柢として頭をあげた事務官連に手腕はあっても、これもやはり其が才学によって立つ以上、世の中から軽く見られる。其の世の中のまなこの代表者が、当時の女流だったのです。

編輯部　藤原公任《きんとう》なんか割合面白いでしょうね。

折口　藤原公任でも、やはり事務官らしい色彩が濃厚だし、あの天分に相応するだけの評価は得ていない。まるで幇間《ほうかん》みたいな面ばかり著しく伝えられている。

編輯部　紀貫之なんかを一流と言えば三流から四流ぐらいありますね。

折口　貫之を私は軽蔑しないけれども、為事よりも天稟の方が低い様ですね。企図する所は正しいが、動機が伸びない嫌いがありますな。歌なんかでも計画性だけがはっきり出ていて、情熱が燃えていませんね。散文はそれと性質が違うだけに、この方は成功しましたがね。公任など、そんなに問題にしたくありませんが、どうしてあれで小説、物語というようなものを書かなかったかと思われるでしょうが、尤も、書かなかったとは限りませんが、書いて見たところで物語の為には、男では、文体が違うからね。女文体でなければ、自由な物語的の発想が出来なかったのだから、やっぱり書けないでしょうな。尤も、源順や、堤中納言（兼輔）などが、物語作者に擬せられているけれど、此は信じないのですから。文体が違うということに、其で行かねばある種の文学は出来ないということになるのですから。我々が簡単に思うようなものではないと思います。

詩と小説

編輯部 話は変りますが、もののあわれの歌が生きている物語という点で川端さんの「雪国」なんかどういうふうに考えておりますか。

小林 やっぱり川端さんの代表作でしょう。こういう事があるのです。例えばフランスですと、近代になっても文学運動の先端を切るとか、革新的なことをやるとか、そういう事は詩人がやった事が多いのです。二十世紀になってもそうなのですが、日本では外国文学が入って来て詩人の権威というものが近代文学の中になくなって了ったのです。だから文学の先端を切るのは小説家という事になった。ところが小説という形式は、もともと社会的な大衆的な形式なのだから、そこにいろいろ日本独特な動きが現れたわけです。純文学と大衆文学との異常な対立という事も日本でなければ考えられぬ現象です。日本では、文学の指導性というものを小説家が握っているという事になったから、そうならざるを得んのです。純文学なんていう言葉も妙な言葉です。

純文学運動は小説の運動というより、寧ろ西洋流に言えば詩の運動なのです。小説の形式で詩を書いているのです。それが日本の純文学。川端さんの「雪国」でも散文詩というものでしょうなあ。世界に通用する意味での小説ではありませぬ。

編輯部　そういう流れというものが近頃の小説家に、日本の文学界自体にそうした小説という物語の中に抒情詩的な、詩的なものが含まれるという伝統、そういうものがあって、そういう所を取ったのじゃないか。「源氏物語」にしても、女房ものにしても、西鶴のものにしても、そこには和歌とか、詩というようなものが土台になって小説ができ上っております。それが今の日本人にも或る意味ではたらいておるように思いますが……。

小林　まあそういう国柄というところもありましょう。併し、純文学と大衆文学はだんだん近付いてくる傾向でしょう。

編輯部　何かそうした種子を持っておるような人を見出されておったのでありますか。

折口　もう一遍新しい形で生れ更って来ているかも知れませんが。なるべく抒情詩的な散文学は我々でうちきりにしてやりたいものです。子孫の為にね。我々はその為に苦しんだから。苦しみを再びさせない為に。詩その物にし、詩的な感覚が文章に出て来るということも結構だが、どうも此は新感覚派が人道主義の時代について出た、あの頃の程度ではもういけないと思います。西洋では、詩人から、小説家に転向したのに、傑《すぐ》れた人が多いではありませんか。ろう、ま語の限界を超えた国では、もうわからん。いくら翻訳しても詩というものは、根本普遍性のないものですな。あんな文学に普遍性を要求していながら、外国詩は、日本人が読めば、西洋の詩はわからない。日本の現在の詩も、西洋人が見ても分らないでしょうね。それでも此頃のは、外国文体に近い表現ですから、外国人に分りましょうかね。どうもあぶないものだと思います。私の知って居る詩人たちは、みんな翻訳体で行ってるが分るのでしょうかな。英語だけしか読めない、其も心細い我々では、外国の詩は見ても散文を読むのと同じですしね。翻訳味の詩は、おもしろくない上に決る所を逸らしてます。

小林　僕なんかもフランス語の詩を訳したことがありますがね。こちらのものを向うに分らせるのと、向うのものをこちらに分らせるのとでは、やはりこちらの方が、私達の方が分り易いように思いますね。その点日本人というのはどうも得をし過ぎております。（笑声）併し又原語でなければ分らないということはよく言いますが、原語で読むと言いましても、私達はそれを訳しながら読んでおりますからね。

折口　そうでしょうな。原語で読むと言っても、勿論すぐに這入らないのだから、やはり分らぬところは出て来るでしょうな。

小林　寝言もフランス語で出て来るような域に達しない限り原語で読むなどとは言えませぬ。

折口 日本の漢詩のように、半分以上日本語で、半分以下だけ支那語的に読む。作る時も、支那風に発想するのでもないというようなものは一種の散文詩ですからな。（笑声）室生（犀星）さん、佐藤春夫さんのような人が、此からも出て来るでしょうか。

小林 又、出て来ると思います。

折口 そうであってほしいものです。

編輯部 それではこのくらいにしまして、……有難うございました。

一同 どうも御苦労さま。

還暦

私は、今年、還暦で友達にお祝ひなどされてゐるが、どうも、当人にしてみると妙な気分である。私の周囲には、去年還暦、来年は還暦といふのが幾人もゐるが、見渡したところ、やはり賀の祝ひにしつくり納まるやうな顔付きは見当らないのである。何んの事はない、何や彼やと心忙しく、とても呑気に歳なぞとつてゐられない時勢に、みんな生活してゐるといふ事になるのだらう。

古い習慣といふものは、皆いづれは、ちぐはぐな事になり、やがて消滅する、と言つて了へば身も蓋もない。考へて行けば身も蓋もなくなる、そんな考へに、私は、興味の持ちやうがない。話は逆なのである。お互に、こんな気忙しい世の中に生きてゐるのだから、せめても還暦のお祝ひでもやらうか、みんなさう考へてゐるのだ。それなら身のある話になるだらう。それなら、賀の祝ひといふ旧習が、いかに人生に深く根ざしたものであるかに、想ひを致してもいゝだらう。

文明の進歩は、私達の平均年齢を、余程延ばしたと言はれる。これに間違ひはあるまいが、平均年齢延長を祝ふわけにはいかない。だから、還暦なぞ、古稀まで繰り延べればよい、古稀は米寿に延ばして了へ、その内に、ぽつくりいくだらう。賀の祝ひを止めれば、葬式も止めるのが合理的である。実際、現実家を気取つた男が、俺には葬式はいらぬなどと口走るのを聞く。葬式は死んだ当人が出すのではない。葬式をするのは他人である。だが、かういふ放言には、もつと深い自負が隠れてゐる。彼は、年齢を何か品物のやうに扱つてゐる。言はば、年齢といふ自分の金をどう使ふも、自分の勝手だと思つてゐる。彼は、自分の人間らしい心の、自負による硬直に気が付かない。

この頃は、長寿の人が殖えた、と言ふより、平均年齢が延びたといふ方が、正確な言ひ方だと考へ勝ちだが、そんな事はない。言葉の発想法が、まるで違ふのである。例へば、名人といふ言葉の代りに、無形文化財と言ふ。言葉が正確になると、意味は貧しくなるといふ事もある。私達は、長寿とか延寿とかいふ言葉を、長命長生と全く同じ意味に使つて来た。目出度くない長生きなど意味を成さない、と考へて来た。では、何故目出度いか、これは誰にも一と口で言へぬ事柄だつたが、何時の間にか、天寿といふ言葉が発明され、これを使つてみると、生命の経験といふ一種異様な経験には、まことにぴつたりとする言葉と皆思つた、さういふ事だつたのだらう。命とは、これを完了するものだ。年齢とは、これに進んで応和しようとしなければ、納得のいかぬ実在である、かういふ思想の何処が古臭いのかと私は思ふ。

孔子は、還暦を「耳順」の年と言つた。耳順《したが》ふとは面白い言葉で、どうにでも解されようが、人間円熟の或る形式だと考へたのは間違ひない。寿といふ言葉も、経験による人の円熟といふ意味に使はれて来たに相違ないので、私などは、さて還暦を祝はれてみると、てれ臭い仕儀になるのだが、せめて、これを機会に、自分の青春は完全に失はれたぐらゐの事は、とくと合点したいものだと思ふ。ところが、このいかにも判然とした、現実的な感覚が、ともすれば、私から逃げるのである。やはり、私が暮してゐる現代の知的雰囲気が、強く作用してゐる事を思はざるを得ない。

思想に年齢があるといふ意味合ひは、意外なほど、今日では、解りにくい事になつてゐる。さう言へば、直ぐ反対される。それを発見したのが、まさしく今日のわれわれではないか、思想は歴史的なものである、と。だが、さういふ時、必ず自分の歴史は棚に上げてゐるのが現代の流儀である。ついうつかりして棚に上げるのではない。この厄介な現実は見ぬ振りするのだ。私の歴史とは、私の年の事だ。死んだ児の年を数へるとか、年甲斐もないとかいふ、あの年の事だ。今日流行の歴史といふ言葉は、あの私達に親しい年齢とは、ひどくかけ違つたものになつて了つた。年齢の秘密は、心理学の対象としても、まことに不向きなものである。

円熟といふ言葉を考へてみると、もつと解りやすくなるだらう。現代が、円熟するにはむつかしい時代であるとは、誰も解り切つた事のやうに言ふ。かう多忙で複雑では、と言ふ。しかし、円熟する事は、今日でも必要な事だし、現に円熟してゐる人は沢山ゐる。芸術家にしても野球選手にしても、その生活は技の円熟を他所《よそ》にしては意味を成さないのである。では、何故、文化に最も関心を持ち、文化について激しく論じてゐる人達が、あたかも、円熟などは芸人にまかせて置けと言ふ態度を取つてゐるのだらうか。かういふ人間のタイプは、何時の世にもあつたのではない。技の円熟がないところに、如何なる形の文化も在り得ないといふ事を忘却した文化人のタイプとは、現代に特有なものではあるまいか。

眼高手低といふ言葉がある。それは、頭で理解し、口で批評するのは容易だが、実際に物を作るのは困難だと言つた程の意味だ、とは誰も承知してゐるが、技に携はる人々は、技に携はらなければ、決してこの言葉の真意は解らぬ、と言ふだらう。実際に、仕事をすれば、必ずさうなる、眼高手低といふ事になる。眼高手低とは、人間的な技とか芸とか呼ばれてゐる経験そのものを指すからである。

芸術家は、観念論者でも唯物論者でもない。心の自由を自負してもゐないし、物の必然に屈してもゐない。彼は、細心な行動家であり、ひたすら、こちら側の努力に対する向う側にある材料の抵抗の強さ、測り難さに苦労してゐる人である。彼の仕事には、たまたま眼高手低の嘆きが伴ふといふやうなものではない。作品が、眼高手低の経験の結実であるとは、彼には自明な事なのである。成功は、遂行された計画ではない。何かが熟して実を結ぶ事だ。其処には、どうしても円熟といふ言葉で現さねばならぬものがある。何かが熟して生れて来なければ、人間は何も生む事は出来ない。

さういふ意味合ひが、もともと生産といふ言葉には含れてゐると思ふのだが、今日の生産といふ言葉の濫用は、機械による厖大な物的生産に見合ふものであり、言葉の抽象化によつて濫用が可能といふ次第だから、従つて濫用する当人も、文化論の多量生産を行ふわけである。無論、この仕事には円熟の余地なぞあり得ないし、又、文化論者が文化の担ひ手であり、文化論の花が咲くところに文化があるといふ、これも現代に特有な錯覚が広く行渉つてゐるから、文化と円熟とは無関係だといふ考へも蔓延する。現実の形ある文化を作つてゐる人達は、芸術家の、どう仕様もない手続きを踏んでゐるから、まるで弾圧を蒙つたやうな有様で、文化については、片言しかしやべれない。

円熟が定義し難いのは、例へば自由が定義し難いのと同じく、いづれ、私達の生きてゐる事実に浸つた言葉だからであり、恐らく、両者は、生の深みで固く結ばれてゐるだらう。だが、これは当面の話ではない。何故、今日、自由といふ事が盛んに言はれ、あたかもこれに順ずるが如く、円熟といふ言葉が軽んじられてゐるか、といふ心理的問題になれば、これは、かなりはつきりした事だ。自由に円熟なぞ、誰にも出来ない。円熟するには、絶対に忍耐が要る。自由は、空想や自負に直ぐ結付き易いが、円熟にはそのやうな要素は更にない。固く肉体といふ地盤に根を下してゐる。さういふ事だと思はれる。忍耐の価値を、修身教科書の片隅に追放してい丶理由なぞ何処にもないのである。

忍耐とは、癇癪《かんしやく》持向きの一徳目ではない。私達が、抱いて生きて行かねばならぬ一番基本的なものは、時間といふものだと言つても差支へはないなら、忍耐とは、この時間といふものの扱ひ方だと言つてい丶。時間に関する慎重な経験の仕方であらう。忍耐とは、省みて時の絶対的な歩みに敬意を持つ事だ。円熟とは、これに寄せる信頼である。忍耐を追放して了へば、能率や革新を言ふプロパガンダやスローガンが残るだけである。時間は、腕時計やサイレンの音と化し、経験され、生きられる事を止めるからだ。

自分の青春が失はれた事を、とくと合点したいものだ、と書いたが、私は、何も個人的な告白がしたかつたのではない。還暦にでもなれば、誰もさう思ふのは当り前だと言つたまでなのだが、そのやうな個人の主観に属するものは、思ふも思はぬも当人の主観にまかせて置けば沢山な事だ、と言はれるかも知れない。しかしそんな風に事を片付けたがる現代知性の通念もひどくあやふやなものと思はれる。私は、還暦に際して、死の恐怖を覚えてもゐないし、失はれた青春を惜しんでもゐない。私が年齢の足音を聞くのには、感情に負ける必要なぞ少しもないやうに思はれる。足音は、年齢の方から確実に伝はつて来るから、私は、たゞこれを聞かざるを得ないまでで、これを聞く聞かないは、私の勝手ではない。感情を動かしたり、知性を働かしたりすれば、却つて聞くのに邪魔になるやうなものだ。誕生に始り、死に終る動かす事の出来ぬ精神的秩序をもつた年齢の実在は、例へば向うに在る動かせぬ物的秩序を持つた山と同じぐらゐ確実なものだ。これは常識に適つた考へ方ではなからうか。

確かに過ぎて了つて、今はない私の青春は、私の年齢のうちに、現に私の思ひ出として刻まれて存する。これは、年齢といふものの客観的な秩序であつて、私の力で、どうなるものでもない。従つて、私は、幾つかの青春的希望が失はれたが、その代り幾つかの青春的幻想も失はれた事を思ふ。言ひかへれば、私は、今の年齢が要求するところに応じた生活態度を取つてゐるのである。この私の思想の退つぴきならぬ根源地を見てゐる限り、私には、気まぐれも空想もない。

還暦と言へば、昔はもう隠居である。今日では、社会生活の条件がまるで違つて了つた、といふ意味でなら、もうそんな馬鹿な真似も出来ないと言ふのはいゝ。だが、これに準じて隠居といふ言葉の意味も馬鹿気たものにして了ふ理由はあるまい。隠居といふ言葉には、私達が、実に長い歴史を通じ、生活経験に照らし、練磨して来た具体的な思想が含れてゐる筈だらう。年齢の呼びかけにどう応ずるかについての日本風な或は東洋風な智慧があるに違ひないだらう。そんな事を言ひ出すと私などには手に負へぬ難かしい問題になつて来るが、ともあれ、私は、隠居といふ言葉を真面目に受取つてゐる。

いつか、隠居に相当する言葉が西洋にもあるだらうかと、英国に長く生活してゐた人に聞いてみた事がある。彼は、"country gentleman"の事だと答へた。だつて、日本では、隠居は隣りにゐるか、横町にゐるに決つてゐるではないか、と私は笑つたが、有名な「市隠」の思想は、落語に出て来る、明るい親しみのある隠居の姿にも、通つてゐる事が感じられる。田舎などに逃げ出す隠居にろくな者はない、大隠は市に隠れるの伝来思想は、日本人の生活の中に、恐らく、深く生きたのである。隠士、逸民なしに、支那の思想史、精神史は考へられもしないが、それと言ふのも、彼等が、皆、高級な意味での横町の隠居達であつたが為であらう。

「大隠隠ル二朝市ニ一」の思想は、道家の専売ではなかつた。「荘子」によれば、孔子は陸沈といふ面白い言葉を使つて説いてゐる。世間に捨てられるのも、世間を捨てるのも易しい事だ。世間に迎合するのも水に自然と沈むやうなものでもつと易しいが、一番困難で、一番積極的な生き方は、世間の直中に、つまり水無きところに沈む事だ、と考へた。この一種の現実主義は、結局、年齢との極めて高度な対話の形式だ、といふ事になりはしないか。歴史の深層に深く根を下して私達の年齢といふ根についての、空想を交へぬ認識を語つてはゐないか。

孔子は七十三で死んだが、誰も知る通り、彼は、十五歳で学に志してから、幾つかの年齢の段階を踏み、七十歳で学が成就した、と言つた。これが、自分には、さういふ次第であつたが、他人には又別のやり方があらう、といふ彼の告白だつたとしたら、何も面白い事はない。又、そんな事では、彼の出現が、学問史上の大事件になつた筈もない。彼は、単に学問的知識を殖やすのには時間がかゝると言つたのではない。そんな事は、彼の考へてもみなかつた事で、彼は、まるで違つた意味で、年齢は真の学問にとつては、その本質的な条件をなすと言つたのである。世の中は、時をかけて、みんなと一緒に、暮してみなければ納得出来ない事柄に満ちてゐる。実際、誰も肝腎な事は、世の中に生きてみて納得してゐるのだ。この人間生活の経験の基本的な姿の痛切な反省を、彼は陸沈と呼んだと考へてみてはどうだらう。

孔子の学問には、科学といふものが、歯でも抜けたやうに、ぽつかり抜けてゐた。これは間違ひではない事だが、そんな考へ方をしてみても仕方がない。孔子の学問を見直す道は開けて来はしない。さういふ考へ方は、否定による定義のやうなもので、本当は、物の役に立たぬ。孔子にとつては、自分が直面した問題に比べれば、太陽が毎日東から上つたり、水が低きに流れたりする、所謂《いはゆる》客観的な事物の動きは、学問に待つまでもなく、解り切つた話であつた。彼の学問の志を動かすに足りなかつた。さう平凡に率直に考へて、何故いけないのだらう。

彼は、生きるといふ全的な難問にぱつたり出会つたのであり、難問を勝手にひねり出したのではない。難問は、誰彼の区別なく平等に配分されてゐるのが、実状であると見たのである。彼の学問は、これも極く普通の意味で、哲学であつたと言つていゝ。哲学とは「死の学び」であるといふソクラテスの言葉は有名である。プラトンの思想に於いて、この言葉が正確には、どういふ意味を持つてゐるかといふやうな事には、私は不案内だが、この言葉が、何故有名になつたかは、解り易い事だし、その方が大事な事に思はれる。恐らく、それは人々の生活経験に直接に訴へる、或る種の名言の持つ現実的な力による。誰も、この言葉をソクラテスの気紛れな思ひ付きと思ひはしない。彼にさう言はれて、自分の心に問ふぐらゐの用意は誰にでもあるだらう。孔子の「焉《イヅクン》ゾ死ヲ知ラン」も有名な言葉だが、「論語」も一種の対話篇であり、質問次第で、彼は、学問は死を知るにあるとも言へた筈である。ソクラテスも、哲学を始める年齢を、五十歳とはつきり決めてゐる。人の一生といふ、明確な、生き生きとした心像の上に、学問が築かれてゐる点では、二人とも同じなのである。

私達の未来を目指して行動してゐる尋常な生活には、進んで死の意味を問ふといふやうな事は先づ起らないのが普通だが、言はば、死の方から不思議な問ひを掛けられてゐるといふ、一種名付け難い内的経験は、誰も持つてゐる事を、常識は否定しまい。この経験内容の具体性とは、この世に生きるのも暫くの間だ、或は暫くの間だが確実に生きてゐる、といふ想ひのニュアンスそのものに他なるまいが、これは死の恐怖が有る無いといふやうな簡明な言ひ方をはみ出すものだらうし、どんな心理学的規定も越えるものだらう。日常生活の基本的な意識経験が、既に哲学的意味に溢れてゐるわけで、言はば哲学的経験とは、私達にとつて全く尋常なものだ、といふ事になる。たゞ、このやうな考へ方が、偏《ひとへ》に実証を重んずる今日の知的雰囲気の中では、取り上げにくいといふに過ぎない。人の一生といふやうな含蓄ある言葉は古ぼけて了つたのである。しかし、この言葉は、実によく出来てゐるのであり、私達は、どう考へても、その新しい代用品を発明する事は出来ないのである。せいぜい出来る事は、現代的趣味を通じ、古風な言葉と眺めるくらゐな事ではないだらうか。趣味たる限り、現代的趣味が、懐古的趣味より上等だといふ理由もあるまい。

近代科学は、よく検討された仮説の累積により、客体の合理的制限による分化によつて進歩した。学問内部の問題として誰もこれを疑ひはしない。その成果に対する過分な評価がもたらした、広汎な、疑はしい心理傾向となれば、これは別の事である。科学は合理的な仕事だが、科学の口真似による知性の自負となれば、非合理的な心理事実に属するのであり、これを趣味の一形式と呼んで少しも差支へない。かう言へば、逆説的に聞えるかも知れないが、この広く行渉つた趣味が、現代の知識人を、本当は無意識な人間に仕立て上げてゐるのである。彼等の、本質的な意味で反省を欠いた、又その為に多忙な意識は、言はば見掛けだけのものだ。

真の科学者なら、皆、実在の厚みや深さに関して、痛切な感覚は持つてゐる筈だ。彼等の意識は、仕事の喜びや悲しみによつてはぐくまれてゐる筈だ。だが、科学の口真似には、合理化され終つた多数の客体に自己を売渡す事しか出来はしない。意識的であるといふ事は、合理化された客体といふ己惚れ鏡を持つてゐるといふ事に過ぎなくなる。内省によつて捕へられる意識が、すつかり外部に投影されて了ふのである。心の或る機能に過ぎない知性を自負する事は、心を硬直させずには済むまい。硬直した意識に、どうして硬直が意識出来よう。能率的な生き方といふ一つの道が開かれてゐるだけだ。社会の一般的な規格的な条件に、出来るだけ能率的に順応しようとする意識は、多忙だが、決して敏感ではない。鈍感性は、いくら己惚れ鏡を磨いても、生きた意識の独自性は、映らないといふところから来てゐる。又、その事が、この独自性が、私達の心に生来のものである事も忘れさせてゐる。

だが、能率主義などで、誰にも自分の全生活を覆へるものではない。事実、誰も、家庭にあつたり、友達と付合つたりする時には、意識の生来の敏感性に立還らざるを得ない。人の一生といふ言葉の持つニュアンスが感じ取れなければ決して解らぬ言行に立戻つてゐるものだ。人の一生といふ言葉は、よく出来た言葉だと言つたが、それは、誰かに、何時、工夫されて出来たといふ種類の言葉ではないからだ。私達の生といふ地盤に生ひ立ち、私達の意識まで延びて来た樹のやうな言葉のうちで、最も優秀なものと思へるからだ。その枝ぶりを見るのには、詩人の能力が要るかも知れないが、さういふ根柢的な事柄に関しては、誰も詩人である筈だらう。この言葉によつて描き出される心の形は、見たいと思ふ人には、誰にでも、見たいと思ふだけ明瞭なものだらう。

心のうちで経験されるその形は、外的知覚とは直接に結ばれてゐないが、幻影や空想である筈もないから、誕生と死との動かせぬ秩序を私に告げてゐるだらう。同時に、それは、外界の事物の模像でも代用品でもないのだから、自身に固有な豊かな意味を告げてゐるであらう。人の一生といふ言葉のニュアンスを感じるとは、誰の意識も、硬直さへしてゐなければ、さういふ経験をしてゐるといふその事だ。

人の一生といふ言葉に問ふ事は、この言葉から問はれてゐるといふ事だ。言葉を弄するのではない。それは、意識の反省的経験に固有な鋭敏性なのである。古代の支那人は、人の心を琴に喩へるについて、古代のギリシア人に相談したわけではない。「ホーマーの琴」がなかつたら、プラトンの学問がなかつたのは、「詩」を学ばなければ、孔子の学問がなかつたのと同じ事である。これを想ふ事が、月への旅行より詰らぬ旅行であらうか。

感想

「玉勝間」の中に、「おのれとり分て人につたふべきふしなき事」と題する文がある。――自分には、秘説卓説といふやうなものはない。そんなものは一つもない。だが、誰も心得て欲しいと思ふところは、悉《ことごと》く書き現し、何一つ隠したものはないのだから、私について学問しようと思ふ人は、「たゞあらはせるふみどもを、よく見てありぬべし」と言つてゐる。

私は、彼の言ふところを守つただけなのです。彼の著作を熟読しただけなのだ。読者が、ともすれば読み飛ばし勝ちなところを、注意して辿つてみると、其処には、いろいろの発見が可能な事が解つた。私は、それを書いたので、宣長の思想について、何か新しい解釈を打ち出さうとしたわけではない。

宣長に、有名な「うひ山ぶみ」といふ文章がある。学問の学びやう、今の言葉で言へば、学問の方法論であり、宣長の研究家は、誰でもこれを持ち出して来る。ところが、宣長は、実は嫌々書いてゐるのです。なぜ嫌々書いたか。さういふところを読み落したならば、「うひ山ぶみ」を読んだ事にはならない。

「うひ山ぶみ」の最後に、かういふ歌があります。

　いかならむうひ山ぶみのあさごろも浅きすそ野のしるべばかりも

「うひ山ぶみ」といふ言葉は、山に行く修験者から出てゐる。――自分の書いた所は、まことに浅い、山の裾野の案内に過ぎないが、しかし、いかならむ――それも、果してどうであらうか、と宣長はいぶかつてゐるのです。

彼は、学問に非常な自信を持つた晩年になつても、学問の方法を弟子に説くについては、懐疑的であつた。――「詮《セン》ずるところ学問は、ただ年月長く倦《ウマ》ずおこたらずして、はげみつとむる」が肝要である。――「うひ山ぶみ」の中で、はつきりしてゐる言葉はこれだけなのです。弟子どもからあまりうるさく訊かれるから、仕方なく書くが、学びの法を、「さして教へんは、やすきことなれども、そのさして教へたるごとくにして、果してよきものならんや、又思ひの外にさてはあしき物ならんや、実にはしりがたきことなれば、これもしひては定めがたきわざ」である、「実はたゞ其人の心まかせにし」て置くがいゝだらう。――学問に志す人の心持は、それぞれ皆違ふ。全く違つた個性を持つた弟子たちがゐる。さういふ弟子たちに、かういふ方法で学んだらい、だらうなどと、はつきりとは言ひきれぬ——。

今の学問界には、方法さへ正しければ成果はおのづから挙がる、成果が挙がらないのは、方法を知らないからだ、といふ考へが根強い。この考へに囚《とら》はれて、「うひ山ぶみ」を読むから、宣長の懐疑を見損ふ。学びやうを知るより、怠らず学ぶ事の方が、どんなに大事かわからぬ、といふところに、宣長の思想の中心がある事を見損ふ。

あの人の処女作は、言ふまでもなく「源氏物語」論、「もののあはれ」論だが、その「紫文要領」を書いたのは、三十を少し過ぎた頃、賀茂真淵に入門した年の事です。それに、宝暦十三年六月七日付の後記がある。

「紫文要領上下二巻は、としごろ丸が心に思ひよりて、此物語をくりかへし心をひそめてよみつゝ、かむがへいだせる所にして、全く師伝のおもむきにあらず、又諸抄の説と雲泥の相違也、見む人あやしむ事なかれ」——。宣長の言葉の、何とも言へない勁《つよ》さを、まづ、よく受止めて欲しい。続いて、

「よく〳〵心をつけて物語の本意をあぢはひ、此草子とひき合せかむがへて、丸がいふ所の是非をさだむべし、必人をもて言をすつる事なかれ、かつ文章かきざまはなはだみだり也、草稿なる故にかへりみざる故也、かさねて繕写するをまつべし、是又言をもて人をすつる事なからん事をあふぐ」

かういふ文章の調子、文章の書き方に大事がある。どうして、こんな激しい言ひ方

になつたのか。――彼は、「物語」の本意を味ひ、非常に驚いた。誰もこんなに驚いた人はない、これが果して人に伝へられるか、そのもどかしさが、かういふ激しい文章になつてゐるのです。私は、文章の意味をとらうと急ぐより、書き方のうちに、自然と現れてくる宣長の心ばへを感じようとした。

「紫文要領」の中に、「准拠《ナズラヘ》の事」といふ章がある。文芸作品の成り立つ、歴史的、或は社会的根拠です。今日の言葉で言ふなら、文学が生れて来る歴史的、社会的条件を明らかにする事、これは何も今日始つた事ではない。昔から、文学研究者は気にかけてゐた事だ。それを、宣長は、そのやうな問題は詰らぬ、私には、格別興味のある事ではないとはつきり言つた。どういふ言葉で言つたかと言ふと、「およそ准拠といふ事は、たゞ作者の心中にある事にて」――。いろいろの事物をモデルにして、画家は絵を描き、小説家は小説を書く。その時、彼等が傾ける努力、それは、彼等の心中にあるではないか。物語の根拠といふものは、たゞ紫式部の心の中だけでほんたうの意味を持つ。物語の根拠を生かすも殺すも式部の心次第なので、その心次第だけに大事がある、と宣長は、はつきり言ふ。このやうな思ひ切つた意見を述べた人は、誰もゐなかつた。「諸抄の説と雲泥の相違也」といふのは、その事なのです。

宣長は、紫式部が「源氏」を創作しようとする努力を想ひ、これに、自分が「源氏」を精読しようとする努力を、重ね合せた。そして、式部が、「源氏」を語らうとする努力と、同じ方向に歩いた。宣長は、さういふ風に物語を辿つてみて、式部の本意を会得した。会得してみれば、「物語」は、「もののあはれ」とは何かといふ事を、読者に知らせる以外、全く何も目指したものではないと断言出来た。

「もののあはれ」といふ言葉が、日本の文学史上に初めて現れるのは、紀貫之の「土佐日記」です。「楫《かぢ》とり、もののあはれも知らで、おのれし酒をくらひつれば」——、船頭共は、「もののあはれ」などよく解らないから、銘々勝手に酒を喰らつてゐる、さういふ使ひ方がされてゐる。それで明らかなやうに、「もののあはれ」といふ言葉は、歌人の言葉だつた。歌語であつて、俗語ではなかつた。彼は、この、当時の通念を徹底的に破壊した。歌人の占有物となつた「もののあはれ」といふ言葉を、普通人の言葉に向つて解放したのです。

「あはれ」とは、歎きの言葉である。何かに感動すれば、誰でも、あゝ、はれ、と歎声を発する。この言葉が、どんなに精錬されて、歌語の形を取らうとも、その発生に遡つて得られる、歎きの声といふ、その普遍的な意味は失はれる訳がない。これが、宣長の「もののあはれ」の思想の、基本の考へだ。彼は、其処から出発して、歌の情趣のうちに閉ぢこめられてゐた「あはれ」といふ言葉を、生き生きと使はれてゐる日常語の世界に引出し、其処で、その意味を出来るだけ拡大してみせた。日常生活の間では、「事の心、物の心をわきまへ知るが、則ち物の哀を知る」事と言へるし、更に、

「世にあらゆる事に、みなそれ〴〵の物の哀はある」筈だと言ふ。このやうな考へ方を進めて行けば、世間が、ほんたうに解るといふ事が、「もののあはれ」を知るといふ事だといふ事になる。人の心ばへ、世の有様は、なるほど、かくの如きものか、と身にしみて解つてゐる人が、「もののあはれ」を知る人と言へる。「世俗にも、世間の事をよく知り、ことにあたりたる人は、心がねれてよきといふに同じ」とまで言つてゐます。そこまで言つては言ひ過ぎだとは、宣長自身も気付いてゐるのだが、歌人の美感の周りをうろついてゐたのでは、「源氏」の味ひの深さは到底わからぬ、といふ考へに引きずられて、極論せざるを得ない事になつたのです。その為に、「紫文要領」の書き方は混乱する事になる。熟読しないと、この混乱の出どころが解らない。熟読しないと「うひ山ぶみ」の懐疑の意味を見損ふと同じ事です。この混乱の整理には手間がかゝつた。

　問題は、後々まで、長く残るのであつた。問題の本当の解決は、「古事記伝」といふ作で、達せられる事になるのですが、その精しいいきさつは、掻いつまんでお話しする事が出来ない。

「ことにあたりたる人は、心がねれてよき」といふ言ひ方を、よく見てみよう。こゝでは「心」とあるが、話が細かくなると、「こゝろ」は「情《ココロ》」と書かれます。人間の持つて生れて来た「情」は、苦しい事、楽しい事、様々な人生経験を重ねる事によつて、練られ、育つものだ、と言ふ、その物の言ひ方から、直ちに感じられる事だが、宣長が「情《ココロ》」と言ふところに、心理学の分析的説明と馴れ合つた、感情といふ現代語を当てはめるわけにはいかない。

宣長の物の言ひ方が表現してゐるのは、彼の言ふ「歌の事」から「道の事」へ行く、その説明しにくい足どりなのです。

「玉勝間」に、「かむがへといふ詞」といふ文がある。「考へる」は「むかへる」の意味だと解されてゐる。「かはいかならむ、いまだ思ひえざれども、むかへは、かれとこれとを、比校《アヒムカ》へて、思ひめぐらす意」であると説かれてゐる。「か」を発語と見てい丶なら、「むかふ」の「む」は「身《ミ》」の古い形だし、「かふ」は「交《カ》ふ」である。従つて、物を考へるとは、宣長によれば、「我」と「物」とが深い交はりを結ぶといふ事である。知らうとする「物」が、「人の心ばへ」とか「世の有様」とかいふ「物」であれば、人生は生きて知らねばならぬ事で充満してゐる以上、自分の言ふ「考へる」といふ働きによつて、人生と結合する道を行く他はない、と宣長は言ふわけです。

今日の学問は、宣長の解した意味での「考へ方」から離れてゐる。いや、正しく考へる為に、対象との交はりを断つてゐる。この、誰の眼にも明らかな強い傾向に囚《とら》はれず、自由に考へる事は難かしいが、その難かしい事が出来れば、宣長の著作の何処にも、現代の所謂《いはゆる》、対象の客観的観察を軽んじた跡はないのが見えて来るでせう。

たゞ、それは、彼自身には手段だつた、考へて心を練る為の手段と見えてゐたに違ひないのです。

宣長は、儒学者のうちでは、徂徠を一番重んじて、よく読んでゐたが、徂徠は、宣長が「考へる」と言ふところを、「思ふ、思惟する」と言つてゐた。「理」を頼んで、「理」を運ぶ易きにつかず、「実」を思つて「理を精《クハ》しくする難きにつくべし」と徂徠は言ふのだ。人生に於いて、豊かな「実」が「理」を凌駕するのは常だから、この、理を精しくせんとする努力の道は、極まるところがない。これを、彼は強い言ひ方で言つてゐる。――「之ヲ思ヒ、之ヲ思ヒ、之ヲ思ツテ通ゼズンバ、鬼神マサニ之ヲ通ゼントス」――。かういふ言葉を、古ぼけた言葉と笑ひ去る事など、今日の人々に、どうして出来ませうか。ひたすら実用を目指し、出来る限り有効に、理を操らんとする抗しやうのない時の勢ひが、今日、どういふ状態にまで、私達を追ひ込んで了つたか。誰の眼にも明らかでせう。誰もその不安は隠せず、公害や福祉の問題が、盛んに論じられる事になる。しかし、どのやうに上手に論を運ぶかといふ事より、公害とか福祉とかと発音されてゐる詞の内容に、果して「情」といふ実質が籠められてゐるかどうか、といふ各人の反省、即ち理を精しくせんとする努力、其処に一番大事で、難かしいものがある。これに気付いてゐる人は、案外少数なのではないかと思はれる。

小林秀雄（こばやし　ひでお）

明治三十五年、東京に生れる。第一高等学校を経て東京帝大仏文科に学ぶ間、ランボオ、またボードレールに親しむとともに、富永太郎、中原中也らとの交友を通じて養われた文学的素地は、昭和四年「改造」の懸賞論文の選に入った「様々なる意匠」に現れ、以後、文芸時評に新機軸を出しては、「私小説論」「ドストエフスキイの生活」他を刊行して、そのスタイルと併せて近代の批評のジャンルを確立した文学界への影響には多大なものがあった。戦中の頃から日本の古典に寄せた関心は、戦後の評論集「無常といふ事」に結実する一方、「モオツァルト」あるいは「近代絵画」等、批評の対象を文学の外の世界にも拡げた旺盛な活動は、国民的な声望を担うまでのものとなり、昭和四十二年に文化勲章を受章する。その前後から大作「本居宣長」の執筆が始まり、十年以上に亘って継がれた稿が同五十二年に一巻となった後、さらに「本居宣長補記」を著した翌五十八年に歿。

近代浪漫派文庫　38　小林秀雄

二〇〇六年六月十七日　第一刷発行

著者　小林秀雄／発行者　小林忠照／発行所　株式会社新学社　〒六〇七―八五〇一　京都市山科区東野中井ノ上町一一―三九

印刷・製本＝天理時報社／DTP＝昭英社／編集協力＝風日舎

ISBN 4-7868-0096-1

お問い合わせは、〒二〇六―八六〇二　東京都多摩市唐木田一―一六―二　新学社　東京支社

TEL〇四二―三五六―七七五〇までお願いします。

◉近代浪漫派文庫刊行のことば

文芸の変質と近年の文芸書出版の不振は、出版界のみならず、多くの人たちの夙に認めるところであろう。そうした状況にもかかわらず、先に『保田與重郎文庫』（全三十二冊）を送り出した小社は、日本の文芸に敬意と愛情を懐き、その系譜を信じる確かな読書人の存在を確認することができた。

その結果に励まされて、専ら時代に追従し、徒らに新奇を追うごとき文芸ジャーナリズムから一歩距離をおいた新しい文芸書シリーズの刊行を小社は思い立った。即ち、狭義の文学史や文壇に捉われることなく、浪漫的心性に富んだ近代の文学者・芸術家を選んで四十二冊とし、小説、詩歌、エッセイなど、それぞれの作家精神を窺うにたる作品を文庫本という小宇宙に収めるものである。

以って近代日本が生んだ文芸精神の一系譜を伝え得る、類例のない出版活動と信じる。

新学社

新学社近代浪漫派文庫（全42冊）

❶維新草莽詩文集
❷富岡鉄斎／大田垣蓮月
③西郷隆盛／乃木希典
④内村鑑三／岡倉天心
⑤徳富蘇峰／黒岩涙香
⑥幸田露伴
❼正岡子規／高浜虚子
⑧北村透谷／高山樗牛
⑨宮崎滔天
⑩樋口一葉／一宮操子
⑪島崎藤村
⓬土井晩翠／上田敏
⑬与謝野鉄幹／与謝野晶子
⑭登張竹風／生田長江
⓯蒲原有明／薄田泣菫
⑯柳田国男
⑰伊藤左千夫／佐佐木信綱
⓲山田孝雄／新村出
⑲島木赤彦／斎藤茂吉
[20]北原白秋／吉井勇
㉑萩原朔太郎
㉒前田普羅／原石鼎
㉓大手拓次／佐藤惣之助
㉔折口信夫
㉕宮沢賢治／早川孝太郎
㉖岡本かの子／上村松園
㉗佐藤春夫
㉘河井寛次郎／棟方志功
㉙大木惇夫／蔵原伸二郎
㉚中河与一／横光利一
㉛尾崎士郎／中谷孝雄
㉜川端康成
㉝「日本浪曼派」集
㉞立原道造／津村信夫
㉟蓮田善明／伊東静雄
㊱大東亜戦争詩文集
㊲岡潔／胡蘭成
㊳小林秀雄
㊴前川佐美雄／清水比庵
㊵太宰治／檀一雄
㊶今東光／五味康祐
㊷三島由紀夫